有爱的青春陪伴者

霍江伸出手：好久不见啊，哥。

陆泽漆假笑：霍江，不愧是你。

Shihuo duobuguo

一娓 著
是"霍"躲不过
广东旅游出版社
GUANGDONG TRAVEL & TOURISM PRESS
中国·广州

**图书在版编目（CIP）数据**

是“霍”躲不过 / 一娓著. — 广州 : 广东旅游出版社, 2021.6

ISBN 978-7-5570-2435-2

Ⅰ. ①是… Ⅱ. ①一… Ⅲ. ①长篇小说－中国－当代 Ⅳ. ①I247.5

中国版本图书馆CIP数据核字(2020)第269681号

# 是“霍”躲不过

Shi “Huo” Duo Bu Guo

**一娓 / 著**

◎出版人：刘志松　◎总策划：苏瑶　◎责任编辑：何方
◎策划：魏归期　廖晓霞　◎设计：刘艳　西楼　◎封面绘制：王点点

出版发行：广东旅游出版社
地址：广州市荔湾区沙面北街71号
邮编：510130
电话：020-87347732
印刷：长沙鸿发印务实业有限公司
地址：长沙黄花工业园三号
邮编：410137
开本：889毫米×1194毫米　1/32
印张：9
字数：239千字
版次：2021年6月第1版
印次：2021年6月第1次
定价：39.80元

# 目录 / CONTENTS

目录

C O N T E N T S

# 第一章 听话的小朋友

“……分镜中规中矩，样稿中表现情绪冲突的时候还是力度不够。故事上融入很多时下流行的元素，但因为太多，反而给人一种抓不住重点的感觉。”

街角的咖啡厅，只有靠窗的位置沐浴在阳光下，与别的角落形成鲜明的对比。陆泽漆坐在沙发上，清俊的样貌在天然光效的加持下，独得阳光的恩宠。可没人知道，他的心正随着耳边的声音，一个字一个字地往下沉。

对面沙发里的男人名叫程岸，是哆看漫画的资深编辑，经他编辑的漫画没有一部不是大火的。而陆泽漆从六年前就开始向他投稿，从来没有成功过，对于这些退稿意见已经熟到能背了。

“你到底有没有听我说话？”程岸自己说得口沫横飞，陆泽漆却一脸轻松闲适地晒着太阳，不由得生出几分恼怒。

陆泽漆将目光从窗外收回来，弯唇一笑：“我听着呢，您继续。”

程岸严谨、专业的样子瞬间破功，他抚额：“别！你可别这么笑，你每次这么一笑我就心里毛毛的，总觉得你在憋什么大招。”

“那我给你哭一个？”陆泽漆认真建议，他很确信自己真能哭出来。

追寻一个梦想六年还没有任何进展，换谁都会坚持不下去的吧？他的笑只是硬撑着不想表现得太难看而已。

程岸和陆泽漆来往多年，早就成了朋友，他也明白陆泽漆的感受，但作为编辑，有些话他不得不说：“这些话我已经跟你说过很多遍，再说下去也没什么用。前几年每一次投稿都能看到你有改变，可现在你一直在重复以前的问题……我觉得你是遇到瓶颈了。”

“瓶颈？”陆泽漆笑一声，“难道不是那些已经红了的大佬才有资格说瓶颈吗？”

“真正的大佬一辈子遇到的瓶颈数都数不过来。”程岸也轻笑了一声，“现在瓶颈期对你来说不是一件坏事，可以先停一停。”

陆泽漆点头，顺手拿起手机，却只是机械地重复锁屏、解锁的动作。

“你也别灰心，我会帮你想办法突破瓶颈的。”程岸终究还是不忍心，“我这边刚签了一个很有才华的新人，他没有什么经验，第一次投稿的时候还寄了纸稿，差点被前台扔掉，但他的分镜节奏非常紧凑，画面表现也极具张力。他擅长的正是你所缺少的，而你对漫画圈的熟悉也能让他少走些弯路。我希望你过去帮帮他。”

陆泽漆抬眼：“你要我去给一个刚出道的新人当助手？”

“不一定要做助手。”程岸有些无奈地叹气，“如果以后你们合作得好的话，我可以安排你们共同署名。”

“靠我失败的经验去跟新人蹭署名？”陆泽漆打断他的话，“你的建议听起来像是在委婉地告诉我别再浪费时间了，如果你想让我放弃就直接说。”

“我是说你们能够合作的情况下。”程岸解释，他看着陆泽漆的眼睛停顿了一下才缓缓说，“但放弃也不失为一种选择。”

陆泽漆猛地看向程岸，他没有说话，空气里却突然多出了几分火药味。

程岸知道自己的药下猛了，陆泽漆的眼神让他没由来地有几分愧疚。他低头调整一下，还是没忍住：“其实，我一直不明白，你一个富二代，就算不去飙车泡妞，也可以经营你家的画廊，或者拿着钱投资创业，到底为什么非要画漫画？六年，换个普通点的出身都够你饿死八百回了！”

此时，陆泽漆的心里装满了愤怒与不甘，却发现有点想不起来自己是怎么开始画漫画的了。梦想两个字就可以解释一切吗？

“从我第一次见你，我就觉得你跟我认识的所有漫画家都不同。你就不像一个漫画家。”

陆泽漆冷笑：“就因为我没长着一张漫画家的脸？他们又是什么样子？”

程岸白了他一眼，继续说：“他们大多数人家里到处都堆着几天没扔的外卖盒子、方便面桶和饮料瓶子，房间永远很暗，白天拉起窗帘来睡觉，晚上唯一的光源就是电脑屏幕，照着漫画家因为缺少运动而苍白的脸。再看看你，你虽然也是一个宅男，但房间永远干净整洁，而且生活规律、做饭好吃、长得帅情商还高！我要是个女人我都想嫁给你！”

陆泽漆满心愤怒和窝火，脑子里却忽然强行植入一个穿着婚纱的程岸。他捂着眼睛笑起来，好一阵才平复下来，叹气：“我不把家里弄乱点还没资格画漫画了？”

程岸气不打一处来，敲着桌子说：“我不是说你非得跟他们一样，但你既然不一样，就应该给我与众不同的东西。今天话说到这里，索性就说明白，你好好想清楚，是停一段时间好好磨个作品给我惊喜，还是现在就放弃？”

陆泽漆低头看着自己的手指，程岸也不说话，只是看着他。

两人沉默了很久，程岸以为他不会说了，他才开口，低声但坚定：“我不能放弃。”

“为什么？”程岸等着他的答案。

陆泽漆慢慢抬头看着程岸，忽然邪魅一笑：“要是放弃了，我就只能回家继承我家十多间艺术画廊，还有那上百幅古董名画了。”

“滚！”程岸翻了个很不斯文的大白眼，他站起来拿起外套，“我走了，再待下去能被你气死。我的建议你再考虑一下，想好了给我发消息！”

“等等！”陆泽漆叫住他。

程岸回头。

“你说那个新人叫什么名字？”

“柒念。”程岸笑起来，“大写的柒，思念的念，你会喜欢他的。”

程岸说完走出咖啡厅。

陆泽漆倒进沙发里仰起头，让太阳晒到他的眼睑，恨不能把心里的阴郁也翻出来晒一晒。

他半躺着，身体逐渐滑进沙发里，跟沙发融为一体。直到太阳从窗外撤离，他才终于觉得自己消沉得够久了。

他仍然闭着眼睛，只伸出左手，摸摸索索地伸进背包里摸到平板电脑拿出来，堪堪睁开半只眼睛，点开了哆看漫画的应用。他停顿了一会儿，在搜索栏输入了“柒念”两个字。

半小时后，陆泽漆的双眼紧盯着屏幕，手指往左滑了三次还是没有新的内容加载出来，他才意识到漫画只更新到这里。

他往后一倒，重重地吐出一口气。

如果程岸的话是一盆冷水，那么，这个叫柒念的又给了陆泽漆一记重拳。一个新人，连电脑绘图都不会用，却能想出这么诱人的故事，还在画面上表现得淋漓尽致。

陆泽漆叹口气，拿起手机拨通了程岸的号码。

“你那里有存稿吧？”

“什么……”程岸愣了一下才反应过来陆泽漆说的是什么，他笑了一声，“我就说你会喜欢他的吧！”

“废话少说，存稿呢？”

“编辑有编辑的职业规定，存稿属于保密材料，只开放给相关人员的。”程岸慢条斯理地说。

陆泽漆在电话这边也能想到程岸跷着脚，一脸偷腥狐狸般的样子。

他不甘心地深吸口气：“我去！”

“哎！不带骂人的！”程岸继续拿乔。

“程岸你够了！”陆泽漆说。

程岸轻咳一声，一秒变严肃：“存稿和地址我都发到你邮箱了，你可以先去见见他跟他聊一下。不过，这家伙不太好相处，之前我跟他说几次安排助手他都拒绝了。”

“也就是说，即使我乐意去当助手，他还不一定接收？”陆泽漆苦笑，“我今天受到的侮辱还有完没完了？”

“正因为他如此难搞，我才会想到你。某种程度上他跟你一样，都很特别。”程岸说，“我也是突发奇想，你们在一起也许能创造出奇迹。”

“算了吧！”陆泽漆并不抱希望，“我答应你去见一面，就当是为了那些存稿。”

陆泽漆挂了电话，随即打开邮箱收邮件。

程岸那里的存稿也不多，陆泽漆用了十多分钟就看完了。这本叫《幻夜幽冥》的漫画的确十分勾人，到现在他还因为看不到后面的内容而抓心挠肺般难受。可是，他对这部漫画的作者是一点也喜欢不起来。

也许是嫉妒。

除此之外，还有一丝完全没由来的熟悉。

第二天，陆泽漆把车停在路边，走上一条上山的小道，在山路上走了十来分钟才看见一栋孤零零的三层小楼立在山腰上。周围有一些被拆掉的建筑残迹，看样子很像拆迁中的钉子户。陆泽漆对了一下楼号，狐疑地走上二楼，在205号门前停下来，敲了敲门。

没人回应。

他加重力道再敲了敲，还是没有反应。

敲到第五遍之后，陆泽漆觉得肚子里已经吃饱了闭门羹，准备离开时，门忽然开了，一个瘦高个子的青年出现在门口，半开着门只露出一张潮红的脸来。

陆泽漆第一反应是不会打扰别人办什么事了吧？下一秒才觉得这人的脸好熟，不过，印象中那人没这么高，只是跟自己齐平而已。脸也没这么瘦，眼睛里没这么多血丝。关键是那人的唇永远都是嫩嫩的樱粉色，而不是现在这样发白且干裂掉皮的样子。

但……除开他的身高体型，还有这副被狠狠虐过的样子之外，眼前的青年逐渐跟六年前那个少年的模样重叠在一起。

陆泽漆瞪大了眼睛，不敢置信地开口：“霍……霍江？”

叫出这个名字的一瞬间，陆泽漆就后悔了。

这么多年没见，霍江说不定早已经忘了他长什么样了，就跟他也差点没认出来一样。他应该说一句走错了，然后转身闪人的。

这……太尴尬了。

霍江像才清醒似的睁大眼睛，他拧起眉，绷直了嘴唇：“你怎么会在这里？”

这小子长大了，不光个子高出自己半头，就连声音也不再似当年那样圆润，又低又哑的，听得人头皮发麻。陆泽漆紧张地在脑中搜寻着这种时候该说的话，可脑子里全是当年那个少年委屈的脸。

霍江剧烈地咳嗽起来。

陆泽漆被唤醒，翻个白眼：好了好了，我已经回神了，用得着好像要把肺都咳出来似的吗？

他深吸一口气，微笑：“我是来找柒念的。”

霍江好不容易咳完，把门又打开了一点点，可也绝对不超过一巴掌宽。他盯着门前地板，沙哑地说：“我就是。”

“真的是你？”虽然刚刚就有预料，但听到对方确认，陆泽漆还是有些惊讶。现在他总算知道《幻夜幽冥》里的一丝熟悉是从哪里来的了。

“我以为你还在德国。”陆泽漆站在门口，感觉很不自在地往门内看了一眼，希望霍江能请自己进去坐坐。

霍江整个人堵在门口，陆泽漆什么也没看见。

察觉到他的视线，霍江回头看了一眼，似乎有些犹豫。

“你在忙？”陆泽漆注意到他潮红的脸色和迷蒙的目光，突然间福至心灵，为自己敏锐的观察力点了个赞，“我还是改天再来吧！”

他转过身正要走，手腕却被人拉住。不知道是不是他的错觉，攥着他的那只手，有些烫人。

他回头看着霍江。

霍江没有松手，张了张嘴吐出几个模糊的字眼。

陆泽漆没听清楚：“什么？”

霍江朝陆泽漆靠近，陆泽漆以为他是要说什么了，下意识地把耳朵也伸了过去。下一秒，陆泽漆感到自己的肩膀一重，青年的头已经靠上了自己的肩膀，接着就感觉到了一股生命不可承受之重，霍江这小子竟然将整个身体向他压过来。

“喂，你怎么了？”陆泽漆用力撑住，偏头一看，发现霍江闭着眼睛，粗重的呼吸吐在自己的颈脖上。

陆泽漆伸手一摸，霍江的额头跟他的手同样烫得吓人。

不是自己的错觉，这孩子真的正在发烧！陆泽漆慢半拍地反应过来。

“霍江！霍江！”陆泽漆喊了两声没有回音，只好撑起他，半扶半推地把他送进房间。

陆泽漆走进去一看。外面艳阳高照，房间里却很暗，所有的窗帘都拉得严严实实的，桌子上摆满了外卖的盒子，还有喝到一半就倒在桌上的饮料瓶子。

这不就是程岸口中标准的漫画家的家吗？

真是……够了。

睡着的霍江更像陆泽漆记忆中那个孩子了。

那年陆泽漆七岁，却已经学了四年的画。他独自坐在画架前勾勒一只喵咪的轮廓，家里请来的老师在外面去追他那野猴子一般的妹妹陆心藜。经常被陆心藜偷渡过来玩的邻家小屁孩不知道什么时候摸进来，站在一旁踮着小脚：“哥哥，你画得真好看！”

“你喜欢？那这张送给你。”反正家里都是他的练习作品，多得是。

“谢谢哥哥！”小屁孩欢天喜地接过来，还不肯走，“画画好玩吗？”

“好玩啊，这是世界上最有意思的事！”这倒是真心话，可惜他的妹妹陆心藜只知道撕他的画纸，丢他的画笔，要么就是在墙上涂鸦，没法跟他分享这种乐趣。

小屁孩眼巴巴地看着。

“你想学吗？你想学我教你。”

小屁孩用力点头，于是陆泽漆从拿笔开始，教他一笔一笔地在纸上勾出一只简单的猫咪。

第二天，陆泽漆的爷爷过来视察陆泽漆的学习进度，再次“偷渡”而来的小屁孩像枚小炮弹似的冲进来，举着一张纸说：“哥哥，这是我画的画，送给你！”

陆泽漆看着纸上那一堆线条，一脸莫名其妙：“这画的是什么啊？”

“是猫啊！”

陆泽漆看了半天，终于在那堆线条中找出一点猫的特点来，正打算夸两句，画便被陆老爷子抽走了。一分钟前，拿着陆泽漆的画一脸苦大仇深的陆老爷子忽然笑出满脸褶子：“这是谁教你画的啊？”

霍江看到满头白发的陆老爷子，有点害怕地躲到陆泽漆身后，小声说："是哥哥教我的。"

"不错不错，是个有天赋的孩子！"陆老爷子满意地点点头，向旁边的老师说，"心藜这孩子坐不住，不愿意学就算了，这孩子倒有兴趣，也有天分，就让他跟着泽漆一起学学吧！别埋没了这才华！"

不用对付陆心藜那个皮猴子，老师自然满口答应。

从此，小屁孩告别了"偷渡"的日子，天天光明正大地跑到陆家来蹭课。

因为不是陆家人，老师对他并不上心，反而是陆泽漆手把手地教他每一个技巧。毫不夸张地说，霍江是陆泽漆一手教出来的。不过很久以前，陆泽漆就不再这么说了。

十一岁时，陆泽漆的画得了个全市小学生绘画大赛二等奖，一等奖获得者是七岁的小屁孩。

十六岁时，陆泽漆在儿童读物上发表了自己的小漫画，而十二岁的小屁孩的画由当红作家配上故事，出版成绘本，到现在还是畅销书。

二十岁时，陆泽漆第三次艺考失败，而小屁孩凭借一幅抽象派全家福油画获得世界级青年美术大赛一等奖，被德国杜塞尔多夫艺术学院提前录取，正是陆泽漆想进却进不去的学院。

从那以后，陆泽漆放弃当一个艺术家，选择了门槛更低的漫画，画了六年却还在被退稿。但霍江为什么没有成为一个艺术家，也跑来画漫画，而且悄无声息地，再一次赶在了他的前头成功？

现在，陆泽漆知道程岸说的那种他没有但霍江有的东西是什么了，那就是才华，从小到大被旁人提醒无数遍。曾经，陆泽漆为此崩溃，这么多年过去，陆泽漆也习惯了。现在的他看得很淡，比他更有才华的也不止霍江一个，霍江只是倒霉地离他比较近。真要崩溃可就没完没了了，让他继续下去的就只是……不甘心。

有才华和没有才华的差距就这么大吗？

陆泽漆找不到答案，要学习的对象是霍江，陆泽漆也不知道自己是该松口气还是应该更加难堪。

霍江突然从床上坐起来，睁大了眼睛，正对上探过来的陆泽漆，倒把陆泽漆吓了一跳。他的眼睛慢慢对焦，茫然地看着陆泽漆。

“哥？”

“你还认得我啊？”陆泽漆一笑。

霍江这才醒过来似的，看着陆泽漆的眼睛一缩。

“那个……我看你发烧了，去买了点药。”陆泽漆晃了晃手里的塑料袋，“你吃了药再睡吧。”

陆泽漆把药拿出来放到手上，发现忘了买水，便又跑到冰箱那里拿了一瓶水。

霍江跟着从卧室里走出来，扶着门框，定定地看着陆泽漆。要不是那双烧得通红的兔子眼看起来实在是无辜，陆泽漆就快以为他要吃人了。

霍江吃了药，喝了水才终于舍得开口：“你说，你是来找柒念的？”

“是，程岸让我来的，来……”陆泽漆停顿了一下，“做你的助手。”

“助手？”霍江的目光赤裸裸地写着难以置信。

“是啊！”陆泽漆强行克制心里的难堪，转身直视着霍江，“程岸跟我说，你身上有我所缺少的东西，让我来跟你学习。”

霍江完全是一脸意料之外的表情。

陆泽漆干干地笑开了：“我原来还在想该怎么学，别人愿不愿意教我，好在是你，我想你也不至于……”

“我教不了你。”霍江打断了陆泽漆的话。

这感觉就像是被打了一巴掌。

陆泽漆以为自己去向霍江学习是不耻下问，是卧薪尝胆，是忍辱负重，却没想到人家还根本不愿教。不过转念一想，是他太自以为是了，霍江又不欠他的，凭什么要教他？拒绝得那么直接，可能因为霍江早看清楚他是块雕不出来的朽木。

距离上次见到霍江已经过了两天，陆泽漆已经不记得自己是怎么离开霍江家，又怎么回来的。

他人坐在工作台前，对着屏幕和数位板习惯性地涂涂画画。

如果不再画画，那他的时间该用来做什么呢？

屏幕上很快就出现了一个戴着眼镜、穿着婚纱的金刚芭比，外形上一看就是程岸的模样。他在图上配上一行字：

“抱歉，你的求婚我不能答应。”

完成后，他截下图片发给程岸，不出几秒钟就传来了回复。

“滚！”

陆泽漆得意地笑。

不一会儿，程岸又发来新的消息：“左妹问你这图能不能用来发微博。”

陆泽漆回复：“滚远了，听不见。”

“我就当你说可以了。”

陆泽漆没有回复。短暂的兴奋之后，他的心又逐渐冷了下来，就跟眼前的工作台一样空白。

人没有目标的时候连动都懒得动。午餐随便点了份外卖解决，吃完饭要收拾桌子的时候，陆泽漆突然停下，就那么把筷子扔在茶几上，站起来回到工作台前。他打开了分镜本，拿着铅笔涂涂画画，没涂几笔就忍不住向杂乱的茶几上看了一眼。他忍住冲动，将分镜本上毫无意义的一页撕掉，团成一团往垃圾桶扔，扔到一半又将手收了回来，转而将纸团随意往地上一丢。

陆泽漆略有些焦躁地在纸上胡乱画着一个人物的线条，没画几笔又撕了往旁边一扔。

没过一会儿，地上就堆满了纸团。

陆泽漆从工作台上抬头看着凌乱的客厅，觉得似乎还少了些什么，四下一看，走过去把窗帘都拉了起来，屋子里瞬间变得阴暗下来。陆泽漆觉得这样也不错，再摆一具尸体就可以当作凶杀案现场了，不如下一部作品试一下悬疑推理类？

下一秒钟，察觉到自己在做什么的陆泽漆一巴掌拍向自己的额头：“我真是要疯了！”

他猛地站起来将窗帘重新拉开，粗暴地踢过垃圾桶，飞快地把纸团一个个重新捡起来扔了进去，再把桌上的吃剩的外卖餐盒、饮料瓶子都装起来，拎出去。

把垃圾丢进楼道里的垃圾桶以后，他整个人才松了一口气。

但是这些有什么意义呢？把房间收拾得那么规整，把自己捯饬得那么干净，对于创作却一点帮助也没有。别的漫画家工作时专注得注意不到周围，他却只在意身边干不干净，整不整洁，顺不顺眼。

也许，这就是除了才华以外的区别。

既没有才华还没有专注的态度，怪不得六年了，什么也没有画出来。

陆泽漆自我反省，“放弃”这个带着刺的字眼，再度浮上陆泽漆的心头。也不是第一次考虑这件事了，六年中的后三年，他每一次开始一部作品都在想，这是最后一次，还不行就算了。但每一次他都会重新拿起画笔，继续下去。

他也是真的在想，与其这样陷入自我怀疑的泥淖里，放弃后起码会很轻松。

可是轻松背后是一片空白，什么也没有。

那种空白让他害怕，梦想什么的，也许是一种让人逃避空白人生的借口罢了。

不想放弃，却也无力再继续。

陆泽漆凌乱地想着，他从楼道走回房间，随手从放零钱的盘子里拿出一枚硬币，用两只手指让硬币在桌上旋转起来。

字就放弃，花就继续。

他盯着那枚硬币好像永远都不会停止，又好像下一秒就会倒下……忽然，他伸出手重重一挥，那枚硬币弹到半空，不知道落到哪个角落去了。而他已经站起来，拿着车钥匙冲出了房间大门。

还是无法做出那个选择。

他告诉自己，还没有到那个时候，他还有办法。

说得那么无私，为什么不承认他心里真实的想法？霍江是他一手教出来的，霍江就是欠了他的，什么教得了教不了的，霍江都必须得教！

陆泽漆像抓住了救命稻草一般不再思考，带着一腔怒火，一路横冲直撞地到了霍江家门口，按响了门铃。

这一次门开得很快，霍江打开门，站在门里一脸木然地看着陆泽漆。

陆泽漆是抱着决心来的，就算是威逼利诱也要让霍江教自己画漫画，但是到了霍江门口，他心里的尴尬好像百年老坛里的酸菜泡泡一般，咕嘟咕嘟地直冒。

过了很久，陆泽漆才干咳一声：“你感冒好点了没？”

而霍江不知道在想什么，竟然也同时开口：“什么事？”

两人看着对方同时安静下来。陆泽漆感觉自己心里尴尬的泡泡冒得越发欢快了，他把心一横，说：“那个……是程岸叫我来给你做助手，我不能拒绝他，你要是不愿意，去找他说吧。”

不是他㞞，他只是决定智取，只要能留下来总有偷学的机会，总比撕破脸被赶出去要强吧？陆泽漆自顾自地盘算着，也不管霍江怎么想，直接从霍江身边挤进了屋子，走到霍江的工作台前。

意外的是，这里已经比他上一次看到的时候干净整洁了很多，没有乱丢的外卖餐盒，也没有乱洒的饮料瓶子。工作台上的手绘工具和分镜本、资料书什么的也收拾得很整齐，陆泽漆控制自己想拉开窗帘的冲动，走上前好奇地打量：“这就是你工作的地方？”

霍江点头，但陆泽漆已经被电脑屏幕吸引了全部注意力。屏幕还亮着，上面是画了一半的线稿。

“我是不是打断你工作了？”陆泽漆有些不好意思地问。

霍江摇头。他站得远远的，看着陆泽漆，好像他才是上门拜访的客人，而且是不受欢迎的那种。

陆泽漆微眯着眼睛，有些为难地四下看了看：“我得把我的电脑搬过来。那个，能在你的桌子对面再摆一张桌子吗？可能得把沙发挪开。”

“随便你。”

霍江说着走到窗边，将遮光窗帘拉开，刺眼的阳光顿时洒了进来。

陆泽漆松了一口气。

而霍江站在窗边，闭着眼睛适应突如其来的光线，两道黑浓的眉头轻蹙在一起。

好像还是陆泽漆所认识的那个少年。

他随即察觉到霍江脸上异样的潮红，下意识地上前摸着霍江的额头：“怎么脸色这么红，是不是还在发烧？”

碰到霍江脸上的皮肤，陆泽漆才发现这个动作亲密过头，虽然以前常做。

“哥……”

霍江沙哑的声音让陆泽漆一震。上一次霍江这样叫是发着高烧迷迷糊糊的时候，现在的他明显是清醒的。这声音好像把陆泽漆拉回了六年前，但他不知道这是不是代表霍江依然把他当作以前那个哥哥。

如果是也正常，他们是有六年没见，但他们在一起的时间有十三年，习惯不是那么轻易可以改掉的。

那么，那个听话的小屁孩什么时候学会那么干脆利落且不留情面地拒绝他的？

陆泽漆内心八级地震，表面上却波澜不兴地点头："好像还是有点低烧，药吃了没？"

"吃了。"

"什么时候吃的？"

"早上……"

"是没吃吧？"陆泽漆顿了一下，"就算吃了，现在差不多到时间吃第二次了……你午饭吃了吗？"

……

等陆泽漆反应过来的时候他已经在霍江的厨房里了。他打开冰箱，从里面拿出仅有的鸡蛋，直接打进煮着面条的锅里，添了碗凉水，看着面条慢慢地煮着。

很早以前就是这样，霍江总是很轻易地触发他老妈子的一面，那时候他的年龄明明也不大，却一见到霍江就忍不住开启投喂模式。可能是他唯一的妹妹完全没有让他享受到做哥哥的乐趣，所以把那点过剩的爱心用在了霍江身上。

此刻的陆泽漆倒挺感激能有点事做，总比待在外面跟霍江大眼瞪小眼强。

跟昔日的小屁孩重逢，两人身份互换，陆泽漆也需要时间去适应这个改变，煮碗面的时间刚好。

陆泽漆端着面条走出去摆在霍江面前："快吃吧，吃完面把药吃了。这是看在你生病的份上才做的，我来做你助手，可不包做饭！"

"嗯。"霍江没什么反应地低头吃面。

陆泽漆来之前已经吃过饭了，看着霍江吃又多少有些奇怪。他内心蠢动地看向霍江工作台上的分镜本，从一进门开始他就想去看了。但那对一个漫画家来说是很重要的东西，陆泽漆不太确定霍江是不是愿意给他看，万一，霍江又像之前那样拒绝了呢？

思来想去，陆泽漆还是按捺住心情，抓起车钥匙和手机。

“我出去一趟，去把我需要用到的桌子、电脑、板子什么的买回来。”

霍江抬起头看了他一眼，像是犹豫了一下，才点头。

霍江的犹豫是什么意思？不会是不想让他搬东西过来吧？陆泽漆不禁怀疑，但并没有多问，怕给霍江反悔的机会。

陆泽漆心事重重地开着车，忽然想起什么似的，唤出手机 AI 拨打陆心藜的电话。不一会儿，电话接通，对面传来震耳欲聋的音乐声，惊得陆泽漆连忙调小车内音响的声音。

“喂？”一个微微沙哑的女声混在隆隆的音乐中。

陆泽漆忙着调声音，没有回答。

陆心藜的声音很快不耐烦起来：“陆泽漆，你有毛病啊，打电话过来又不说话。”

“你在哪儿？怎么这么吵？”陆泽漆问。

“你等一下。”

对面的音乐声逐渐离远，陆心藜再度开口：“行了，你怎么会打电话给我？是不是有什么事？”

“没事就不能打给你了吗？好歹是我唯一的亲妹妹。”陆泽漆叹了口气，“你在做什么呢？”

“有什么事情麻烦你直说好吗？我还得回去彩排呢！”

陆泽漆迟疑了一下：“也没什么事儿，就是想问问你，这几年……你有没有霍江的消息？”

“霍江？”陆心藜不耐烦的声音明显地停顿了一下，“我怎么会

有他的消息？”

“他不是你的死党吗？”

“那他还是你的小跟班呢！”陆心藜没好气地驳回来，“高一那年他家搬走，就再也没有消息了，电话不打，信息也不发！这个没良心的臭小子，你还找他干吗？”

陆泽漆语塞：“我没有找他，就是突然想起来问一问。”

陆心藜烦躁地叹口气：“前一阵子高中同学聚会，听其他同学说看到他在工地搬砖。”

“搬砖？”陆泽漆简直不敢相信自己的耳朵，“怎么可能？”

“我也觉得不可能，他应该在德国才对……”陆心藜又问，“不过也没有别的消息。当时他到底为什么走得那么突然？听陈妈说是跟你吵架之后走的？不会是你欺负他了吧？”

“别胡说！就算吵个架能让他们全家一起搬走吗？”陆泽漆心虚地斥责，“快去排练吧，我就不耽误你了。”

陆心藜这会儿倒是不着急了：“难道是我说中了？你跟他当年到底怎么回事？”

陆泽漆直接挂断手机。

工地搬砖？体验生活？寻找灵感？陆泽漆满脑子疑惑。陆家向来低调，但能跟陆家做邻居的也不会是什么缺钱的穷人家。那么，霍江这几年到底发生了什么？难道，去一趟德国，学到了艺术家的精髓，行为举止连他也看不懂了？还是说，霍江在德国发生了什么？

陆泽漆满肚子疑问，却效率极高地采购了整套漫画用的工具，高配置的电脑，大屏显示器，还有新型的数位板。再加上其他素描本、模型、画笔……几乎是把自己工作室的装备复制了一套下来。

再次回到小楼，霍江竟然已经把他需要的地方腾了出来。

陆泽漆把所有的东西安置妥当的时候才发现，他的东西占了客厅的大半空间，相比之下，霍江的工作台被他挤到一边，看起来小得可怜。

“那个……”陆泽漆尴尬地看了看，“要不，我只留桌子和电脑，其他东西先搬回去。”

“不用。”

霍江说着走回了自己的工作台前，默默地打开电脑开始工作。

陆泽漆站在桌前，现在工作场所和必要工具都有了，剩下的就只有工作内容了。

他看着完全不打算管他的霍江，重重地吐出一口气，像要战斗似的走到霍江面前，露出整齐的八颗大白牙：“请问我现在能帮你做点什么？”

霍江坐在椅子里，一抬头看到陆泽漆带着一脸邪魅的笑容看着他，竟然下意识地往后一退。

陆泽漆嘴角抽抽两下，维持着笑容又问了一遍：“或者，让我先熟悉一下你目前的进度？”

霍江点点头，把分镜本交给了陆泽漆。

“原稿呢？”陆泽漆问。

“在这里。”霍江回答得有些过快，他拔下电脑上的硬盘递过去，迟疑着问，“哥，你能别这样笑吗？”

陆泽漆白眼翻到天花板上，手掌从自己的额头抹下去，表情已经恢复了正常。

“这样？”陆泽漆问。

霍江紧绷的神情一松，用力点头。

陆泽漆没好气地瞪他一眼，满意地接过硬盘，带着分镜本回到自己那一边座位上，翻开自己觊觎了挺久的分镜本。

# 第二章

# 他的背后有一个庞大的宇宙

《幻夜幽冥》讲述的是一个叫程之鹿的现代都市少年，每天夜里都会梦到一条长长的走廊，走廊里有无数道门。之鹿好奇门里有什么，但每次快要打开门时就会醒过来。直到有一天，他终于摸到其中一扇门的门锁，却因此放出了整个幽冥境的怪物，散落在人间各处。唯有镇守幽冥境的幽冥兽留下来，它本来打算杀了闯下大祸的之鹿，之鹿却说自己会找回所有的怪物。幽冥兽给了之鹿一个机会，于是一兽一人每天夜里奔跑在人间各个角落收回怪物。

这故事外壳并不是一个多么新鲜的设定，但每一个怪物身上都有一个故事，有的故事让人热血沸腾，有的故事让人感动流泪，还有的故事让人陷入惆怅……这些怪物的背后，有一个令强大的幽冥兽都惧怕着的存在始终勾着读者的心。

霍江的分镜没有全部画完，在最高潮处戛然而止，但整个幽冥境的全貌，还有它们与人间千丝万缕的关系都已经呈现出来。如果说，之前从程岸那里看到的内容让他惊艳，那么，从这个分镜中看到的内容更让他震撼，他几乎忘了自己是在看分镜，而完全沉浸于故事当中。

看完之后，陆泽漆抬起头久久地看着在斜对面的电脑前工作的霍江。

霍江的外形也是一个帅哥，当然，比起陆泽漆的俊美还是差了那么一点。但他胜在高挑修长的身材，五官轮廓清晰利落，浓眉大眼，让人一眼就能记住，而且看上去就是一诚实可靠的好孩子。

可是，跟他的作品比起来，他的长相就显得平凡无奇，以至于陆泽漆很难相信，他怎么就想得出那样的故事，画得出那样的漫画呢？

似乎感觉到陆泽漆的视线，霍江抬起头来，正逮住陆泽漆一眨不眨地看着他。霍江疑惑地看着陆泽漆，随后又往自己左右看了看，没发现什么异常。

“你看什么呢？”霍江小心地问，一副生怕陆泽漆突然扑过来吃了他的架势。

陆泽漆的双眼微微眯起：“我在看你的背后。”

“背后？”

霍江回头，背后是一面白墙，刚刷不久，上面连一个黑点都没有。霍江把头转回来，一脸莫名地看着陆泽漆，这是什么无聊的惊吓游戏吗？自己该不该装作害怕的样子？霍江脑子里转了好几圈，眼睛里却是一片茫然。

你的背后，有一个庞大的宇宙。陆泽漆在心里说。

心里还是不免忿然，上帝在造霍江的时候是手抖放多了才华吗？所以，在造他的时候已经没有才华可放了？不对，他比霍江先出生，应该是上帝造他的时候忘了放才华，所以在霍江出生的时候把多余的才华都给了他。

陆泽漆面无表情地低下头，好像什么都没发生过似的把分镜本翻到最前面，从第一页重新翻起。

霍江看了他一会儿，发现陆泽漆真不打算抬头，这才低下头继续画画。

陆泽漆把分镜本、存稿和线稿重新整理一遍，在分镜本上标出几个地方，然后走到霍江面前。

“这些我都已经看完了，只有这几个地方我觉得台词还可以再调整一下。”陆泽漆把标注翻给他看。

霍江看了一眼，点头，随后又加了一声“嗯”。

陆泽漆看了一眼霍江的屏幕，内容跟他早上看到的差不多。他微微皱眉，忍不住说：“你今天没什么进展，是因为我在这里打扰了你的工作吗？”

“不是。”霍江说。

陆泽漆迟疑地看着霍江，他来跟霍江学习是一回事，但如果影响大到让霍江都画不下去，那就是另外一回事了。

霍江打断了他的迟疑：“我感冒还没好。”

这倒是一个合理的理由，谁没个头疼脑热的时候呢？

陆泽漆有些不好意思地拿起手机看一眼时间：“是我没考虑到你生病需要休息，已经快八点了。你先吃点东西垫垫肚子，然后再吃一次药就去休息吧。”

霍江点点头。

“那我先回去了。”陆泽漆起身拿起手机和钥匙，“对了，我明天什么时候来比较合适？”

“都可以。”霍江说。

“任何时候？”陆泽漆说。

霍江点点头。

“那我凌晨三点来？”

“啊？”霍江愣了一下，随后点点头，“如果你不睡觉的话。”

“我不睡难道你也不睡了吗？”陆泽漆笑起来，“跟你开个玩笑而已，明天十点到这里，可以吗？”

霍江又点了点头。

“走了，拜拜！”陆泽漆挥挥手，走了出去。

霍江走到窗边，站在窗帘背后看着陆泽漆渐渐走远的背影，久久都没有动一下。

远处的夜景映在他的眼睛里，带起一抹星辉。

第二天早上十点，陆泽漆准时到霍江家，霍江已经起床了，刚洗漱完一脸清爽地给陆泽漆开了门。陆泽漆在路上买了早餐带进来，吃早餐的时候两人相对而坐，都没说话，但气氛比起刚开始的时候已经融洽了许多。

这算是个好的开始吧？陆泽漆心里想着。

霍江吃完早餐习惯性地往电脑前一坐就要开始工作，他对面的陆泽漆轻咳了一声，问：“我现在干点什么？帮你把线稿上色？”

霍江过了一会儿才说：“我自己上色。”

“那画背景……”陆泽漆说到一半自己停住了，“不，你画线稿的时候已经把背景加上去了。那……那我先帮你把对白加上？”

“好。”霍江点头。

陆泽漆松一口气，也打开电脑开始干活。

霍江的分镜画得很细致，对白出现在什么位置都标明了，陆泽漆的工作就很简单，把文字输入电脑放在指定位置就行，随便来个会打字的都能做到，再加上霍江的线稿也不多，陆泽漆连一个小时都没用到就做完了。

剩下的时间他也没事可做，霍江又似乎在忙的样子，陆泽漆便在哆看漫画的官网上随便点开了几个网页。意外的是，陆泽漆并没有在首页看到《幻夜幽冥》，分类页面也没有找到，一直翻到人气榜的第七页才终于找到了。点开一看，评论区清一色地求更新，几条分析剧情和激动表白作者的评论夹杂在其中，快被挤掉了，还有就是因为更新慢而骂作者的评论。

陆泽漆看了一眼上次的更新时间，已经是一周之前了，而且只有一话。

霍江现有的存稿也不多，大概只够更新一个月，相比其他漫画家一周双更、三更，时不时上个首页爆更十几二十话，这个速度的确是太慢了。

陆泽漆一边翻一边想着，忽然，他看到评论区一则短短的广告：

“《幻夜幽冥》非官方粉丝团，喜欢的一起进群讨论。”

后面是一串群号。

陆泽漆加了群，过了没一会儿就被通过了。群里有两百多人的样子，里面比陆泽漆想象的热闹。

网名叫风吹草低的群主 @ 了陆泽漆：“欢迎猫眼草，你是新入坑的鹿角吗？”

“是啊。”陆泽漆说。《幻夜幽冥》的主角是程之鹿，所以，漫画的粉丝都以“鹿角”自称，陆泽漆觉得自己确实算得上一名鹿角。

风吹草低：“太好了，我们的队伍越来越壮大了呢！我们一起支持柒念太太，为太太‘打 call’！”

陆泽漆忍不住笑出声来，不知道霍江听到别人叫自己太太会怎么想。

斜对面的霍江抬头看了他一眼，随即低下头继续。

幽冥巨巨：“可是太太好高冷啊！不开群就算了，评论区也从来不现身，也从来不拉票什么的，现在数据这么差，我看得好着急！”

大王叫我来催更：“关键是更得慢。我刚刚又去刷新了一遍，确定今天依然没有更新。”

来咬我呀：“还不如去看《狐妖室友》呢，今天爆更！20 话！”

风吹草低：“不是一个级别的作品，不要相提并论好吗？事实证明画得快是画不出来这么好的漫画的！”

看来，这个风吹草低是一个死忠粉。

幽冥巨巨：“可是，别人家的粉丝除了追漫，还可以参加漫展和签售会，买各种周边，只有我们《幻夜幽冥》的鹿角们这么卑微吗？”

这句话陆泽漆也深有同感，他觉得自己也是一个卑微的粉丝，每天等着大佬的投喂，但这位大佬一整天拼死拼活也只能画出十来格而已，塞牙缝都不够。

风吹草低：“大家还是来讨论剧情吧。大家要理解太太，想做出好漫画就是快不了！”

其他人都不说话了。

陆泽漆隔着屏幕也能感觉到群主那徒劳无功的努力。他抬起头看向对面，霍江今天的状态不错，从坐下来笔就没有停过。陆泽漆不忍心打扰他，从硬盘里调出霍江的线稿，按照霍江之前的风格开始上色。

一个小时之后，陆泽漆将上好色的图发给了霍江。

霍江从显示器后面抬起头看着陆泽漆，两人视线在电脑显示器的缝隙交汇。

“这是我试着做的上色稿，你看一下怎么样？”陆泽漆说。

霍江点头：“很好。”

霍江的语气很诚恳，陆泽漆也十分满意。他虽然没有成功的作品，但对自己的基本功底还是很有自信的，上个色画个背景都是小意思。

“既然你也觉得满意，那后面的我就继续做了？”

霍江没有说话，陆泽漆却将他的沉默当作同意，低下头继续工作。

霍江几次张口想说什么，犹豫再三还是什么都没说。

两人低着头各做各的，没多久，陆泽漆去完卫生间出来，经过霍江身后，发现他正在上色，而且是陆泽漆已经上过色的页面。陆泽漆站在他身后看了好一阵，确定他是在重新上色。

“是我哪里做得不对吗？”陆泽漆问他。

霍江这才发现陆泽漆站在他身后，他一瞬间有些慌张，像做错事的小孩子般看着陆泽漆。他摇头：“不是。”

陆泽漆又问：“那你为什么要重做？”

霍江移开视线看回屏幕：“因为……我想自己做。”

陆泽漆既生气又无奈，小时候的霍江就是这种驴脾气，谁都不能动他的画。陆泽漆或者是老师教他画法，在他的画上修改一两处，他会立即擦掉重画，或者直接扔掉。可现在不是练习，陆泽漆有些烦躁地叉着腰。

“你生气了？”

“没有。”陆泽漆说。

看到霍江一脸不信的样子，陆泽漆只得补充道：“我真没有生气，但你要知道你现在是一个职业漫画家，漫画行业的合作模式就是主笔、编剧和助手，你已经很厉害地兼顾了主笔和编剧的工作，让助手帮你忙并不会影响那是你的作品！你明白吗？”

“我想自己来。”霍江再一次说。

“可是这样更新会很慢，读者等不到你的更新就会去看别的作品，你的东西再好，也会被人遗忘。”陆泽漆说。

“我不在乎他们看不看。”霍江说。

“我再重复一遍，你现在是一个职业漫画家，你靠这部漫画生活，喜不喜欢、在不在乎这些……”陆泽漆停下来，拍着自己的额头，“我很不喜欢我现在说的话，听起来跟程岸的语气一模一样。”

霍江赞同地点头，确实是一模一样。

“这不代表我认同你！”陆泽漆不由得提高了声音，“不管怎么说，漫画家都会有助手。你一个人做不了所有的事，要学会跟人合作，只有这样才能让更多的人看到《幻夜幽冥》。”

“那你呢？”霍江反问。

陆泽漆不解：“我？”

“你也用过助手吗？”霍江反问。

陆泽漆被噎住，半晌，他才点点头：“没错，虽然我一个作品也没上线，但我确实请过助手。”

那时候，陆泽漆刚决定画漫画，觉得以自己的水平，做一个漫画家不过是小试牛刀而已。所以，他直接组建工作室，找来一名编剧、两名助手，自己担任主笔。但那个时候，他还只是喜欢看漫画而已，对漫画懂得并不多。助手们按照他的想法做了东西，都被平台拒绝了。后来也出了几部作品，几乎完全由编剧和助手完成，他没好意思署自己的名。再后来，这些人在陆泽漆的帮助下都渐渐地独立出去了，依稀听说现在都混得挺好。

“后来呢？”霍江等着他说后面的事情。

陆泽漆看了霍江好一阵，才说：“事实证明，他们都是很有实力的人。”

霍江一脸受教地点头。

陆泽漆以为霍江妥协了，把霍江上色的内容要过来跟自己的作对比，两者之间确实有细微的差别，霍江在阴影上所花的时间太多，虽然相差不多，但两幅图放在一起，就会感觉霍江的人物活了起来，而自己那个……也挑不出毛病就是了。

陆泽漆静下心来，按照霍江的方法重新做了一稿，尽量符合霍江的要求。

这一稿发给霍江之后不久，陆泽漆发现他还是在自己做，不由得也有些泄气了。如果霍江一定要自己来，那他也没有干涉的权利。反正陆泽漆的目的并不真的是来当助手，而是从霍江身上学到他所没有的东西。

陆泽漆走到阳台上。这地方又旧又偏，唯一的好处是地势高，视野好。他吹着风，看着远处这个城市的地标，心里的烦闷也似乎消去了不少。

站在一个画者的角度上来说，他能够理解霍江的坚持。再说，他作为一个失败者又有什么资格去教霍江呢？也许，霍江这些坚持才是《幻夜幽冥》让人欲罢不能的原因。

可霍江有这么多坚持，为什么会放弃现代画？他本来是可以成为一个艺术家的。

霍江悄无声息地走到陆泽漆身边，默默地递上了一罐冰可乐。

陆泽漆接过来：“没有啤酒？”

霍江拿出手机点几下递给了陆泽漆：“哪种？”

是超市外卖的页面。

这就算霍江式的求和了吧？陆泽漆接过手机，不客气地点了几种自己想喝的，然后把手机还给了霍江，霍江拿过去下单。

那个从见到霍江就萦绕在陆泽漆心头的问题又浮现在他的脑海里，他忍不住开口问：“你什么时候从德国回来的？”

霍江拿着可乐的手停顿了一下，他抬头看向陆泽漆，轻声说：“我没有去德国。”

陆泽漆刚刚灌下可乐，被霍江这么一说差点没喷出来。他咳嗽一阵，好不容易顺下那口气，问：“为什么？”

霍江低着头，手不自觉地紧了紧，把可乐罐子捏得变了形。而后，他一口喝干了冰可乐，捏扁罐子一扔，便又走回了房间。

再迟钝的人也该看出霍江不高兴了，何况，陆泽漆本身就是一个擅长察言观色的人。

但他实在好奇，挣扎了几秒钟还是跟进去，站在霍江桌边。

“是因为钱的事？”

这个原因陆泽漆自己都不相信，霍江被破格录取，是有奖学金和补助可以拿的，他家也不是缺钱的人家，除非他家里出了什么事……说起来霍江也算是记在陆泽漆爷爷名下的弟子，虽然陆老爷子没有亲自教过他，但他经常出现在陆家，陆老爷子的客人问起来，陆老爷子都会说这是他的小徒弟。

只要霍江开口，陆家不会不资助他。

那时候陆泽漆已经离开家里了，这些年也没跟家人问起过霍江的事，所以，他不知道霍江当年有没有来找过他们。

“不是。”霍江生硬地说。

陆泽漆感受到霍江的抗拒，却管不住自己的嘴：“那到底是……”

“哥。”霍江突然提高声音打断了陆泽漆的话，他仰起头来看着陆泽漆，“这件事跟你没有关系。”

霍江紧皱着眉头，狭长而深邃的眼睛里透出一股冰冷森寒的气息，像是在掩盖着什么更深沉的东西。但陆泽漆那一瞬间只觉得愤怒，德国杜塞尔多夫艺术学院是他现在也依旧十分向往的地方，可他求也求不来的机会，霍江却连个理由都没有就直接放弃了？

在离开了真正的艺术道路之后，他唯一的安慰就是仍然有同伴在那条路上。而现在，霍江却跟他说，这件事跟他没有关系？

但如果要说有关系，也确实牵强，难道还能厚着脸皮说自己是霍江的启蒙老师吗？

最终，陆泽漆只能强迫自己点了点头：“你说得没错，跟我没有关系。”

那天闹得有点不愉快，第二天，陆泽漆还是准时来了。在霍江笨拙的求和下，陆泽漆没能坚持多久。他们很快形成了一种默契，每天早上十点左右到，吃个简单的早点开始工作，中午两点左右吃个午餐，到了晚上八点，陆泽漆提醒工作一天的霍江去休息，自己也下班回家。

当然，对于陆泽漆来说，他的工作就是看着霍江工作。

霍江不愿让他插手《幻夜幽冥》的事，在其他方面却很听话。他不习惯用手绘板，每条线条都要重复无数次才会确定，对色彩的运用也会反复调整，陆泽漆看得上火，用自己的高端显示器和数位屏换掉了霍江的平民显示器和入门级手绘板，他也没有反对。有时候，他画起画来忘了时间，陆泽漆叫他吃饭、休息，或者因为别的事情打断他，他也不会生气。

陆泽漆除了填对白和看一眼成稿之外也没闲着，他每天在粉丝群里水群，看粉丝们讨论剧情，评论角色，把一些他觉得重要的意见记下来。《幻夜幽冥》中涉及很多妖怪的元素，他便买了《山海经》之类的画册，还回老宅找出老爷子珍藏的孤本，选了一些可能用得上的东西整理好放在霍江桌前。

霍江忙起来会忘了更新，陆泽漆要了后台账号和密码，接手了这个活儿。后来，陆泽漆更新完，假公济私给自己的账号加了评论区的管理权限，将一些写得很好的评论“加精”，发布了每周更新时间的公告置顶。

评论区一下子便活跃起来，粉丝群里有人眼尖地发现评论区版主的 ID 是“猫眼草”，于是陆泽漆的名字在群里被频频 @。

幽冥巨巨：“我去，群里什么时候潜伏了这么一尊大佬？”

珊珊来了：“说，你是谁？跟我们柒念太太到底什么关系？怎么会拿到评论区的管理权限？”

风吹草低：“我之前申请过，但被拒绝了，凭什么你这个萌新可以拿到？”

来咬我呀：“这不是关键，关键是他知道太太的更新日期！如果不是接触过太太本人是不可能做到的吧？”

陆泽漆笑了一下，在键盘上打字：“我只是一个内部人员。”

大王叫我来催更：“什么内部人员？不会就是柒念太太本人吧？”

珊珊来了：“这么说还真有可能啊！”

来咬我呀：“天哪，我干了什么？我竟然在太太面前‘安利’别的漫画！”

陆泽漆解释：“我不是柒念，我只是他的朋友，帮他管理一下评论区。”

大王叫我来催更：“朋友？哪种朋友？”

珊珊来了：“如果我跟太太的朋友做朋友，那么四舍五入一算，我跟太太也算是朋友了对不对？”

陆泽漆无语地在对话框里敲上一串句号。

电脑上响起一串咳嗽声，陆泽漆点开一看，自己成了群管理员，而群名已经由《幻夜幽冥》非官方粉丝团变成了《幻夜幽冥》官方粉丝团。陆泽漆不由得笑了起来，惹得霍江看过来好几眼。

风吹草低：“我不管，咱们群有官方人士，那咱就是官方群！‘非’了这么久的我们终于转正了！为了纪念这一重要时刻，我准备做一场《幻夜幽冥》的 cosplay（角色扮演）活动，衣服已经准备好了，有人想参加吗？”

风吹草低晒出一堆照片，上面都是幽冥兽拟人化的装扮，还有程之鹿的服装。看起来跟霍江画的一模一样，陆泽漆都要惊讶了。原来粉丝中竟然有这么多藏龙卧虎的人，没有过粉丝的陆泽漆有些酸了。

珊珊来了：“我参加我参加！我要 cos 讹兽的人形拟态，表示自备衣服……”

群里顿时活跃起来。

陆泽漆看着飞快刷新的对话，脸上不自觉地露出一个极淡的笑容，却令他整个人都柔和起来。霍江握着压感笔，在他对面怔忡地看着他。

“哥。”霍江忽然出声。

陆泽漆转头看着他，脸上的笑容还没有消退。

霍江跟陆泽漆一起学画那么多年，所以他很清楚陆泽漆现在的笑容才是真的笑。他迟疑了一下，问：“你是在跟女朋友聊天吗？”

陆泽漆一愣，才发现似的收起了笑容：“怎么了，吵到你了吗？”虽然戴着耳机，但也许敲键盘的声音太响了。

“没有。”霍江摇头，过了一会儿才说，“我饿了。”

陆泽漆一看时间，确实已经过了午饭时间，便起身走向厨房：“你等会儿，我去叫个外卖，再煮个汤。”

没错，说好了不做饭的陆泽漆还是承包了霍江的一日三餐。

这是看在那一群嗷嗷待哺的粉丝的面子上，帮霍江挤出时间，让他多画一点是一点。好在霍江不挑食，给什么吃什么，投喂起来并没有什么难度。

他拒绝承认，这跟霍江喊饿的时候和四岁的小屁孩重合度超过百分之九十有什么关系。

陆泽漆简单地做了个汤，在外面叫了菜和米饭。门铃声响起来，陆泽漆连忙走出厨房去开门，但霍江已经先一步走了过去，陆泽漆便停在霍江的工作台前，眼睛不自觉地往他屏幕上一瞟，随即愣住了。

屏幕上是陆泽漆画的漫画，之前被平台退稿的其中之一。

霍江拎着外卖走进来，发现陆泽漆站在自己的电脑前，眼里闪过一丝慌乱，连忙走过去，切换界面。

“你看这些干什么？”陆泽漆问他。

“就是……好奇。”霍江略微心虚地说。

“那你干吗不问我要？”陆泽漆无所谓地说，过了一会儿又问，“都是程岸发给你的吧？”

霍江点头，似乎有些意外陆泽漆竟然没有生气。

“如果是我的话，我不会给你看这一部，《疾风冷月》才算得上是我比较成熟的作品。”陆泽漆一边说着一边接过霍江手里的外卖拿到吃饭的茶几前打开包装，一份一份地拿出来。

霍江上前帮忙。

陆泽漆走进厨房，把刚做好的汤盛了出来，两人相对着坐着，谁也不说话。虽然两人平时吃饭也很少说话，气氛却很少像现在这般凝滞。

好半晌，陆泽漆才突然开口：“既然你看了，那就说说吧。”

“说什么？”霍江问他。

陆泽漆放下筷子：“我的漫画，你觉得我画得怎么样？”

“很好。”霍江说，“我很喜欢。”

“现在不是让你安慰我的时候，我们都在画漫画，交流一下彼此的看法，这是很正常的事。”陆泽漆又说，“当然，如果你能给我提出一些建议，让我以后改进，这样更好。”

霍江用勺子慢慢地搅着汤：“我真的觉得你已经画得很好了。”

陆泽漆自觉是个佛系的人，唯独在这件事上有点过度敏感。他不自觉地想起几天前，霍江对他说的那句“我教不了你”，现在两人已经朝夕相处了一个多星期，霍江却依然连句敷衍都不愿意。

“很好”这两个字在他这里，连敷衍都不算。

陆泽漆提醒自己，这是他自己的问题，跟霍江没有关系。于是，他重新拿起筷子，牵出那个看起来有几分邪气的假笑，说：“真的很好的话，我也不会坐在这里当你的助手了，对……”

话一说出口，陆泽漆就后悔了，他有些烦躁地找补：“我的意思不是不想在这里……”

“我知道。”霍江也放下了勺子，“可我从来不会骗你，那部漫画在我看来已经很好了，它只是……不像你。”

“不像我？”陆泽漆被这句没头没尾，却跟程岸十分相似的话弄得有些烦躁，正要说些什么，桌边的手机忽然响了起来。

两人都有一种松了一口气的感觉。

陆泽漆拿起手机一看，是程岸打来的，他走到阳台，平复了一下心情才接起电话。

“喂？”

“你在哪儿？”

“霍江家。”陆泽漆回答。

程岸似乎有些意外：“你真开始跟他合作了？”

“是当他的助手。”

“助手也行，既然有你当助手，那更新怎么还是这么慢？后台存稿都发完了，他现在画到哪里了？”程岸劈头盖脸地说。

陆泽漆看了霍江一眼：“现在他这儿有五话新稿，估计晚上可以给你发过去。”

“才五话？”程岸夸张地提高了声音，“他都有你了，怎么进度却一点都没有加快。”

陆泽漆摸了摸鼻子：“一点都没有加快吗？至少，我找了很多参考资料给他，这方面应该也能节约一点时间……”

“什么？”程岸打断了他的话，“你说在帮他，就是在帮他找资料？”

“别的他也不让我干啊！”陆泽漆也相当无奈，“他这个人习惯自己上色、自己画背景，艺术家不都有些奇怪的坚持吗？”

程岸在电话那边长长地叹气：“如果只能做到这种程度，我为什么要建议你去帮他？”

“我也想问。”陆泽漆翻了个白眼，“怎么，突然催这么急是要上首页还是怎么的？有首推的话我跟他再说说，掐着脖子也要逼他存出稿子来。”

“掐脖子能掐出二十话吗？”程岸问。

“不能。”

“那还首推个毛线！之前主编也很看好他的漫画，给了修改意见，但他咬死不肯改，就此得罪了主编，没有封他就已经很不错了。现在至少多一些存稿，我才能去提这个事！”程岸没好气地说。

陆泽漆皱眉，问：“那别的推荐呢？我在网站上翻了一下，现在要找到《幻夜幽冥》只能通过搜索，分类、边栏都没有，更别说你们

最赚钱的手机端了！”

“现在其他推荐也有更新指标的，不是我一个人说了算。”程岸的声音听起来有一丝疲惫，“所以我才急着给他找助手，想让他把速度提起来，可你现在这样跟没有助手有什么区别？”

“哦？我还以为你是为了帮我突破瓶颈呢！”陆泽漆故意说。

程岸干笑一声：“行了，你也别阴阳怪气的了，很多事情我跟你在电话里说不清楚，改天见面再谈吧！但是不管怎么样，订阅就是一切。《幻夜幽冥》是我申请预付款在维持，要是突破不了速度，订阅做不上去，以后很难维持这种待遇。”

这话虽然很直白，但陆泽漆知道这是真的，有时候现实就是那么残酷。

“订阅也是要靠推荐才有的，《幻夜幽冥》不是那种冲量的作品，它会是一部经典作品，除了订阅还可以出书，动画化什么的。”陆泽漆有些急切地说，“还有，霍江的才华不仅于此，以后会给你更多惊喜。”

“没错，他有这样的价值，但前期订阅做不上去，他就没有这样的机会。《幻夜幽冥》是个好作品，霍江是个有潜力的人，所以我不想让他死在半路上。你要是能改变他，那你改变的不是他的习惯，而是他的命运。”程岸的声音低下去。

两人一时都沉默了。

程岸率先换了话题：“你之前不还很排斥这件事吗？怎么忽然之间对他这么上心了？比对你自己可好多了。”

“他是我以前认识的邻居家的孩子，从小管我叫哥的。”

“这么巧？”程岸有些不可思议地说，“那他应该跟你一样也是富二代啊！”

陆泽漆说：“这事说来话长，还是下次见面再说吧。”

“也行，下次见面慢慢说，你记得让霍江先把那五话给我发过来！”

程岸挂了电话。

陆泽漆回过头，发现霍江正盯着他。

霍江的目光太过于清亮，总让陆泽漆想起小时候的他。但这一瞬间，陆泽漆忽然觉得现在的他和以前的他没有什么区别，起码，他还看不出来自己现在有多危险。之前那股被程岸电话打断的无名之火也随之熄灭了，霍江从小就不太会说话，是自己有些为难他了。

“你拒绝过主编的修改意见？”陆泽漆走到霍江面前，问他。

霍江点头。

“为什么？”陆泽漆问。

“我不喜欢。”

还真是简单直白的答案。陆泽漆点点头，这没错，有才华的人通常都有自己的个性。陆泽漆很努力地将嗓子眼里那口气咽下去，追问：“你当时就是直接这么跟他说的？”

霍江再度点头。

陆泽漆深吸一口气，微笑：“你知不知道为什么历史上很多有名的画家都是在死后才出名的？”

这个标准的陆式假笑让霍江不由自主地往后一退，小心翼翼地看着陆泽漆：“为什么？”

“因为他们活着的时候没人愿意将就他们的臭脾气！”陆泽漆说完，便沉下脸走开了。

霍江松了一口气，看着陆泽漆的背影喊：“哥，我晚上想吃排骨。”

一瓶矿泉水隔空扔了过来，霍江险险接住，陆泽漆在冰箱旁发出声音：“吃什么排骨，再不把你的订阅量做起来，你就吃不起排骨了！”

霍江拿着矿泉水，露出一个傻气的笑容。

# 第三章

# 全世界就一个人治得了他

陆泽漆把程岸的话思虑再三，决定不能坐以待毙。

第二天，他就咬牙切齿地坐在电脑前，不时用力点击鼠标、敲打键盘，好像跟电脑有什么血海深仇似的。霍江隔着电脑看了他好几次之后，忍不住走到他身后去看。

屏幕上是一张表格，上面是《幻夜幽冥》的后台点击数据，粉丝群的自主转发量，每天粉丝新增的人员，还有平台上连载正火的几部作品的数据也列在表格中作对比，甚至还有粉丝的调查问卷。

陆泽漆根据这些数据做了一张曲线图，但因为不熟悉操作，进度很慢，还老出错，每次一出错，他的眉头就皱得更深一点。

“哥，你为什么做这个？”霍江忍不住开口问他。

“当然是为了推荐。”陆泽漆放下鼠标重重地叹一口气，抬头不爽地看向霍江，“你在干吗？今天的内容画完了？”

“没……”霍江连忙回到自己的座位，“我继续画。”

陆泽漆收回目光，继续跟表格战斗，连午饭也没有做，直接点了外卖解决。下午，他接到程岸的电话，便将表格打印出来，看了一眼旁边的霍江：“我去见程岸，可能一起吃饭，晚上就不过来了。”

霍江看着陆泽漆没有说话，陆泽漆也没等他就往外走。

“哥。”霍江忽然叫住他。

“怎么了？”陆泽漆停住，“还有什么事吗？”

霍江沉默了一下，摇头：“你不用特意做那些的，我把漫画画好，会有更多人来看的。”

陆泽漆一愣，随即笑开：“当然会！前提是要坚持到那个时候。

反正我也没什么事，就当找程岸闲聊好了。”陆泽漆往外走，突然想起什么似的又走回来，“说起来他也是你的编辑，你也应该多跟他沟通，要不一起去？”

霍江似乎有些心动，却又犹豫地看一眼电脑屏幕。

“算了，你先赶稿子。”陆泽漆说着走了出去。

霍江看着关上的门，眉头轻轻地皱起。

两人约在咖啡厅，那里算是他们的固定联络点。

陆泽漆赶到时，程岸已经在等在那里了，见到陆泽漆单独出现，意外地挑眉：“我以为霍江会一起来？”

陆泽漆一脸不爽地把打印的文件丢在程岸面前：“怎么，有了新人忘旧人？”

“至不至于酸成这样？”程岸嘲笑他，“是你约我出来谈他的事的。”

陆泽漆点了点桌上的文件，示意他看。

程岸翻开一看：“这不是《幻夜幽冥》的订阅数据吗？我都看过，而且比你更清楚。”

“你仔细看，说不定还有你不知道的。”陆泽漆说。

程岸见陆泽漆严肃，便低下头继续看起来。陆泽漆趁这个时候点了杯咖啡，咖啡上来的时候，程岸也看完了。

他抬起头：“做得不错。”

“只是不错？”陆泽漆不爽地瞪他，“《幻夜幽冥》刚刚上架不久，在推荐不足的情况下，跟连载正火的前十名相比，单条的订阅并不算少。我还统计了粉丝的转发情况，粉丝群虽然只有两百多人，但每天都有新增，他们的忠实程度也很高。这上面有我做出来的调查问卷，他们自主在社交平台上转发了《幻夜幽冥》的链接，提到如果出书一定会买来收藏，而且，已经有粉丝在准备 cosplay 了。”

程岸打断陆泽漆：“你就是想告诉我，就算按照霍江现在的更新进度，只要稍加推荐，他一样会火，一样会让平台赚到很多的钱？”

陆泽漆摊手：“难道我说得不对？”

程岸揉了揉眉心：“可这对其他一周双更、三更的作者不公平。”

“公平？”陆泽漆奇怪地看着程岸，“追求数量的公平本身就是对质量的不公平！你不是一向偏爱有才华的人吗？你做出来那些大火的漫画难道都是因为更新快？”

“当然不是！”程岸伸出手指在桌上毫无意义地敲击着，好一会儿才说，“现在的情况跟以前不同。”

“哪儿不同？”陆泽漆追问。

程岸叹口气：“现在平台大了，作者也多，一部作品点击、订阅、更新都明摆在台面上，多少双眼睛盯着推荐位。”

“那又怎么样？作者不会看数据，一部漫画好不好他们最清楚……”陆泽漆忽然反应过来，“你说的不是作者？”

程岸看着他，点头。

“可你们主编不是一直力挺你的吗？”陆泽漆问。

“之前是。”程岸再度点头，“现在我们公司准备上市，而我入职的时候签的是股权分红合同。分配方式一直到最近才确定，是按每个人的业绩来分配股权，人员也会有很大调整，现在内部都在抢资源。”

陆泽漆有些惊讶，随即点头：“而你因为业绩突出，成了出头鸟？”

程岸苦笑了一下：“如果真突出，我也不怕当这出头鸟，但这其实是个哑巴亏。公司包括主编在内一共八个内容编辑，销售榜前十中有五六部都是我带的作品，看起来很扎眼，所以编辑部人人都盯着我。但实际上，主编手里把握大量的中端作品，再加上《猎人》《兵者》两部顶端作品，数量取胜，业绩其实远在我之上，所以我的情况非常尴尬。”

陆泽漆没真正上过班，也打心里不喜欢职场上那些弯弯绕绕，遇上这种情况也不知道该说点什么。

程岸继续说：“之前，霍江得罪主编其实也不全是他的问题。”

“被牵连了？”陆泽漆明白过来。

程岸点头。

陆泽漆为霍江不平：“他也太倒霉了，偏偏就撞在这枪口上。”

“影响的不只是他一个。现在消息没有对外，但作者们都多少感觉到平台的混乱，私底下已经传得沸沸扬扬了。竞争对手趁机过来挖人，这段时间流失了很多人。”程岸感慨万千，“我跳槽过来五年，眼睁睁看着平台变成这样我也不愿意，但没办法。”

“那霍江呢？《幻夜幽冥》呢？就这样成为平台内部斗争的牺牲品？”陆泽漆有点气不过，“有才华的漫画家到哪里都会被人当宝贝，不一定要将就你们的平台，你就不怕他带着作品跳槽？”

程岸一口气喝完杯子里的咖啡，气定神闲地说：“他不会。”

“这么肯定？”陆泽漆怀疑地问程岸，这种话他自己说还可以，别人说他是不信的，“他有什么把柄在你手上？”

程岸挑眉，好奇地看着他：“你不是说他是你弟弟吗？你到底了不了解他？”

陆泽漆没想到自己竟然会被这样反问，有些不自在：“我跟他是有六七年没见了。”

“怪不得。”程岸点了点头，“半年前，我收到他的稿子之后按他留的通讯地址去找他，他住在一个建筑工地上的集体宿舍里，跟他的工友去讨要欠薪被保安围住。是我装成记者把他救出来，知道他的情况之后给他找了现在的房子。那地方原本要拆迁的，房东钉在那里想多要拆迁费，结果开发商突然终止项目，房东才重新出租房子，房租很便宜，但不知道能住多久。他现在画画用的电脑、工具有一部分是我借给他的。”

陆泽漆的脸色逐渐沉下来，程岸说的这些他一点都不知情。

程岸有些得意："他这种人不怕把柄，就怕欠人情。所以我不担心，他不会离开的。"

陆泽漆瞪了程岸一眼："我还当你安啥好心，结果还是图他的才华！"

"废话，我不图他的才华，难道还图他的人？"程岸没好气地说，"我当你是朋友才跟你说这些的。"

"我知道。"陆泽漆说，"可他现在已经尽全力了，他每天至少画十二个小时，我在他那里两个星期，他一天都没有休息过，这工作量已经是极限了，时间长了，他也坚持不下去的。"

"不会太久的，最多只是这一年，如果平台一直这样，就算他不走我也会带他离开。但是现在你得帮我。"程岸说。

陆泽漆认命地点头："你打算怎么办？"

程岸坐直身体，眼睛发亮："我想搏一把。"

"所以……"陆泽漆思考了一下，明白过来，"《幻夜幽冥》是你的秘密武器？"

"是，也不是。"

陆泽漆一脸怀疑地挑起眉看向程岸。

程岸这才解释："《幻夜幽冥》的确是一部能打的武器，但还没有好到超过国漫开山之作的《兵者》，所以，我真正的秘密武器其实是霍江……和你。"

陆泽漆翻了个白眼："谢谢，不用带上我也可以！"

"是真的。"程岸笑开，"《幻夜幽冥》是霍江前期积累人气和经验的必要过程，对他来说很重要，但现在这种进度完全不行。他必须学会团队合作，不管是不是跟我，只要还想画漫画，这都是跳不过去的。"

陆泽漆点头。

“你得帮他越过这一关。”程岸郑重其事地看着他。

陆泽漆心里有点没底，霍江那么执拗，他不认为自己真能说服霍江。他迟疑一下：“我尽量。”

程岸笑开：“我相信你，只要你答应就一定没问题。”

“少来。”陆泽漆没好气地说着。

程岸放下心中大石，开始八卦：“上次电话里也没有说清楚，你跟霍江到底什么情况？”

陆泽漆斟酌了一下，把自己跟霍江小时候的事情告诉他。

“他是你教出来的？怪不得我会把你们想到一块去。”程岸说到这里不由得又笑了起来，“这么说还真的只有你能帮他，你这算不算是教会徒弟饿死师傅？”

陆泽漆也跟着露出笑脸：“可不是嘛。所以我现在只好跟他混饭吃了。”

可能是他的笑容过于瘆人，程岸干咳一声，转换话题：“不过，他到底为什么混得那么惨？是不是家里出了什么事？”

“我也不知道。”陆泽漆皱眉，心里隐隐有些东西想要浮出来，他压抑住那种奇怪的感觉，“之前，我一直以为他在德国，再回来时应该已经是一个艺术家了。现在这样……多少有点浪费他的才华。”

两人聊了也没多久，程岸接到工作电话回公司去了。

陆泽漆看看时间还早，打算回霍江家。虽然帮不上什么忙，但不看着他休息，陆泽漆还是有点不放心。

车子快到时，他接到陆心藜的电话。

“宅男，你竟然没在家？”陆心藜好奇地说。

陆泽漆轻笑一声：“找我有什么事？”

“妈突然回国，买了很多东西放在我那儿，让我给你送过来。”

陆心藜说，“我正好路过，东西放你屋里，你自己回来看吧。”

陆心藜有陆泽漆的门禁密码。

“好。”陆泽漆答应，又问，“妈回来怎么没去找我？”

陆心藜叹口气，夸张地说：“她老人家这次纯属路过，没时间对两个孩子雨露均沾，现在已经赶飞机去新加坡了，到我那儿也就坐了半小时。”

陆泽漆轻笑一声：“至少她还记得路过一下。”

他一边说一边回忆，算起来，他也快有一年没有见到父母了。

陆老爷子是国画大师，陆泽漆的父亲是音乐家，母亲是歌唱家，唱美声歌剧的那种，还有个姑姑是舞蹈家，为了跳舞一直未婚。三人一年四季都在外面，要么是世界各地演出，要么就是在各地参加慈善活动。陆泽漆和陆心藜是陆老爷子一手带大的，父母对他们还是很爱的，只是出现的频率实在过于随机。

“我情愿她别路过。”陆心藜打了个呵欠，“昨天晚上一夜没睡，今天一早接到她的电话就去接机，还得把她老人家送回机场！”

“下次你跟我说一下。”陆泽漆说，“我去接她也是一样。”

“没事，我也很久没见她了。”陆心藜又打了个呵欠，“那我走了。”

“你这样就别开车了，累了先在我那里睡会儿吧。”

陆心藜迟疑一下：“你没带人回来过夜吧？”

“没！”陆泽漆没好气地说。

“也是，你这万年单身人士怎么会有人陪你过夜。”陆心藜的脚步声在那边响起，再开口的时候已经睡眼蒙眬了，“我就在你沙发上躺躺。”

陆泽漆有些后悔关心她了，一个房间永远像猪窝一样的女人竟然还嫌弃他的床。他正在犹豫是放她去睡觉还是拿出长兄的威严教训她时，她又说话了：“对了，我前两天回家看爷爷，顺道问他记不记得霍江家当年出了什么事。”

陆泽漆感觉自己的心一下子提了起来：“他怎么说？”

“他也不知道。”

陆泽漆一口气差点没上来。

陆心藜也知道自己这话很废，干笑了一下又继续说：“不过爷爷他老人家不早就说要收关门弟子吗？这两年看了好些人选都不满意，那天他突然说起霍江那样天赋的人他一辈子也没见几个，看意思是想收那臭小子。”

“能收早就收了，还能到现在？”陆泽漆有些无力，“老爷子是国画大师，我和霍江从小到大学的都是现代画，差得很远。”

“我知道！”陆心藜打断陆泽漆的话，“我找高中同学问了，那小子是真去搬砖了。虽然不知道是什么原因，但搬砖还不如跟爷爷去学国画吧？不过，那同学说霍江几个月前就走了，联系方式也没有，你有没有办法找到他？”

“不用找了。”陆泽漆说。

“他联系你了？”陆心藜的声音都清醒了几分。

“不，算是巧合吧。”陆泽漆告诉她两人见面的始末，“所以，我算是在给他打工，现在正往他那里去。”

陆心藜停顿了好一会儿，才说：“我竟然不知道是应该先惊讶还是先嘲笑你，这么大的事你竟然不跟我说。”

“就是因为你会嘲笑才不告诉你的。”说话间，陆泽漆已经到了霍江家山坡底下，他停好车，下了车继续说，“他这两天有点忙，等过几天看能不能约出来见个面。”

“这就替他安排上了？”陆心藜不爽地说，“那编辑倒还真会找人，全世界也就你一个人治得了他。”

“现在我也拿他没办法。”虽然没人看见，陆泽漆还是摇了摇头，

“他以前不也挺听你的话吗？你怎么做到的？”

“你问我？”陆心藜冷笑一声，“揍就完了！”

陆泽漆回想了一下霍江现在的身高，有点为难：“那打不过怎么办？”

“我就没有打不过这回事！揍也不听的时候就把你的名号搬出来，再不听话就不许跟我哥玩儿，这招准管用。”陆心藜不无嘲讽地说。

陆泽漆扶额：“这多少年前的事情了？”

“不知道，三年级以前吧。”陆心藜冷哼一声，“后来我亲哥成了他哥，他可就再也没有听过我的。”

陆泽漆头一次知道自家这妹妹还吃过霍江的醋，本来几分烦躁的心情也好了起来。他一边跟陆心藜斗嘴一边顺着小路往上走，却没注意到霍江正从上面走下来。

“哥。”霍江走到他身边时才出声。

陆泽漆吓了一跳：“霍江？是你啊！”

“那臭小子来了？”陆心藜问。

“嗯。”陆泽漆回答，又向霍江说，“是心藜，你们要不要聊几句？”

虽然是问话，但陆泽漆已经把手机递了过去。霍江眸光微沉了一下，略带迟疑地伸出手去接手机。

陆心藜也愣了一下，随即冷哼一声：“算了，我也不想跟这种没良心的臭小子讲话，要讲也是见过面先揍一顿后的事。”

说完，陆心藜就挂了。

陆泽漆的手机已经递到一半，又顿住，他干笑一声：“那个，她还有点气你这几年没跟她联系。”

霍江点头，收回手。

“她就是刀子嘴豆腐心，刚才电话里一直在关心你的事。什么时候一起见个面，说开了就好。”陆泽漆替妹妹打圆场。

霍江又点了点头。

“你怎么出来了？”陆泽漆问他。

霍江仰起头，看了看已经擦黑的天色，说：“有点热，我出来吹吹风。”

“你这段时间一直都闷在屋里赶稿，也是该出来走走。”陆泽漆也顺着他的目光看向天空，“刚刚心藜跟我聊起你，这几年，我们一直以为你回来时会是一个艺术家，请我们去看你的画展之类。”

“让你失望了？”霍江转头看一眼陆泽漆。

“现在哪还轮得到别人让我失望？”陆泽漆自嘲地笑了一下，他看着霍江，“不过，我倒还没有放弃那个想法，即便是现在，只要你愿意，还是有成为艺术家的可能。”

霍江在楼下的小平台上停下来，盯着脚尖，说：“是不是程岸那边出了什么问题？”

陆泽漆被霍江的敏锐吓了一跳，一时不知道怎么组织措辞。他迟疑着，抬头看着远处，城市的灯正好开始一盏一盏，逐渐亮起来。

“也不算什么大问题，就是平台大了，竞争激烈，大家都在拼速度，所以你这样的比较吃亏。”陆泽漆思考了一下说，“《幻夜幽冥》当然很好，但是，如果没有公平的机会，只会浪费你的才华。所以，我想问问你，要不要再选择一次？”

“没有什么好选择的，对我来说，都是画画。”霍江的回答来得很快，似乎早就思考过这个问题。

“即使是，你不能按你的原则来？”陆泽漆回头看看那栋不知道能坚守到几时的小楼，“现在这个情况可能无法持续。”

霍江点头：“嗯。”

陆泽漆忍不住朝他看过去，他消瘦的脸上依然没有什么表情，但那双清亮的眼睛看起来十分坚定。

于是陆泽漆点了点头，不再多话。

“这几年除了漫画之外，还有画别的吗？”陆泽漆忍不住又问。

霍江沉默片刻：“有。”

不知道为什么，陆泽漆觉得这一个字，从他嘴里说出来，像是有沙子从他喉咙里磨过，显得那么艰难。

早上，陆泽漆像之前每一天一样走进霍江家，霍江已经坐在电脑前了。姿势跟陆泽漆昨天晚上离开的时候一模一样，仿佛没有动过。

“先过来吃早餐吧。”陆泽漆走到当餐桌用的茶几边，拿出碗筷，“你开始多久了？”

“一两个小时。”霍江走过来坐下。

陆泽漆算了一下，如果霍江从他走之后开始休息的话，也算休息了七个小时左右，便没再说什么。但两人吃完早餐坐回电脑前，陆泽漆发现硬盘里的成稿比起前一天的多了一条。他抬起头看着对面的霍江，霍江的脸被屏幕的光照得惨白，眼睛下的阴影特别明显。

陆泽漆的脸色沉下来：“你昨晚睡觉了吗？”

霍江握笔的手顿住，他慢慢地抬起头看了陆泽漆一眼，然后低下头继续画，头敷衍地点了两下。

这么明显的心虚陆泽漆都不忍心拆穿他，陆泽漆叹口气：“我已经说了很多遍了，无论如何都要保证足够的休息时间。再说一遍会不会有用？”

霍江装不下去了，微笑着抬起头：“我是想……”

陆泽漆打断他的话：“什么都别想了，去睡觉！”

“我没事。”

“有事的时候就来不及了！”陆泽漆再次打断，看着霍江还想挣扎，他露齿一笑，“你是不是觉得我现在管不了你了？”

霍江立刻站了起来，但还是有些迟疑。

陆泽漆看一眼时间：“去睡吧，中午我做好饭叫你，下午继续。”

霍江这才点头走进了房间。

陆泽漆揉了揉脸，把台词加上后仔细检查了一遍，就算是在这种赶工的情况下，整条漫画看下来依然没有一丝敷衍的迹象。

填完台词之后，陆泽漆做了一个更新预告发到粉丝群炸了一次群，趁着热度求票求评。看着效果还行，他又用之前的内容做了个搞笑小番外发到群里和微博上，附上《幻夜幽冥》的链接，没过多久，程岸转发了这条微博。

陆泽漆随后把这件事情忘到了脑后，几天后再打开的时候微博上多了几十个粉丝，还有人给他发私信，有人问他怎么看不了，有人问他漫画完结没有，哪里能看到全部内容，还有人单纯地发了好评。

陆泽漆有些嫉妒，他以前也发过东西，给自己的漫画宣传过，就从来没有任何效果。他感慨着，认真回复每一条私信。

“你好，请问你是《幻夜幽冥》的作者吗？”一个叫娓娓一言的人问他。

“不是。”陆泽漆发出去，又觉得太过生硬，在对话框里输入，“我是作者的朋友”，打到一半他把这句话删掉了，换成，“我是《幻夜幽冥》的读者，只是‘安利’自己喜欢的漫画。”

陆泽漆见这样做有效果，接着上回的番外做了一个续集。做到一半他才忽然想起来，这些东西不应该由他的账号发出去。

于是，他看向埋头苦干的霍江。

“霍江，你有微博吗？”

霍江似乎没听见，陆泽漆便又问了一遍。

“微博？”霍江目光飘忽了一下，低下头继续画画，“应该有注册过，不过账号密码我都不记得了。”

陆泽漆为难地咬牙：“算了，我给你重新注册一个吧。”

“做什么用？”霍江问。

“用来做宣传推广，跟读者保持交流。”陆泽漆说着停顿了一下，“我知道你现在没时间，我先帮你管理，发一些精彩片段和更新预告什么的。我前几天用之前的内容做了一个小番外，发出去有涨粉，我觉得以后可以经常发。”

陆泽漆说着把之前做的小番外发了过去。

霍江点开，只有十几格的漫画，他却看了很久。

陆泽漆越过显示屏朝霍江看过去，却只看到霍江低着头，看不到他脸上的表情。陆泽漆渐渐有些不安起来，没说一声就用了漫画里的图，他该不会不高兴了吧？陆泽漆觉得自己的行为跟粉丝做同人没什么区别，但谁知道现在的霍江会怎么看呢？

他疑惑地走到霍江身后，屏幕上就是那个小番外没有别的。他就着霍江的屏幕又看了一遍，确定他就只是用了漫画里的人物形象编了一个小段子，用比较搞笑的对白介绍了漫画里的角色而已，没什么触雷的东西。

“有什么问题吗？”陆泽漆忍不住开口发问。

霍江这个时候才抬起头，脸上有一个大大的，但十分傻气的笑容。

陆泽漆愣了一下，这个笑容他很熟悉，却很久没有见到了。霍江从小就是一个不爱笑的孩子，就算笑也只是微微抿起嘴唇，他只有真的很高兴的时候才会这样。陆泽漆小时候为了看到这个笑容，常常铆起劲儿来逗他，也常常适得其反，越逗越生气，现在回想起来，少数的几次多半都是他们躲在一起偷看漫画的时候。

那时候，他们还只是单纯地喜欢看漫画而已。

“我很喜欢。”霍江看着陆泽漆说。

陆泽漆故作冷漠地说：“我看出来了。”

“真的！”霍江像是没发现自己脸上的笑意表现得多么明显，又强调了一遍，“哥，没人像你这么了解他们。”

陆泽漆笑起来：“你画得那么好，每个人都能看出来，不是只有我。”

霍江固执地说：“不，只有你。”

“你真应该去跟粉丝互动一下了。”陆泽漆伸手拍拍他的肩膀，走回自己的座位去做续篇。

陆泽漆注册好柒念的微博，把账号往群里一发，很快就有了第一波粉丝。那些小番外和更新预告一发上去就被转发出去，粉丝群里的人也增加了不少，还有人效仿陆泽漆，也画起了同人。

陆泽漆大受鼓舞，觉得就算没有程岸的推荐，他也能让《幻夜幽冥》收获大票粉丝，卖出好成绩。可他还没来得及得意，粉丝数涨到七百多，还没突破一千大关，数字却忽然停滞不动了，无论他发多少预告、番外也只有三五人的数字变化而已，甚至有人专门加入粉丝群来骂作者，说什么光发预告不更新，骗读者点击什么的。

这些事情他不会特意告诉霍江，霍江却从他的心情中察觉出了不对。

“哥，你今天怎么了？”霍江在吃饭的时候问他。

“粉丝数忽然不涨了。”陆泽漆也没瞒着霍江，心不在焉地看着桌上的菜，忽然抬起头看着霍江，“现在存稿有九条了？”

“没。”霍江摇头，“明天要发一条，只剩下八条。”

按照程岸定下的原则，五条存稿是雷打不动的死线。原本霍江一直徘徊于死线上，这段时间没日没夜地赶工，多存出三条，比起别人二十话爆更的量来说仍然太少，但总归是一种进步。

陆泽漆不由得打起了存稿的主意：“要不，把这几条更了？”

霍江微微犹豫一下，说：“还是不要吧？”

陆泽漆也知道这样做不妥，他揉了揉眉心，苦笑着说：“难道就只剩下买粉丝这个办法了？”

霍江看着陆泽漆，闹不清楚他是在说真的还是开玩笑。

“开玩笑的。”

霍江松了一口气，扒拉几口饭，又停下来：“哥，你其实不用做这些的，我只想画好漫画，别的就交给读者自己去选择。”

这已经是霍江第二次说这种话。

“话是这样说，可事情哪有那么单纯？我做这些也只不过是给你争取一个公平一点的机会。”陆泽漆叹口气，“你不用管，反正我现在能做的也只有这些了。要不然你就只能让我帮你描线、上色，把速度提上去，我也就没时间再操心这些了。”

“可是……”霍江放下筷子，抬起头，双眼紧盯着陆泽漆，“你为什么要做这些？”

陆泽漆顿住，他已经很久没有想过这个问题，一时竟然无从答起。

“你说你的费用是由程岸负责的，但那不会多到让你心动。”霍江难得一口气蹦出这么多字，脸上是真实的困惑，“你说你来跟我学漫画，可你应该已经看出来了，我教不了你任何东西，到现在……依然是你在教我怎么画画。”

霍江的声音里带着几分清冷，手却在桌子下紧紧地交握着。

如果是平时的陆泽漆一定能够看出他是在紧张，可他这些话让陆泽漆有些招架不住，也就无法分心注意他的神情。

没错，陆泽漆一开始只是来向霍江学习自己身上没有的东西，可是从什么时候开始，他竟然投入了这么多感情？为了多几个粉丝而欢欣雀跃，因为有人骂而愤愤不平，因为多了三条存稿就暗自庆幸。

相比之下，霍江这个原作者倒比他冷静多了。

“所以，你为什么要做这些呢？”霍江又问了一遍，声音低得好像只是说给自己听，“我，真的值得你这么做吗？”

这个问题终于把陆泽漆唤醒，他抬起头，挤出一个笑容：“你当然值得。”

霍江的眼睛亮了一下，但又很快寂灭下去。

看来，现在的霍江没有那么好打发，陆泽漆不得不思考起来。

他做这些事的原因有很多。第一个很简单，因为对方是霍江。可能是太习惯了，为霍江去做这些事情一点都不奇怪，甚至不需要思考什么理由。第二个原因是因为霍江的才华，这是他做梦也想要的东西，他常常想，如果他拥有这份才华，早就让这才华在世界上发光发热了。但他自己没有，所以他的感觉十分复杂，时而嫉妒，时而羡慕。但无论是哪种情况，他都绝不愿意看到这份才华被埋没。

这些话卡在陆泽漆喉咙里，难以开口，光是要对自己承认就已经费很大劲了。

陆泽漆有点无奈：“我们从小一起长大，你还叫我一声哥，这么问是不是有点太见外了？”

“以前……就是太习以为常了。”霍江低声说。

“为什么你会这样想？”陆泽漆愕然地看着他，忽然反应过来地说，“你该不会还在记恨我那时候说的话吧？我当时……”

“不是。”霍江打断他的话。

这么明显的掩饰让陆泽漆的嘴角抽搐了一下，但他也很庆幸不用提到那件事，因为实在是太尴尬了。

“那个，我一开始不就说了吗？我是来跟你学怎么画漫画的，虽然你说你不会教，但你又没有藏起来，我也有眼睛看得到你的一举一动，我一定可以学得到的。”他干咳了一声，继续说，“另外，我也真心希望你的作品能让更多人看到，你画了那么好的漫画，却因为不相干的原因而被埋没，这会让我很难受，就像颜料没有摆在正确位置那么难受。”

霍江的眼睛微微睁开。

他最清楚，陆泽漆好好先生的外表下有点强迫症，比如陆泽漆画画用的颜料都有固定的顺序，一点也不能乱，放错一丁点就能生气一整天。霍江不敢相信，他的事对于陆泽漆来说有那么重要。

“我既然想让你得到公平的机会，当然也会让我自己得到我想要的。”陆泽漆站起来拍拍霍江的肩膀，“放心吧。”

霍江点头。

陆泽漆看到他已经吃好了，起身收拾桌上的碗筷，霍江慢半拍地过去帮忙。

两人收拾完走回工作台，电脑边的手机亮了一下，提示有微信消息。陆泽漆下意识地拿起来看了一眼，是程岸发过来的。

“下周三分类编推，更三条。”

陆泽漆呆了一下才反应过来：“霍江，有推荐了！”

他一边说着，一边兴奋地把手机拿给霍江看。

霍江看着陆泽漆兴奋的样子也跟着笑了起来，但陆泽漆并没注意他的反应，坐下来忙着回复程岸的消息。

“居然有推荐？你这是良心发现吗？”

“嗯。”程岸的回复很快发过来，“被你的诚意打动，微博推广做得不错。”

不错？

陆泽漆怀疑是程岸的讽刺，正要损回去，程岸的消息再度发过来：“你现在连霍江的手机也接管了？”

陆泽漆这才注意到自己拿着的是霍江的手机，之前用来登录霍江的账号检查信息才拿过来的。

陆泽漆有些尴尬地抬起头，霍江已经开始埋头工作了，像是没发现那是他的手机。陆泽漆默默地把手机放回到霍江手边，拿起自己的手机。

“拿错手机了。”陆泽漆用自己的手机发过去。

“我就知道是你。”程岸回复，随后又发来一条，“霍江让你帮忙了吗？现在速度还是不够啊！”

“没，我要能动手，哪还有时间发微博？”陆泽漆无声地叹气，在手机上飞快地打字，“他说考虑一下，但他宁愿通宵工作也不让我帮忙。”

程岸发来一串句号。

陆泽漆又想叹气了，重逢霍江以后，他叹气的次数比他过去几年加起来都还多。

“你继续加油，别放弃。”程岸发了个握拳的表情。

陆泽漆还给程岸一串句号。他倒是想加油，也得霍江肯配合啊！

他放下手机，打开漫画平台的网页，点了几下找到分类编推的位置，是一个挺偏的小推荐，但对于没抱希望的他来说，有就已经不错了。

陆泽漆打开存稿，把下周要发的三条列出来，开始做新的更新预告。

但他并没有注意到，霍江早就停下握笔的手，抬着头，一直在对面安静地看着他。

陆泽漆给了霍江他想要的答案，那些话，现在还回荡在他的心口，让他的心有一股暖烘烘的感觉。但这并没有让他的心安定下来，从陆泽漆忽然出现在他家门口开始，他就觉得好像一个梦境，没有一刻真实过。

这让他觉得恐惧，即使如此，他依然希望实现陆泽漆的期望。

# 第四章

# 纯粹与挣扎

一周以后，《幻夜幽冥》上了分类推荐的榜单，一口气更新了三条，点击、订阅和排行都蹿上去一大截，群里和微博的粉丝也增加了一些。陆泽漆先是兴奋了一阵，一天过去，发现比他预估还有一点距离后，心情又有点失落。

这才只是刚开始，陆泽漆平复一下自己的心态，想到自己之前还只是在门外就整天患得患失，确实好笑。再看看稳如泰山，一天下来连网页都没打开的霍江，陆泽漆忍不住咬牙切齿。

一次推荐让《幻夜幽冥》有了些起色，好过没有，但并不足以让他们翻身。更加显眼的反而是好不容易有点存稿，现在一朝回到解放前，霍江至少得花两个星期才能追回来。

陆泽漆很想催催他，问他到底考虑好没，几次开口又作罢。

还是好好地做他的更新预告和同人段子吧，陆泽漆心想，拿着霍江的手机登录微博，看到有几条未读的私信。

“你好，请问你是《幻夜幽冥》的作者吗？”

是那个叫娓娓一言的粉丝发过来的，她从陆泽漆的微博转到了“柒念”的微博下，问的问题都一模一样，看私信的人也还是陆泽漆。他迟疑一下，回答“是”。就一个字，这才符合柒念的性格。

上一次，陆泽漆的回复石沉大海，但这一次，娓娓一言很快就又发来新消息：“太好了！我是《幻夜幽冥》的粉丝，同时也是《A 漫画》杂志的编辑。”

她是漫画杂志的编辑？陆泽漆十分意外，他想了一下，再度替霍江回复：“谢谢。《A 漫画》是国内最早的漫画杂志，我也曾是它的粉丝，以前一期不落地看。”

这不算撒谎，小时候《A漫画》是陆泽漆订的，霍江也跟着他一起看，霍江自己买了漫画也通常是藏在他那里。不过，这几年国内各大网漫平台相继火了起来，《A漫画》便逐渐销声匿迹了。但现在突然回忆起来，还真有几分怀念。

娓娓一言发了个笑哭的表情：“是的，这家最古老的漫画杂志经历了长达八年的停刊之后，现在决定重新开刊了。”

这个娓娓一言还挺幽默的，陆泽漆笑了一下，又说：“原来是这样。”

娓娓一言继续说：“我一直在追《幻夜幽冥》的更新，发现平台上的点击没有我想象的那么高，应该是更新节奏的问题。我想了一下，这部作品是不是更适合连载出书，所以想来问一下您有没有这方面的兴趣？”

陆泽漆一愣，几乎是立即就要答应。随即才想起来这是霍江的作品，他猛地站起来：“霍江！”

“什么？”霍江被他吓了一跳。

“有人想给《幻夜幽冥》连载、出书！”陆泽漆兴奋地说，“是我们以前经常看的《A漫画》，你想跟他们合作吗？”

霍江的眼睛亮了一下，随即微微皱起眉：“可是，跟程岸签约的时候已经把所有的版权签给他独家代理了，出书或者连载都要通过他们。”

陆泽漆没有签过合约，但也知道是有这样的条款。他想了一下，点头：“那我去找程岸谈谈。”

他坐回位置上，给娓娓一言发回复。

“抱歉，《幻夜幽冥》的版权已经签给哆看漫画代理，合作的事情我需要先跟平台沟通。”陆泽漆说。

“没关系，我们跟哆看漫画也有合作的，之前也问过平台的人，但是他们拒绝了，所以我想来跟作者谈一下，看能不能促成这件事。”妮妮一言回复。

拒绝了？

陆泽漆皱眉：“好的，我们先沟通一下。”

大概是他的表情太沉重，霍江再度开口：“哥，不着急，现在不出也没关系……”

“嗯，没关系。”陆泽漆敷衍地点点头，在微博上跟妮妮一言交换了电话号码。

陆泽漆也没绕弯子，直接跟程岸说：“《A漫画》来找我们，说是想连载《幻夜幽冥》，出书，但是被你们平台拒绝了？”

“有这回事？”程岸很快回复过来，“我没有收到消息。”

陆泽漆把他跟妮妮一言的对话截屏发了过去。

程岸过了一阵才回消息：“这种事情一般是由商务部负责，可能没有通知我，我先去确认一下。”

“好，等你消息。”陆泽漆发完消息，一抬头发现霍江还担心地盯着他，“真的没事，问问又没关系。”

“现在是什么情况？”霍江问。

“程岸也不知道这件事，他需要一点时间去确认。”陆泽漆这才明白过来，霍江不是在担心，而是在期待。

他笑了一下，说：“你也很想出书是不是？”

霍江点头：“出书跟网络连载不一样。”

“我明白。”陆泽漆也点头，“那是看得见也摸得着的实物，我也很想……”说到这里，他自嘲地笑了一下，“我就不知道有没有那个时候了。”

霍江张了张口似乎想安慰陆泽漆，但又不知道怎么说，表情就显得十分纠结。陆泽漆发现自己破坏了气氛，连忙转换话题：“对了，你不是出过书吗？就你小时候那个绘本，我家里还收藏着好几本。”

“那个不算。”霍江皱眉，“我不喜欢那个作家配的文字。”

陆泽漆笑起来，当时为了哄霍江按书商要求画图，陆家、霍家两家人都上阵了，才哄得他一张一张画出来。

看到陆泽漆并没有受影响，霍江才又松了一口气。

一直到晚上，陆泽漆已经准备要回家了，程岸的电话才打过来。

陆泽漆接起电话：“程岸？”

程岸一时没有说话，陆泽漆看了霍江一眼，两个人神色都凝重起来。

“怎么了？”陆泽漆又问。

“出来说。”程岸的声音很闷，“在江边大排档，我们一起来过的那家，来陪我喝几杯。”

“行。”陆泽漆听出程岸已经有几分醉意，一手拿起外套，“你等我一会儿，我半个小时就到。”

陆泽漆往外走，霍江连忙跟上去：“哥，我跟你一起去。”

陆泽漆疑惑地顿住，随即才想明白，霍江没听到程岸的话，见他一接电话就要走，估计是误会了。他笑起来：“也行，就当是出门放个风！”

霍江一愣，人却已经被陆泽漆拉了出去。

深夜，路上的车已经很少了。

陆泽漆认真地开着车，没有说话，副驾驶座上的霍江也安静着不去打扰陆泽漆，直到陆泽漆无比迟疑地开口：“霍江，你觉得程岸是个什么样的人？”

“好人。”霍江说。

陆泽漆点了点头。

到了地方，霍江才知道是吃饭而不是打架，一张冷峻的脸上没有变化，耳根却微微发红。

程岸一个人坐在角落的桌子边，衬衫袖子挽到手肘上，领口的扣子也开了好几颗。他黑着一张脸自斟自饮，浑身散发着一股生人勿近的气息。陆泽漆和霍江走过去时，他也只是微微地抬了抬眼皮。

“本来就长得够吓人了，还板着脸，没看到隔壁小孩都要被你吓哭了吗？”陆泽漆没好气地说，在程岸对面坐下来。

霍江坐在陆泽漆身边，拿过桌上的水壶给两人倒上热水。

程岸一把抢过水壶，说：“喝什么水，今天谁都不许喝水，只能喝酒。”然后不由分说地叫来服务员。

“再来半打啤酒。”

“我陪你喝，霍江就算了，你还指望他回去之后赶稿子呢！”陆泽漆说着看向霍江，“你是喝果汁还是喝可乐？”

“那是你陆扒皮的指望，我可没要求他二十四小时赶稿！”程岸瞪了一眼陆泽漆，接着换上一脸亲切的表情看向霍江，“柒念，放心喝，喝醉了明天休息一天也是可以的……只要你下周准时交稿就行。”

陆泽漆冷哼一声：“只要？敢情不是你自己画！”

霍江看着他们两个人斗嘴，脸上露出一丝矜持的微笑：“我也可以喝一点的。”

“看吧！”程岸得意地给霍江倒上酒。

陆泽漆讶异地看着霍江，上下打量着他：“你才多大？什么时候学会喝酒的？”

霍江无辜地看着陆泽漆，眨了眨眼睛。

“别人二十二岁了，都可以领结婚证了！”程岸替霍江说话，“你才大人几岁？跟家长管孩子似的，这也不许那也不行，啰啰唆唆的鸡妈妈。”

霍江颇有同感地点头：“嗯。”

“你怎么……”陆泽漆转头瞪着霍江，发现即使这么坐着，霍江也依然高出他不少，他得仰头跟霍江说话。他不由得反思起自己的语气和态度，“也对，你二十二了……”

除了刚刚重逢那一天，霍江跟记忆中相比实在变了太多，那之后陆泽漆很少意识到霍江是个成年人，总觉得他还很小。

虽然现在已经被程岸给拆穿了，但他还是没办法接受，嘴硬地说：“二十二岁又怎么样？还不是我弟弟。”

“真搞不清楚你们这些有弟弟妹妹的人。”程岸翻个白眼，忽然将手搭上陆泽漆的肩膀，“话说我也大你几岁呢，怎么没见你叫我哥？”

“滚！”陆泽漆抖落他的手。

程岸有些醉了，平日里伪装的斯文外表被撕开，糙爷们的真面目露了出来。他哈哈大笑着又去拉霍江：“柒念你呢？你介不介意多一个哥哥？”

霍江不说话，只是替程岸倒上酒。

“人缘这么差，做人真是太失败了。”程岸叹了一口气，举起杯子里的啤酒往嘴里灌。

“菜还没上呢，你就喝成这样了？”陆泽漆连忙拦住他，“今天到底怎么回事？你怎么生这么大气？”

程岸看一眼霍江，摇头：“不行，不能让这些狗屁倒灶的事情影响柒念的创作。”

“他是成年人。”陆泽漆把这句话还给程岸，随后又说，“这些事情他有权利知道，而且，他最大的优点就是没人能影响他的创作。”

他口中的主人公看了他一眼，一脸不赞同但由他去的神情。

陆泽漆也没理他，只是看着程岸，问道：“到底怎么回事？”

“你还猜不到？”程岸冷哼一声。

陆泽漆这一下午都没干别的，净猜测了。既然程岸这样问，他也干脆说出来：“《A 漫画》的人联系了你们公司的商务，商务肯定没

有拒绝的权利，所以去找了你们主编？”

他能想到最坏的结果大概也就是这样了。

程岸点头：“谁是责任编辑，后台一查就能查到。原本这件事情应该问一下责编，由责编判断之后向主编申报。而这一次，他们却直接找了主编，没有跟我说一声就直接回绝了这件事。”

“拒绝的理由是什么？”陆泽漆问。

“理由很完美，《幻夜幽冥》是潜力作品，版权不应该轻易售出，而是应该等到后期做出来成绩，有了漂亮的点击和订阅，我们才有更多的筹码，为作者争取到更好的条件。”程岸一本正经地说完，扯出一抹冷笑表达他的不屑。

“倒也是冠冕堂皇的。”陆泽漆说，“你应该不至于生这么大的气。”

“这是最后的结果，过程中还发生了很多事情。”程岸说，“《A漫画》联系的商务是一个平时跟我关系挺好的同事，我们合作完成了很多版权的出售，所以事情发生以后我先去找了他，想问问原因。他先是支支吾吾地说不出个一二三，后来又恼羞成怒，跟我吵了起来。”

服务员把他们点的海鲜、烧烤端了过来，打断了程岸的话，程岸停顿下来仰头喝酒。

“后来呢？”陆泽漆陪了一杯，又问。

霍江也默默地喝了一杯，然后给三人都添上。

“后来由于吵得厉害，引来了围观。商务部经理、主编，还有内容总监都过来了。”程岸冷笑了一声，喝干了杯子里的酒，“五个人坐在一起调解这件事的时候，主编才说了那番话。”

陆泽漆前后想了一遍：“在我看来，主编当众承认了的《幻夜幽冥》的潜力，以后你再争取推荐的时候他没有理由再反对，这看上去还是一个好结果？”

“那当然。”程岸冷哼一声，“要是结果不好，这架不就白吵了吗？”

陆泽漆更不明白了：“那你为什么生这么大气？”

程岸重重地把杯子搁在桌上：“因为商务部那家伙当着总监的面说是我性格冲动易怒，难以相处，所以才越过我找主编的。还拉了几个人来证明我人缘差，好像早准备好了似的，接着主编就在那里假惺惺地说我也是为了工作。”

陆泽漆挑眉：“他们在孤立你？”

程岸冷哼一声不说话了。

虽然看出了问题症结所在，但陆泽漆也没有什么办法可以解程岸眼前的困境，一时有些担心。他转头看向霍江，本来是指望霍江说点什么，结果却看到对方低头吃花甲，被辣到了把啤酒当作饮料往嘴里灌解辣。

“你少喝一点，别醉了。”陆泽漆下意识地开口，随即意识到自己又开始管东管西了。

霍江差点被呛到，连忙放下杯子。

陆泽漆抚额，再这样下去，可真成了程岸口中的鸡妈妈了。

“你们俩够了！”程岸打断陆泽漆的内心戏，给三个人的酒加满，举起酒杯说，“今天出来就是喝酒的，什么少喝一点？都给我干了！”

三个人碰了一下杯，程岸干了，陆泽漆和霍江都陪了一杯。

程岸再度倒满。

陆泽漆不好再拦他，便拿话来打岔：“你现在处境这么难，以后怎么办？”

“什么怎么办？我以前是凭业绩在编辑部站住脚，以后自然也是。想孤立我没有那么容易，你们不用担心。”程岸说，“我心情不好是因为我没想到自己有一天会参与到这些事情中来，我原本以为我只是不屑于做这些事情，现在我做了，却败给了那种不入流的招数。”

“你败了吗？”霍江忽然出声。

陆泽漆和程岸两个人都朝他看过去。

“在我看来，你没有败。”

“没有败？”程岸捂住眼睛笑起来，“那为什么我的感觉就像败给谁了一样？”

陆泽漆轻叹了一口气：“这种事原本就没有输赢，或者说，输赢都不是什么好事，总归是不愿做这种事的自己败了。”

“有时候我真的很羡慕你们，可以不用面对这些乌烟瘴气的事情。”程岸笑了笑。

“没有你，我们……他也没办法这么安心地在家画漫画。”陆泽漆也跟着自嘲地笑了笑，举杯跟程岸碰了一下。

霍江看了一眼陆泽漆，想说什么，但又停了下来。

程岸再次给他们添上酒，举起杯子：“好了，你们也不用想办法安慰我，该怎么做我心里清楚，只不过，今天晚上就让我们一起喝个痛快！”

“好。”陆泽漆也知道，程岸是三个人中活得最明白的，他只是需要有人陪他醉一场，便举起杯子，“好，今天就喝个痛快！”

霍江没说话，但也举起了酒杯，三人放开了吃吃喝喝。

他们没来之前，程岸就已经喝了不少，这会儿又接连干杯，没多久就醉倒在桌上。

陆泽漆看他倒了，笑开：“总算是倒了，我去结账。”他自以为轻松，站起来时却是不自觉地摇晃了一下，幸好霍江及时扶住了他。

“还是我去吧。”霍江扶他坐下，自己站起来往收银台那边走。

陆泽漆不可思议地看着霍江的背影。

他知道自己酒量浅，很克制地只喝了一罐，而霍江一直拿啤酒当饮料喝，面不改色地喝了三四罐，这会儿看起来却跟没事人一样。霍江结了账、叫来代驾，还把醉成泥一样的程岸扛进车里，回头来找陆泽漆，陆泽漆仍然睁大了眼睛，要笑不笑地看着他。

“怎么了？”霍江半蹲下去，带着一丝好奇看着喝醉了的陆泽漆。

陆泽漆看着霍江，却不知道霍江眼里的他，双眼清亮，脸上那个笑容依旧有一丝邪气，却也带着一丝迷蒙。

“哥？”霍江忍不住伸手，在陆泽漆的眼前挥了挥。

陆泽漆一把抓住他的手：“看来，这些年真是错过了不少的你。”

霍江整个人怔住，陆泽漆却借他的力站了起来，身形不稳地往外走。霍江慢了半拍地跟上去，小心翼翼地护着他。

两人先把程岸送回家，出来时已经很晚。

陆泽漆清醒了不少，抬起手腕看一眼时间，皱眉：“快两点了，我家离这里不远，要不你今晚上先到我家住，明天早上再一起过去？”

霍江抬眼看向陆泽漆，似乎很意外：“可以吗？”

陆泽漆却误会了他的意思：“如果你不愿意的话……”

“不是。”霍江打断了陆泽漆的话，语气里的急切让陆泽漆愣了一下。

霍江红了脸，开始咬唇。

“那上车吧。”陆泽漆说着打开车门，代驾师傅还等在驾驶座上。

进门的时候，霍江犹豫了一下，像在确定自己是不是受欢迎，谨慎地站在玄关打量这间房子。

房子是个一居室，但比他住的地方至少大了两倍，装修和布置都简单而精致，很有陆泽漆的风格。客厅有一半被隔出来作为半开放的工作间，可是看起来仍然宽敞。

“你进来，随便坐。”陆泽漆看霍江满脸好奇，便解释，“这是我姑妈的房子，她平时也不住这里，就暂时借给我住。”

霍江点点头。他对陆家十分熟悉，包括陆泽漆的姑妈，她对陆泽漆的疼爱远超过他父母，这房子说是借，恐怕是专门为陆泽漆而买的。

陆泽漆进储物间去拿新的毛巾和洗漱用品，出来时，霍江正站在墙边看着墙上一幅彩铅画。画上是一只白色波斯猫，毛发又密又长，眼睛一只蓝色一只金色，好奇而又警惕地看着画外的人。这幅画画得十分精致，猫身上的每一根毛都栩栩如生，若不仔细看，会误以是一张照片。

霍江看得很认真，陆泽漆出来他也没有发现，愣愣地伸出手去想抚摸，但又怕碰坏了似的，迟迟不敢动手。

陆泽漆走到他身边和他一起看着这幅画，实在弄不懂有什么值得惊叹的。

“几年前在公园捡的猫，养了一段时间，后来找到它主人就把它送回去了。”

霍江这才发现陆泽漆已经走到了他的身边，飞快地收回了手，不好意思地低头，慢半拍地说：“很漂亮。”

“抓人也可疼了。”陆泽漆笑笑。

“我是说，你画得很漂亮。”霍江强调。

陆泽漆不知道他为什么要这样强调，却下意识地皱起眉，自嘲地笑：“不过是基础技法罢了，你来画一定会让它更有灵性。”

说完，陆泽漆把手里的东西递给霍江：“很晚了，赶快洗漱一下去睡觉吧！”

霍江接过东西，却并没有离开，而是看着陆泽漆，一副欲言又止的样子。

“卫生间在那边。”陆泽漆以为他是不知道卫生间的方向。

霍江还是没动，盯着自己的脚尖，犹豫了片刻，才再度开口：“哥……”

“怎么了？”陆泽漆很有耐心地看着他。

“你是不是很在意这些？”霍江停顿一下，重新组织了一下语言，“画得好不好，能不能出书，有没有人看之类的？”

只是这一天，陆泽漆就有三次露出那个自嘲的笑容，一次是说到出书，一次是程岸说羡慕他们不用上班工作时，另一次就是现在。霍江每一次都注意到了，他不知道该怎么说，但他知道自己无法再忽视下去了。

陆泽漆却很不愿意提起这些似的，笑了一下：“这么晚了你确定要说这些吗？你要是不困我就先去洗漱了。”

陆泽漆说着往卫生间走，霍江一把拉住他。

“我只说一句。”霍江说。

依照陆泽漆平时的态度，他可以自嘲，但别人要提起来，他多半是要生气的。但现在，也不知道是酒精影响，还是真的累了，他连生气也气不起来，只是有些无奈地停下来看着霍江。

霍江憋了半天，终于开口：“你不用着急。”

陆泽漆愣住，随即“扑哧”一声笑出来。

霍江大约也知道自己的话很无力，有些忧伤地低头看自己的脚尖。

陆泽漆伸手盖住他的头顶，揉了两把，弄乱了他的头发：“你觉得，你跟我说不用着急，这真的有说服力吗？”

霍江咬着唇，任由陆泽漆搓揉，看起来很难过。

“好吧，其实还是挺有用的。”陆泽漆轻咳一声，反过来安慰他，“毕竟不是每个人都是你这样的天才，对不对？我确实不应该着急。”

“不是这样。”霍江抬起头。

陆泽漆却是拍拍他，然后走进卫生间洗漱去了。

霍江坐进沙发里，懊恼地用手盖住自己的脸，要是他像程岸那样会说话就好了。

陆泽漆出来时，霍江已经倒在沙发里睡着了。他没叫醒霍江，拿

出一条毯子盖在霍江身上，然后站在沙发背后看着霍江的睡脸。

这小子，只是太纯粹，大约理解不了他的挣扎。

第二天，娓娓一言就在柒念的微博私信追问他们合作出书的事。

虽然很可惜，陆泽漆还是只能回答：“平台那边觉得时机还不到，出书的事要暂缓。”

娓娓一言没有回复，到下午时又给出了一个解决方案：“我知道平台那边可能会考虑到后期的数据，但我们这边可以给出一个比较优渥的分成比例，即使后期数据爆发，也不会影响到平台的收益。单行本可以暂缓出版，前期可以先在我们的杂志上连载，每一期连载两条，这样算下来，杂志的进度不会先于平台的更新。”

这条件让陆泽漆有些心动，他犹豫了一下：“可是，为什么不选择其他没有连载过的独家作品？”

“这次重新开刊对我们很重要，我们急需精品内容，没有时间去培养作者。”娓娓一言发了一个笑脸过来，“不瞒你说，现在作者资源都在网络平台上，要找好的内容确实不容易。”

娓娓一言的诚意让陆泽漆心动，他犹豫了一下：“我跟编辑再商量一下。”

陆泽漆想了想，打了个电话把事情告诉了程岸。

“如果是这样的条件，主编就没有拒绝的理由了。”程岸听起来很高兴，“你把这个编辑的联系方式给我，我去找她沟通一下细节。”

陆泽漆发了联系方式，迟疑了一下，又说：“要不，这件事你不要直接出面，还是由我和霍江以作者的身份出面，约上《A 漫画》编辑去跟主编谈吧。这样一来，事情的缘由就成了《A 漫画》和平台合作不成才找上了作者，跟你没有直接关系，而且业绩也同样是你的。”

程岸沉默一下：“你觉得现在都闹成这样了，我还有必要保持低调吗？”

“聊胜于无嘛！”陆泽漆轻笑一声，“越是要争就越是要保持低调。”

“有道理。”程岸停顿了一会儿，“我先来安排。”

两人挂了电话。

陆泽漆回头看向霍江，才发现自己连正主都还没通知。于是又把自己的想法说了一遍，霍江就是点了点头，放心地把事情交给陆泽漆决定。

程岸效率很高，很快就安排好了跟主编见面的时间。陆泽漆提前跟娓娓一言先见了一面，沟通了一些事，做了很多功课。他觉得，这也算一个正式的商务会谈，但霍江的衣柜他早就见识过，总共也没几件衣服，便出手给霍江买了一身新衣服，到了约好的日子直接拿出来让他穿上。

“真的要穿成这样吗？”霍江换好衣服走出来，一边扣着衬衫上的扣子一边不确定地说。

霍江身材高且瘦，平时总是简单的T恤搭松松垮垮的运动裤，看上去有几分颓废。但今天，陆泽漆给他准备的是一身得体的衬衫和笔挺的西装裤，穿在他身上好像换了一个人似的，无端端显出几分清贵来。

陆泽漆几乎忘了反应，看清霍江的动作才冲上去，把他的手拉下来。

“行了，这种衬衫不用扣到最上面。”陆泽漆把霍江的第一颗扣子解开，然后给霍江整理一下衣领和袖口，后颈的位置有些不平，他懒得绕过去，微微踮起脚，双手绕过霍江的脖子，抚平那处皱褶，一阵烫人的呼吸吹在他脖子上，他浑身一僵，才发现自己这动作太过于暧昧，虽然是小时候常有的动作，但不代表现在仍然可以。

空气陡然静默下来，一阵心跳声回荡在空气中，也不知道是陆泽漆的，还是霍江的。

陆泽漆慢慢地放开，装作没事发生一样检查霍江的衣着，最后点头，

拍拍他的肩膀：“还不错，没事长那么高做什么？”

霍江的脸早已通红，他屏着呼吸，一动也不敢动，有些僵硬地转身进房间：“我去拿钱包。”

那背影说是逃也不为过。

陆泽漆松了一口气，拍拍自己发烫的脸，再一次提醒自己，不能再把霍江当成小孩子了，至少那个时候还不需要他踮脚。

陆泽漆自己的打扮从来没有马虎过，反而不用怎么收拾就可以出门。

两人先去接娓娓一言，她的真名叫徐玮，是一个看起来十分腼腆的女孩，打扮比较普通，鼻梁上戴着厚厚的眼镜，看上去很不起眼。但看到霍江那一瞬间，她的眼睛立即发亮，双手紧张地交握在一起，好像马上就要昏过去一样，小迷妹的形象瞬间暴露无余。

她第一次见到陆泽漆的时候也是这副表情，只不过，知道陆泽漆不是柒念的时候立即转换成一副淡淡的样子，让陆泽漆很不是滋味。

“你好，我叫徐玮。”她递上名片，自我介绍说，“你就是柒念？”

霍江点头：“你好。”

“终于见到你了。”徐玮极力克制着自己的紧张，但声音里还是掩藏不住地泄露出一丝激动，“之前只看过你画的画，没想到你本人更是……比你画里的人物还好看。”

霍江从来没有遇过这么热情直接的表白，一时间被吓了一跳。他压抑着往后退的冲动，轻轻咳了一声：“谢谢……”

可算是没有失态。

“我是你的粉丝，你画的《幻夜幽冥》我很喜欢。”徐玮继续说。

霍江不知道该说什么好，于是又说了一次谢谢。

再这样下去，霍江就要缩回车里了。陆泽漆上前替他解围：“娓娓，你眼里只有柒念，难道我就不帅？”

“也帅也帅，但是他有漫画加分！”徐玮频频点头，“能跟你们合作真是太好了。”

“还不一定。”霍江直白地说。

如果今天谈不拢，那合作的事还真是不一定，不过也用不着这样直接说出来吧？果然他这话一说，徐玮热情的脸立即僵了一下。

好在，她并不是一个容易被打击的人，听到这话也只是握了握拳：“我一定会加油说服主编，促成这次合作的。”说着，她的目光仍然熠熠地盯着霍江。

霍江被看了好一会儿，才反应过来，点头：“谢谢。”

陆泽漆无奈地继续解围，他上前拉开后座车门：“上车吧，还有什么事我们路上慢慢说。”

徐玮点头，上了车。

陆泽漆一回头，霍江已经打开副驾驶座的车门坐了进去。陆泽漆感觉自己面前有如一阵冷风吹过，他本想让霍江坐后面，这样才不至于让徐玮一个女孩子尴尬。谁知，霍江这小子竟然一点自觉也没有。

说起来，霍江这几年谈过恋爱吗？之前没想过这个问题，但念头一冒出来就无法忽视了。但碍于徐玮还在车上，陆泽漆也只能暂时压住好奇心。

一路上除了《幻夜幽冥》相关的事之外，都是陆泽漆负责找话题，徐玮负责配合，霍江偶尔反应过来吱出个声表示一下这个人还存在。

到了哆看漫画，程岸接他们上去，主编已经在会议室等着了，互相认识的时候也显得十分热情。

一行人坐下，徐玮先开口：“我最开始看到《幻夜幽冥》的时候就非常喜欢这部漫画，作为一个编辑，我很想把这部作品出版成书。先前沟通的结果是平台这边有别的安排，但我实在不想放弃，所以又找了作者，希望大家坐下来面对面地聊一聊，促成这次合作。”

陆泽漆接腔：“我们也是《A 漫画》的粉丝，收到娓娓的消息之后……”

“抱歉。”主编打断了陆泽漆的话，他看看霍江，又转向陆泽漆，一脸不解的样子，“柒念我认识，之前就见过面。你，我也有点印象，不是程岸的朋友吗？”

他在暗示什么再明显不过，陆泽漆脸色不变，坦然地解释：“我也在画漫画，之前一直向程岸编辑投稿，您见过我也是我来跟他沟通投稿结果的时候。不过，我的作品没通过程岸审核，后来经程岸介绍去柒念那里兼职。”

陆泽漆解释自己跟程岸的关系，然后把自己跟霍江之间的故事当作笑话一样讲出来，徐玮非常捧场，主编却只是点了点头。

“原来是这样。”

陆泽漆笑了一下，继续说：“《幻夜幽冥》的版权是签给平台代理的，对于平台的经营我们也很尊重……”

主编再一次打断了陆泽漆的话，他看向霍江：“我还是想听听柒念自己的想法。”

陆泽漆的话两次被打断，脸上多少有些挂不住，他转头看向霍江。

“他的想法就是我的想法。”

霍江想也不想地开口，语气十分生硬，脸上更是没有一丝温度，看着主编的神情明显是不愿跟他多说。主编对陆泽漆的态度他看在眼里，要不是陆泽漆按住他，他早就出言不逊了。

主编眼里闪过一丝不悦。

陆泽漆又是一笑：“不好意思，柒念人很单纯，除了画漫画什么也不会，所以其他的事情都交由我来代管，您可以把我当成他的经纪人。”

“经纪人？”主编若有所思地看了一眼程岸。

一直在旁边装作摆饰的程岸忽然开口：“我原本只是觉得他们的画风比较搭，没想到他们原本就认识，达成这样的合作也挺不错的。”

原本直接对接的作者有了经纪人，这相当于是对编辑的一种削弱。

主编一脸若有所思的神情。

徐玮一脸诚恳地说：“周主编，《A 漫画》这几年虽然停刊了，但一直在出单行本，跟哆看漫画的合作从来没有停止过。我们编辑部上下也是非常认可《幻夜幽冥》，这也是我们《A 漫画》重新开刊十分需要的内容，希望主编再考虑一下。”

“你太客气了，我们双方都是长期合作的伙伴。”主编迟疑了一下，“但之前合作的都是比较成熟的作品，而《幻夜幽冥》目前只连载到43话，还不到出书的时候。”

徐玮似乎就等着他这一句话，连忙跟进：“我们可以先进入连载，每期更新两条，进度不会先于平台。以《A 漫画》的号召力，在前期是可以帮助平台引入流量的。”

“那么后期呢？”主编紧跟着问，“《A 漫画》是周刊，一期更新两条的话，相当于一个月更新八条，按照目前的进度，半年之后应该可以追平。到那个时候，《幻夜幽冥》的更新是否是以《A 漫画》为主呢？”

徐玮一笑：“到那个时候最多是齐平，能画多少是作者决定的，我们说了都不算。”

能做到齐平，对于漫画杂志来说也是一个挺大的优势。双方说是合作，但也有作者资源的竞争，毕竟霍江签给哆看的是《幻夜幽冥》，下一部要签给哪家就未必了。

这就到了考验主编人品的时候，如果他宁愿损失霍江这个作者也不想让程岸出头，这件事就成了僵局，而霍江不会在这个时候甩开程岸，他接下来就有可能会被冷藏，即使能再出来，也要花很长的时间。

主编蹙眉思考了一阵，道：“《幻夜幽冥》的潜力当然毫无争议，大家都认可，但问题就在这里，作者能画多少我们不确定，所以我认为《幻夜幽冥》应该在中后期再集中推荐，而不是在前期就急于求成，这对作者的创作是不利的。”

会议室的气氛整体一沉，程岸忍不住要说话，陆泽漆以眼神示意他等等。

“但现在既然有了这个机会，《A 漫画》也拿出了十足的诚意，我们也没有拒绝的道理。”主编的声音无疑给了在座的众人一份希望，所有人都抬起头看向主编。

他要的就是这种感觉，整件事情是他所主控，他来做出最后的决定。

主编环视一圈，才慢慢开口：“现在就只有一个问题，如果双方达成合作，作者必须实现一周双更。如果作者同意，那我们双方就可以开始讨论协议细节。”

这次，所有人都看向霍江和陆泽漆，陆泽漆也看向了霍江。

霍江紧抿着唇，眸光低垂，看着自己的手。

“可以。”霍江终于说。

# 第五章 可以的依赖

回去的路上，气氛有些凝重。

陆泽漆转头看一眼副驾座上的霍江，他正偏着头看着窗外。从这个角度看不到他的眼睛，只能看到他绷紧的下巴和抿成一条直线的嘴唇。

每周两更，按照霍江现在的速度，怎么想都是不可能完成的，所以，他说的“可以”就是答应让陆泽漆帮忙的意思，但陆泽漆心里没有想象中那么高兴。

当时那种情况，霍江完全是被逼无奈才同意的，这让陆泽漆感到一阵烦躁。是他太过急躁，一听到出书就兴奋，没有考虑到具体的情况。

陆泽漆滑下车窗，让傍晚的微风吹进来。

隔了一会儿，他觉得心里不那么堵了，才缓缓开口：“抱歉，是我太着急了。”

他让自己的声音听起来尽量冷静。

“什么？”霍江回头来，惊讶地看向陆泽漆。

“其实你没必要答应的，如果你不愿意，连载和出书都可以慢慢来。”陆泽漆直视着前方。

霍江没有说话，目光在他的侧脸上搜寻着什么，像是想弄清楚他说这话的原因。

陆泽漆满脑子都是这事到底该怎么办，没注意到霍江的神情。隔了一会儿，陆泽漆又说：“或者，现在更新是每条四十格左右，如果改成三十格一条，每周两更是可以做到的。”但这是霍江全力以赴的结果，而且，这样一来就更不可能有存稿了。

霍江垂下眸光：“可是……”

陆泽漆目光看着前方，越想眉头越紧：“实在不行，我去跟他们道歉，更新还是按照你的进度来。”

“我们两个人的话完全可以应付的。”霍江开口，声音和陆泽漆的重叠在一起，他似乎一时没有听清楚，反应过来后眼睛微微睁大，“你改变主意了？”

“改变主意？”陆泽漆没明白霍江哪儿来这想法，“当然没有！不是你一直不愿意吗？我是不希望你勉强自己。”

霍江僵直的身体这才放松下来，隔一会儿才又重新开口。

“我没有。”霍江停了一下，“我知道要跟人合作才能继续下去，之前程岸也介绍过其他人，只是那些人跟我合不来，我才宁愿自己画的。但换成是你，我一开始就不觉得勉强。”

这是重逢以来，陆泽漆第一次听到霍江嘴里蹦出这么多字，但他更不明白了。如果是像霍江说的那样，一点都不勉强，那为什么从头拒绝到现在呢？陆泽漆回忆了一下，确定自己的态度一直是明确的。

他的疑惑写在了脸上，于是霍江继续说：“虽然我不知道我有什么能值得你去学的，但那才是你来的原因，迟早有一天，你会去做你自己想做的事情。我怕自己会太依赖你，所以，能自己来的事情还是想自己来。”

陆泽漆的心没由来地揪紧。

“对不起。”除了这个，陆泽漆不知道该说什么，自己不管不顾地闯入了霍江的生活，却不知道这样会给霍江带来什么样的影响。

他看着前方的路，看上去是在专注地开车，其实心里已经乱作一团。

霍江看着他沉默的侧脸，目光里的火焰逐渐熄灭。

即使说不会在意，但心里还是有一丝希冀的，希望他说不会离开。霍江抿起的唇牵出一丝淡淡的弧度：“为什么说对不起？你虽然没有动手画，但还是做了那么多，让整件事情变得越来越好，我也已经在依赖你了，所以，再挣扎也没什么意义。”

霍江的委屈让陆泽漆笑了一下，像小时候自己哄他吃了苦药一样。

“只是……”

霍江停下来，狭长好看的眼睛里透出一丝脆弱。

“只是什么？”陆泽漆停了很久也没听到下文，便追问一声。

只是……等到陆泽漆真的要离开的那一天，他不知道自己一个人还能不能坚持下去。

霍江笑了一下，摇头，说：“没什么。”

看起来一点也不像没什么的样子。

陆泽漆收回目光，车子平稳地开到了山坡下，那里已经成了陆泽漆的固定停车位。由于附近的居民很少，车就放在那里也不会影响到谁。

两人下了车，顺着台阶往上走。

霍江走在前面，看起来仍然心事重重的样子，不知不觉地甩开陆泽漆一大截。

“霍江。”陆泽漆忽然叫他的名字。

霍江停下来，回头看他。

陆泽漆仰头看着霍江，有点累，于是上前走到跟他同一层台阶上，与他平视。

“我这个人真的是当哥哥当惯了，有时候只要觉得是为你好，我就会去做，没有顾及你的感受我向你道歉。”陆泽漆捋了捋被风吹乱的头发，“以后的事情谁也说不清楚，至少现在来看，我确实会有我自己的事情要去做。”

霍江艰难地点点头。

“但就算我去做我自己的事情，也不代表我会丢下你。”陆泽漆觉得这话有些过于肉麻了，他尴尬地摸了摸自己的鼻子，“任何时候，只要你想就可以依赖我，就像现在，我遇到了瓶颈，不也是在依赖你吗？以后也是，我们一起。”

霍江怔怔地看着他，半天没有开口。

或许是霍江的表情看起来太脆弱，陆泽漆干笑两声，犹豫地伸出手想抱抱霍江，安慰霍江一下。但靠近的时候，他又临时换成同时拍拍霍江两边胳膊，配上两声干笑。

陆泽漆松开霍江，正要走，霍江却忽然一把拉住他的手臂，从背后抱住他。

“哥。”霍江喊。

陆泽漆的心跳乱了几拍，随即放松下来，轻声应承：“嗯。”

“哥。”

“嗯。”

霍江又喊了好几声，陆泽漆都耐心地回应着。他想，这几年，霍江过得很不容易，这个时候就纵容对方一下吧。

“我们一起？”

“嗯。”陆泽漆点头。

霍江慢慢松开了陆泽漆，有点不好意思地看着他的脸，轻声说：“哥，谢谢你。”

“客气啥，兄弟嘛！”陆泽漆又是一阵干笑，一双无处安放的手又拍了拍霍江的胳膊。

在突然翻倍的工作量面前，陆泽漆的加入也没能让事情变得轻松。幸好两人对彼此都十分了解，沟通起来往往只需要一个眼神，霍江负责起草图、描线，而陆泽漆负责上色、画背景和填台词，最后再由霍江去修正一下阴影等细节，合作起来非常默契。

但要想有存稿，两个人就必须加班加点，一天工作十二个小时仍然是常事，至于周末、休假，更是被他们选择性无视。

陆泽漆毕竟画了这么多年，上色、画背景都是驾轻就熟，但可能是对《幻夜幽冥》这个故事的人物有了感情，这些事情做起来也就不觉得枯燥，甚至常常有一些灵光乍现的时候。好像上色不只是上色，画背景也不仅仅是画背景，而是……创作？

这是他自己工作的时候很少发生的情况。

不管怎么说，陆泽漆隐约觉得自己还是有额外收获的，但每天十二个小时的工作量还是让他有些吃不消。

为了长期可持续性发展，陆泽漆很快就提出了再找一个助手的要求，被霍江直接拒绝。

“为什么？”

“没有时间。”霍江言简意赅。

“我知道你没时间，我们可以让程岸帮忙。”陆泽漆苦口婆心，“我这边也有几个合作过的人，要不约出来你先见一见……”

“不行。”霍江说这话的时候，眼睛还是一直盯着屏幕。

这是他第三次被拒绝，陆泽漆打定主意问个清楚。

“你倒是给个理由。”

“我跟别人合不来。”霍江从屏幕后抬起头看了陆泽漆一眼，“不是你就不行。”

这臭小子，还赖上他了！陆泽漆咬牙切齿。

霍江也有点心虚地看了陆泽漆一眼：“哥，你是不是累着了？不然，你先休息休息，这两条我自己来？”

陆泽漆看着霍江眼睛下青黑的一圈，翻了个白眼：“该休息的人不是我，是你。”

“我没关系。”霍江拿起手边的水杯喝了一口，“如果只是正常更新，我们两个人足够了。要不，存稿先缓一缓？反正现在也有十条了。”

“不行。”这次轮到陆泽漆拒绝得毫不犹豫，“《幻夜幽冥》现在还在人气排行榜八十七位，太靠后了。想要进前十，必须是首页大封推加大爆更，在下个月底之前存到二十条是必须的。等上了排行榜之后我们可以缓一缓看看读者反应再定以后计划。”

霍江点点头，埋头继续工作。

陆泽漆忽然反应过来，这么一说，这爆炸的工作量还真是他的原因了？霍江刚刚提什么缓一缓，真不是故意的？

反正陆泽漆是不信的。

这小子学会反过来套路他了？陆泽漆咬咬牙，忽然卷起手中的分镜本，伸长了胳膊往霍江头上重重一拍。

霍江被拍得手上一歪，连忙撤销了刚刚画出的线，睁大了眼睛无辜地看向陆泽漆。

“哥？”

陆泽漆一副什么都没有发生的正经脸，坐下来继续开工。

电脑微信上，程岸的消息弹出来：“下周边栏推荐，更三条。”

这一次，陆泽漆想到的不是因为有推荐了而欢欣雀跃，而是心下一沉，嗯，离存满二十条又远了一步……

陆泽漆是一个计划性很强的人，定好的事情就不愿意轻易动。为了维持原定计划不变，新增加的三条就得平摊到每天的工作量上。而霍江又咬死了原定分镜内容，一格都不许少，更不许敷衍了事，就只能硬挤出时间来画，这样一来，两人连说话的时间都少了。

晚上，也不知道是几点，陆泽漆做完一天的工作，抬起头一看时间已经是十一点了。他一边揉着后颈一边站起来，霍江还在屏幕后忙着。

“你怎么样？”陆泽漆问。

“今天的弄完了。”霍江抬起头，也开始收拾桌前的用具。

“那我先回去了。”陆泽漆拿起手机和车钥匙。

霍江站起来，有些犹豫地开口留他：“哥，你别走了，就在这里睡吧。这么晚了，你本身就没多少休息时间，路上再花一两个小时……”

赶了一天稿子，陆泽漆也确实有点累了。但他进过霍江房间，里面只有一张学校宿舍那种高低床，其中上铺堆满了各种箱子，两个人怎么可能住得下？

这也是霍江犹豫的原因，他连忙说：“你睡床，我睡沙发，两个人能住下的。”

那沙发其实就是个双人沙发，霍江个子又高，怎么想也塞不进去。

陆泽漆一皱眉，霍江就继续说：“我明天再去买个新床回来……”

“也不用，把你上铺的东西拿下来，收拾收拾，我就睡上铺好了。”陆泽漆倒没想那么多，“有多余的被褥吗？”

霍江点头，犹豫了一下：“这样会不会太委屈你了？”

“你当我是什么娇贵的小少爷吗？”陆泽漆一怒，但霍江看向他的眼睛里分明写着“你就是”三个字，他气笑了，“我大学时候也住过宿舍，没什么委屈不委屈的。”

霍江这才放心。

两人一齐动手，把霍江的卧室改造了一遍。

霍江知道陆泽漆有洁癖，所以每天陆泽漆来之前都会先打扫一遍，房间完全不会脏乱，只是离陆泽漆的要求还很远，东西归置也比较随意。此时，陆泽漆一经手，把霍江那些行李、纸箱通通收进看不见的角落，衣服什么的收进小小的衣橱里面，整个房间看起来竟然大了不少。

陆泽漆指挥霍江把装书的纸箱封起来推到床底下，然后不甚满意地拍了拍双手：“暂时先这样吧，改天有时间再来好好收拾。”

说完，陆泽漆走出卧室，进了卫生间。

霍江看着自己完全不敢认的房间，摸了摸鼻子。

其实更好的方式就是两个人都搬到陆泽漆那里去，地方够大，经陆泽漆这几年的积攒，画漫画的各种用具都十分齐全。无论是停车、出行还是什么都很方便，连叫外卖都有更多选项。

陆泽漆也就是这么想想，他知道霍江倔强，所以并没跟霍江提。

后来，天气越来越热。

霍江租的房子周围没人管理，长出了不少荒草，夏天一到就滋生了很多蚊虫，二楼自然也被波及了。房间虽然有一部老旧的空调，但一打开就有嗡嗡嗡的声音吵得让人烦躁，也开不了几分钟就会跳闸，陆泽漆只好买了台电风扇对着两人狂吹。

霍江渐渐明白了陆泽漆的体贴，心里暗下决心，这一阶段忙完之后就重新找地方搬走。

两人住在一起之后，除了陆泽漆的车没了用处，只能在附近找个停车场去落灰之外，生活其实没有什么改变。每天一睁眼就是画画，闭眼之前也是画画，甚至就连睡梦中也常常是幽冥兽和程之鹿在夜空中狂奔的画面。

陆泽漆一个人的时候也有过这样的忙碌，但两个人一起跟独自一人的感觉完全不同。

“原来真的有区别。”深夜，两人完成了一天的工作，在陆泽漆的强制要求下一起下楼散步时，霍江忽然说话了。

“什么？”陆泽漆不明所以地问。

“有人在身边一起工作的感觉。”霍江说，“我一个人的时候，从来没有要求自己每天一定要画多少，却感觉很累。现在有你在，工作虽然多，但浑身上下好像有使不完的劲，好像能一直不停地画下去。”

听到前半句，陆泽漆还在感慨两人的想法竟然一模一样，但后半句让陆泽漆像看怪物似的看着霍江。

陆泽漆也有干劲，但并不防碍他觉得很累。这就是年轻的力量吗？只大了霍江四岁的陆泽漆不由得老泪纵横。

好半天，陆泽漆才咽下喉间那口老血。

他不着痕迹地踩上霍江身边的台阶，一爪子拍霍江脑袋上：“回去睡觉！”

赶稿期间，陆泽漆的更新预告和小番外也没有放下，日常的发布和后台管理便暂时交给了程岸。程岸处理好《A 漫画》的合作之后，大概是怕陆泽漆和霍江真的猝死在家中，常常兼职外卖小哥来慰劳他们，偶尔还会帮忙填一下台词。

这天，他带来了一桌丰盛的日料外卖，霍江家当餐桌用的茶几都摆不下。陆泽漆和霍江看得面面相觑，总觉得程岸没安什么好心。

“什么情况？”陆泽漆问他，“你中大奖了吗？”

程岸笑了笑：“没事儿，就是犒劳一下你们！”

陆泽漆和霍江走过去，坐下来。

“你要是不说清楚，我们也吃不安心啊！”陆泽漆嘴上这样说，手却已经老实地开盖拆封。

“好吧，我本来想让我们先安心吃完这一顿的。”程岸摊摊手，看着他们，“我给你们申请了首页大封推，就在下周，已经批准了。”

陆泽漆和霍江像没反应过来似的，互相看了一眼。

程岸干咳了一声，继续说：“意思就是，你们的爆更计划需要提前一个星期完成，接下来，你们可能没有时间好好吃饭了。”

由于这期间陆续有几个小推荐，存稿一直是边存边更的状态，于是离陆泽漆计划好存够二十话的时间已经过了两个多星期，现在还差四条。

一星期画四条，对于那些四五个人的工作室来说都有点吃力，对于霍江和陆泽漆两个人而言更是极限，但比照他们这两个月的进度来看也不是不可能完成的。

对于这个，陆泽漆和霍江心里都有数。大封推，陆泽漆很清楚，只要存稿够，程岸怎么样都会弄到手。所以，现在陆泽漆担心的是别的事。

“存稿还没到手，你怎么弄到的？”陆泽漆看在免费午餐的份上，关心了一下程岸的近况，“这样做不会有人给你小鞋穿吧？”

“放心吧，我像是那种老老实实穿小鞋的人吗？”程岸说得轻描淡写，眉宇中却还是露出一丝烦躁的情绪，“你们安心画你们的，我还应付得过来。”

陆泽漆便点点头不再多问。

看他们这么淡定的样子，程岸又不爽了：“喂，好歹也是我费尽心力给你们争取来的大封推，你们给点反应行不行？”

霍江刚在满桌的日料里拣出一个鱼子寿司，闻言，他抬头看了程岸一眼，特别真诚地说：“谢谢。”

程岸的脸黑下来：“吃你的。”

陆泽漆忍住笑，故意正色说：“这不是在担心一个星期完不成任务吗？你看，我饭都吃不下了。”他说着夹起刺身，慢条斯理地蘸着芥末。

程岸摆谱失败，一点也不斯文地翻了个白眼。

送走程岸之后，陆泽漆和霍江两人收拾完一桌子的狼藉，也来不及休息一下，便重回工作台。陆泽漆站在电脑前，长长地叹了口气：“不管怎么样，熬过这一星期就好了！”

霍江点头。

一星期不长，相比于前面两个月不算什么，累极的时候，觉得这日子简直没有尽头，但熬过来以后又觉得好像只是一瞬间。

“二十话！”

陆泽漆填完最后一格的颜色，发给霍江，如获大赦地丢了压感笔，脚步虚浮地走到沙发旁，瘫倒下去，伸了个长长的懒腰。

这时，他搁在桌上的手机响了一下。

陆泽漆躺在沙发上，伸长了手也够不着手机，但他实在不想动。

霍江见状，走过来捞起手机，递到了陆泽漆手中，顺便拿起茶几上的矿泉水打开，也放在了陆泽漆手边。

“太感谢了！”陆泽漆十分满意。

解锁手机屏幕一看，是程岸发来的消息：“稿子准备得怎么样了？”

“要不要这么及时啊？他还敢说自己不是程扒皮。”陆泽漆克制着翻白眼的冲动，举着手机让霍江自己看。

霍江从陆泽漆的手机屏幕上看一眼时间，说：“晚上七点前发给他。”

说完，霍江走回电脑前，他还要做最后的检查和修正。

陆泽漆按霍江说的回复给程岸，随后把手机往旁边一扔。他原本以为，结束之后，自己会想一觉睡到昏天地暗，但这个时候又睡不着了，一闭上眼睛，脑子里就是各种颜色和线条，还有各种怪物奔来的画面。

他休息了一会儿，重新拿起手机，点开 QQ。

这段时间小推荐也不少，《幻夜幽冥》已经升到排行榜前五十，之前还在周榜的前十出现过。粉丝群已经扩展成能容纳两千人的大群，现在也有了将近一千人。前几天，陆泽漆的封推预告和爆更预告往群里面一发，犹如投下一个炸弹，这几天讨论一直没断过，陆泽漆屏蔽了群消息是因为一直有人 @ 他，为了不影响进度，他只好下线。

这时重新点开，消息也是不断地往上弹，里面好多人他都不认识了。但内容倒是非常一致，都在刷明天爆更的消息。还有人把他在番外和更新预告里面用的 Q 版幽冥兽和程之鹿当作表情包，不停地刷屏。

他看了一阵，正准备关掉窗口，风吹草低的头像闪动起来。

陆泽漆点开。

“大大，你居然上线了！”

……

陆泽漆发了一个干笑的表情过去。

“明天爆更是真的吗？不会有变故的吧？”

“是真的，柒念已经在做最后的调整了。”

“太好了！”风吹草低刷了一波激动的表情，又说，“我真不敢相信，当初连一周一更都无法保证的柒念大佬竟然要爆更了！像做梦一样！”

那还不是多亏了我？陆泽漆有些得意，手上却特别矜持地打字：“明天就知道了。”

陆泽漆想结束对话，但风吹草低很快又发来新消息。

“如果爆更的话，肯定会有很多新粉丝加群吧？到时候一个群肯定不够，我想再建两个分群，根据粉丝的属性分开管理。你觉得这样行吗？”

“可以啊。”陆泽漆没有意见，有些意外地说，“这种事情不用问我的。”

风吹草低：“那不行，你是我们头嘛，还是得你同意才行。再说，现在群里人多了，不想办法管理的话怕以后会乱。”

他什么时候成了头的？陆泽漆不知道，但他抬头看一下霍江，又觉得这样也没什么不好，便心安理得地接受了这个称谓。

风吹草低提醒他的事情也确实是一个问题，这些粉丝都是因为《幻夜幽冥》而来的，如果不好好管理，以后人气会散，也起不到积累作用。

陆泽漆睡意全无，接着跟风吹草低商量起粉丝管理的细则来，两人聊了一阵，又把最早加群也是最积极的几个拉到一起商量。

七点，霍江已经做完最后的调整，陆泽漆却还没聊完。

霍江走到陆泽漆身边坐下来，他家这个两人座的沙发本身很小，两个大男人坐虽然不至于挤，但也很难忽视对方的存在。陆泽漆自动地往边上移了移，给霍江留出了一个位置，然后继续在手机上打字。

霍江偏头看着陆泽漆的手机屏幕："哥，你怎么不去休息？"

"还有点事。"陆泽漆盯着屏幕，凑过去一点让霍江看他的屏幕，把事情跟霍江说了一遍。

霍江听着，配合地靠过去，头几乎倚在了陆泽漆的肩上。

"……这样可以把爱好不同的粉丝分开，免得吵架，彼此之间也有话聊。"陆泽漆说着，一抬头，只见霍江一双眼睛骇人地看着他，仿佛是幽冥兽盯着猎物的眼神。但在两人的目光对上的一刹那，霍江闪电般转移了视线。

陆泽漆迟疑一下："你在听吗？"

霍江目光一闪，明显心虚了。

"我就知道跟你说了也白说！"陆泽漆叹气，"总之我会把你拉到群里去，你也不用做什么，先进群打个招呼，然后就安静地做个吉祥物吧！"

霍江毫无异议。

陆泽漆先把霍江拉进预备管理员的小群里，只有八个人的小群，气氛却炸得完全不输两千人的大群。

明天会是怎么样一个情景，陆泽漆已经可以预见。想到那样的情景，他不由得长长地叹了一口气。

这感觉就像养一个孩子，每天看着他只觉得老也长不大，忽然有一天发现他已经成长到足以离开自己的时候，又觉得一切都太快了。

陆泽漆回头看一眼霍江："霍江，你该放个假了。"

霍江睁开已经半闭着的眼睛，看向陆泽漆："不想放假。"

"看不出来你还是个工作狂啊！"陆泽漆意外地看着霍江，手贴上他的额头，"没发烧吧？"

“我不是。”

霍江笑起来，脑袋不自觉地蹭着陆泽漆的手心。

陆泽漆被霍江蹭得痒痒的，手往上滑进霍江的头发里，声音也跟着柔和了好几度：“那为什么不想放假？”

霍江顿了顿，闭起眼睛，轻轻摇了摇头。

“既然没有理由，那就强制执行，我宣布，明天放假！”陆泽漆说着顺手薅了一把霍江的头发，“明天什么都不能干，不能画画、不能拿笔……听到了吗？”

霍江点头。

“也不能开电脑。”陆泽漆补充了一句，又突发奇想，“对了，咱们把更新的事交给程岸，看谁忍得住不去看排行榜。”

霍江意外地看了一眼陆泽漆：“你为什么要打这种必输的赌？”

陆泽漆笑容一僵。

之前每次都是陆泽漆忍不住关注着排行榜的动静，而霍江都是从他那里听到，自己从来没有关注过，连问都不问。

“明天不看，绝对不看！”陆泽漆恼羞成怒，边说着边站起来收拾自己的东西。

这两个月时间陆泽漆都住在霍江这儿，陆陆续续地搬了不少东西过来，衣物和日常用品什么的，在霍江的小家里占了不少空间。

霍江看到他的动作也站了起来：“你要回去？”

“嗯，回去一趟。”陆泽漆点头。他把该洗的衣服装进行李袋里，想了一想，又把霍江的脏衣服也扔了进去。他实在是怕了霍江家的洗衣机，每次一用，这楼都跟着震。

霍江跟在陆泽漆身后转悠，欲言又止了半天。

“你想说什么？”陆泽漆停下来，问他。

“你走了，我怎么知道你有没有看排行榜？”霍江憋红了脸问他。

陆泽漆扔下行李袋，伸出一根手指戳着霍江的心窝子问他：“我是那种作弊的人吗？”

霍江不说话，目光里却是赤裸裸地写出了他的不信任。

“不行，我今天一定得回去，要不你跟我过去监督我？”陆泽漆盯着霍江，一副他敢点头就咬死他的表情。

霍江还真不敢，只好放陆泽漆回去。

然而，四十多分钟后，陆泽漆大概刚刚到家，就又给霍江打了电话。

“你明天有什么计划吗？”陆泽漆在电话里问。

“没有。”霍江回答。

其实他原本计划在家里睡一天，不过，这样的答案还是不要告诉陆泽漆了。

“那你准备一下，我明天早上来接你，带你去个地方。”

霍江嘴角一扬，好奇地问：“什么地方？”

陆泽漆迟疑了一下，声音里透出几分不情愿：“明天去了就知道了。”

第二天，陆泽漆从自家舒服的大床上醒过来，一看表，还是平时起床的时间。

几个月以来，他已经形成了固定的生物钟。

陆泽漆迷糊了一下，才反应过来是在自己家。他下意识地摸过手机，打开哆看漫画的平台，又突然想起昨天信誓旦旦说不看数据，连忙闭着眼睛关掉，之后却怎么也睡不着了。

陆泽漆在心里默默地计算平台的更新时间，枕边的手机像是有魔力似的，一直勾着他。他干脆一翻身起床，提前去了霍江家。

霍江已经起床了，陆泽漆见到他的第一句话就是：“你没有偷看吧？”

霍江摇头：“这个点，平台还没开始更新，看也没用。”

陆泽漆点头，他其实就是想表示他自己也没看。

“我们现在要出发吗？”霍江不知道要去的是什么地方，以为陆泽漆来这么早是因为要去的地方远。

“不用。”陆泽漆找了个借口，“你这里缺好多东西，之前一直没时间买，先去商场，下午再去那个地方。”

手上得有点事，这样才不会一直想看手机。

霍江不疑有他，陆泽漆怎么安排就怎么做。

到了外面，陆泽漆不时拿起手机又放下的动作还是让霍江察觉到了。

超市里，霍江拿着陆泽漆平时喜欢喝的饮料牌子：“哥，这个牌子出新口味了……”

霍江回头，陆泽漆正低头看着手机屏保，听见他的声音，无意识地点头附和了一下。霍江伸长手，把陆泽漆的手机抽了过来，陆泽漆抓了一下，霍江紧接着把手举高，陆泽漆顿时够不着了。

“你干什么？”陆泽漆沉下脸，努力摆出哥哥的威严瞪着霍江。

“哥，你是不是很想看排行榜？”霍江问。

“谁说的？”陆泽漆眼里闪过一丝心虚，“我只不过是看看有没有人给我发消息。”

霍江露出一个纯良无辜的笑容，当着他的面把手机装进自己的兜里：“那我帮你拿着，有信息和电话我再给你。”

这小子还学会消遣他了。陆泽漆瞪着霍江，心里后悔。他昨天是吃错什么药想起这一出？不搞这个幼稚的比赛的话，也不至于弄得自己这么抓心挠肺了。

“哥。”霍江喊陆泽漆，直到他抬头看着自己，“你辛苦了这么久，就今天一天，什么都不要想，好不好？反正想也改变不了任何事情，该做的我们早已经做了。”

说话的人声音低沉，陆泽漆的焦躁随着这声音逐渐冷却，一直在他脑子里的纷杂念头，也似乎一瞬间远离了他。

陆泽漆一巴掌拍上自己的脑门，笑了：“我竟然比你还紧张。”

“我原来也会紧张的，但是有你替我紧张，我就一点都不紧张了。”霍江说。

“好吧，我接受你的安慰。”陆泽漆习惯性地拍了拍霍江，随口玩笑道，“真是个贴心的好弟弟。”

霍江没有再接话。

两人买齐了东西，就在商场解决了午餐，然后找了个咖啡馆，闲闲地喝了个下午茶。到了三四点左右，陆泽漆上花店买了一束向日葵带上，在霍江异样的眼光中把车开到了一家酒吧。

时间还很早，酒吧里没什么人。陆泽漆抱着花走到工作区，跟前面截然不同的是，这里人来人往，一派忙碌。

陆泽漆站在门口，跟霍江要来手机发短信。没一会儿，里面走出来一个修长高挑的女孩，一头紫色鬈发扎成两个俏皮可爱的团子，脸上化浓妆，眼睛下贴着几颗亮晶晶的小钻，活像漫画里走出来的少女，这样的女孩放在哪里都是人群中最亮眼的。

女孩朝他们走过来，一把抢过陆泽漆抱着的向日葵。

“陆泽漆，你土不土？谁来看摇滚乐带花的？你以为你上坟吗？”

“不要还给我。”陆泽漆佯装伸手去抢。

女孩口是心非地护着怀里的花。她一抬头，注意到陆泽漆身边的霍江，愣了一下。

霍江点头打招呼：“心藜。”声音带着些许拘谨，像是害怕对方的反应。

“她弄成这鬼样子你怎么认出来的？”陆泽漆惊讶地看向霍江，“我还想着能吓你一跳。”

“什么叫鬼样子？”陆心藜抗议，随即也好奇地看着霍江，“我都差点没认出是你，你这臭小子怎么认出来我的？”

“猜的。”霍江老实说。

陆泽漆兄妹俩都看着他，于是他继续解释：“向日葵是你最喜欢的花，门口又挂着摇滚音乐节的牌子，所以……”

陆泽漆皱眉：“心藜高二的时候才突然说要玩摇滚，你那时候不已经走了吗？”

“她很小的时候就喜欢玩摇滚乐。”霍江无辜地看着陆泽漆，好像在奇怪他为什么不知道。

“你还记得？算你有良心！”陆心藜照着霍江的胸口捣了一拳，“不告而别的事就不跟你计较啦。”

陆泽漆先是疑惑，随即又酸溜溜地想，弟弟妹妹都有自己的小心思，他这个做哥哥的也确实不可能什么都管得到。

# 第六章 『谢谢……你在这里。』

陆心藜要准备演出，不能跟他们多说，就把他们带去给酒吧的经理，交代给他们安排个好位置就又回去准备。陆泽漆和霍江被带到靠近舞台的卡座上，两人点了饮料和小吃，等着演出开始。

这个时候的酒吧还很安静，店里放着经典轻音乐，让人不由自主地放松下来。

当初，陆心藜提出要做摇滚音乐的时候，家人都很淡定，以为她又是一时心血来潮，很快就会放弃。后来，她自己考上音乐学院，写歌，演出……直到今天以前，陆泽漆还是觉得她只是在玩，迟早会厌倦，现在才知道原来她那么早就选择了摇滚音乐。

趁着陆心藜不在，陆泽漆问："心藜什么时候喜欢上摇滚音乐的？"

"小学毕业的暑假。"霍江记得很清楚，"她当时在学钢琴。"

"那时候？"这么一说，陆泽漆就想起来了。

陆心藜小时候很皮，从没有固定的兴趣爱好，做什么都三分钟热度。但作为一个陆家人，可以不守规矩，可以不爱学习，唯独不能没有兴趣。到她小学毕业的时候，陆家妈妈觉得这样下去不行，专门从国外赶回来，想方设法地培养她的爱好，给她报了各种班，包罗了音乐、美术、体育、科学等各种方向。

一向被陆老爷子放养的陆心藜每天像赶场一来往于各个培训班，竟然没有很排斥，反而对什么都很新鲜，学东西又快，但总是过两三天就想换。

陆妈妈急了眼，非逼着陆心藜选一个，陆心藜不肯，陆妈妈难得独裁一回，替她选了钢琴。陆心藜哪肯听话？还是三天打鱼两天晒网，

把陆妈妈气得够呛。陆泽漆对这件事记忆深刻，那时候他就是她们的救火员，人生中第一次体会到夹在两个女人中间的感觉。

“她那时候翘掉钢琴课就是……”陆泽漆说到一半停下来，“不对啊，她一个小女孩，有乐队演出的地方她也去不了吧？或者，她是听了谁的专辑？”

霍江摇头：“也有她能去的地方。”

“什么地方？”

“天桥下。”

陆泽漆怔住。

霍江说：“她逃学时在天桥下遇见几个卖唱的摇滚歌手，不知怎么就喜欢上了，那以后经常过去听。”

陆泽漆印象中，天桥底下都是流浪汉的聚集地，心里顿时说不出的后怕：“她一个十一二岁的女孩子，跑到那种地方……”

霍江再度开口阻止陆泽漆心里恐怖的猜测：“那些人都是大学生，唯一一个粉丝就是她，对她很好，有时候表演完了还把她送回家。”

陆泽漆却没有因此而放心：“这种事情你怎么不告诉我？”

“她不让我说。”霍江心虚地补充，“但我每次都跟着她的。”

“你当时也是个小屁孩，真出了事你在又有什么用？”陆泽漆没好气地说。

霍江笑了一下：“心藜很厉害的。”

他眼里的笑意让陆泽漆一愣，脑子不受控制地往一个从来没有想过的方向奔去。

陆泽漆犹豫着想说什么，想想又闭上了嘴。

“怎么了？”霍江没有忽略他的神色。

陆泽漆深吸一口气：“你没谈恋爱是不是因为心藜？”

霍江吓了一跳：“当然不是，她是我朋友，我们不可能……”

陆泽漆的心放下来，随后又觉得刚刚提起那一口气很莫名其妙，即使霍江和陆心藜有点什么他又在担心什么？不应该乐见其成吗？

于是，陆泽漆又说：“没什么不可能，如果你们在一起，我们全家都会举双手赞成。”

“不会。”霍江顿了一下，眼睛里那一丝温暖好像被抽走了似的，缓缓地变凉，他牵动嘴角，“我对她的想法跟你对她是一样的。”

陆泽漆笑起来，好奇心却没有消减下去：“那你到底喜欢什么样的女孩？”

霍江垂下眼眸，一排扇子般的长睫毛在眼下投出一道淡淡的阴影。他搅动着杯里的饮料，随后抬起头：“不知道，没有见过喜欢的。”

陆泽漆没听懂，却看出霍江不愿意提这事，便不打算再深挖下去。

“那你呢？”霍江出声反问，“交了不少女朋友吧？”

陆泽漆从上初中起就经常收到女孩子的情书、礼物什么的，还曾有女孩子找霍江帮忙递情书。

陆泽漆顿了一下，随后笑开：“那是当然！”

其实并没有。

向他示好的女孩子的确不少，但他的心思不在这方面，这几年竟没有碰到一个让他心动的人。

这本来也没什么，但他刚刚才跟个过来人似的说霍江，结果自己的感情经历也是一片空白，说出来多少有些损失长兄的颜面。所以一个没忍住，就顺着霍江的话应承下来。

霍江点头，他闭着眼睛，端起杯子喝了酒，眉头紧皱，眉心一个小小的隆起，好像那酒有多难喝似的。

每次说到感情问题，霍江看起来都比平时更冷，不像他说的那样完全没有经历，倒像是心里藏了个什么人。

陆泽漆越发好奇起来，却还是适时地转移了话题。

酒吧里陆陆续续有了别的客人，不少女孩带着灯牌和荧光棒，抢先占据了靠近舞台的位置。来晚了的人宁肯站着也不肯将就远处的位子。不到七点，整个酒吧人满为患，连走动都变得困难。

七点，音乐节终于开始。

陆泽漆欣赏不来这样的音乐，除了吵之外就觉得无聊，人在无聊的时候就特别想摸点什么、看点什么。可惜手机在霍江那里，陆泽漆看了看霍江放在一边的外套，心里有点痒。

他不由得看了霍江一眼。

霍江似乎还蛮喜欢这样的气氛，专注地看着台上的乐队。陆泽漆的手指放在桌上敲打几下，慢慢伸过去将手机拿了出来。

陆泽漆解了锁，习惯性地往哆看漫画的图标点，手伸过去之前却又停下来。

他又看一眼霍江。

不管怎么说，陆泽漆也是一个“五讲四美”的好青年，诚信这种事情还是很在意的。于是他锁好手机，放回霍江的外套里，结果没隔一会儿，又拿了出来。

陆泽漆就像个网瘾少年一样，来来回回好几次，终于下了决定，点出微信，给程岸发了条消息。

“今天怎么样？”

等半天也没见程岸回复，陆泽漆一抬眼却发现人群中一个熟悉的身影正在往前挤，他连忙推了推霍江。

“那是不是程岸？”

“哪儿？”霍江朝人群中看去。

一晃眼的工夫，那个人影就在人群中消失了。

陆泽漆找了半天，摇摇头：“可能看错了。”

正想到程岸，所以才会把其他人看成了程岸吧？不然，哪有那么巧的事情。

将近十点的时候，终于轮到陆心藜的乐队上场，陆泽漆连忙收起了手机。

舞台灯光暗下，酒吧里躁动的人也逐渐安静下来，一串低沉的贝斯音流淌而出，现场立即变得鸦雀无声。一束灯光亮起，打在舞台中间的陆心藜身上，她低垂着头，紫色的头发在灯光下发红，仿佛是燃烧的火焰，而本来有些浓艳的妆容，在灯光下却只显得她眉眼如画，犹如一个不知世事的精灵。

她忽然抬起头来，目光凛然，用空灵却带着一丝丝愤怒的嗓音毫无顾忌地撕开了场上的空气，刚刚安静下去的人群立即炸了开来，有人尖叫有人躁动，接着吉他加入、键盘加入，鼓点也响了起来。

在吵吵嚷嚷的人群中，这音乐却更加有力量了。

陆泽漆也被现场的气氛所感染，心里生出一股前所未有的自豪感，这个在台上发着光的女孩是他的妹妹。他不由自主地站起来，随着音乐律动，也随着人群挥舞着自己的手。要是有人注意，就会发现别人的手势是金属礼，而他是六六六。

陆心藜的演出是压轴，他们过后，这场小小的音乐节也到了尾声。

陆泽漆和霍江没再听下去，他们来到后台，陆心藜和队友正在收拾东西。见陆泽漆他们过去，她把自己队员也介绍给他们认识。

乐队成员都“奇形怪状”——一个身材健硕的花臂鼓手，一个十几岁瘦得好像能被风吹走一样的吉他手，还有一身骷髅装的键盘手。这几人走在路上怕是都让人退避三舍，但交谈起来才发现一个赛一个腼腆。

队友们客气地跟陆泽漆问好，随后就离开了。

其他人一走，陆心藜就板起脸不爽地看着陆泽漆：“你可是唯一一个在音乐节玩手机的人，我都看见了！还好我上台的时候没有，不然——”她哼了一声，做出个很凶的表情。

霍江摸了一下外套的口袋，手机还在，他目光复杂地看向陆泽漆。

陆泽漆干笑着避开霍江的视线，揉了揉陆心藜的头发：“那是因为其他人的歌都比不上你的，你是最棒的。”

这么突如其来的一阵柔情让陆心藜掉了一地鸡皮疙瘩，反而有些手足无措。她后退一步，上下打量陆泽漆：“你吃错药了？”

陆泽漆想起这么多年来，自己从来没有好好鼓励过她，心里有些愧疚。他说：“我一直以为你做摇滚乐只是闹着玩，没想到……”

“我是在玩啊！”陆心藜打断陆泽漆的话，奇怪地说，“如果哪一天我开始把摇滚音乐当事业、当工作，那才是怪事。到时候记得提醒我别干了。”

陆泽漆刚刚酝酿出来的那些情绪瞬间无影无踪，他愣了一下，随即笑开，陆心藜真不愧是陆家人。

陆心藜把他们送到停车场，忽然从外面蹿出一个人，手里捧着一大束香水百合，径直来到陆心藜面前。

“陆小姐，请等一下！”

“又是你？”陆心藜一脸嫌弃地皱起眉。

陆泽漆和霍江本来已经要上车了，见状停了下来，回头看清藏在花束背后那张脸，都惊讶地瞪大了眼睛。

“上次的事情是我的错，我来跟你道歉……”那个高大的男人递出手里的花束，歉疚地低着头飞快说话。

“程岸？”陆泽漆惊讶地叫出那男人的名字，打断了他的话。

程岸这才看见旁边的陆泽漆，愣住：“你怎么在这里？”

“你们认识？”陆心藜跟程岸同时问道。

“这是我们的编辑。”陆泽漆先对陆心藜解释，接着揽住她的肩膀，向程岸说，“你对我妹妹做了什么要特意来道歉？”

“你妹妹？”程岸瞪大了眼睛。

陆泽漆佯怒：“怎么说话呢！”

“那个……”程岸干笑了两声，忽然把花束往陆泽漆怀里一塞，生硬地转移话题，“《幻夜幽冥》今天的成绩不错，我明天去找你们开总结会。”

说完，他就朝另一个方向跑了。

陆泽漆只好看向另一个当事人：“怎么回事？”

“谁知道？”陆心藜黑着脸，“神经病吧！”

然后她也来了个转身就走，只留下陆泽漆抱着花和霍江大眼瞪小眼。

“那个……”

霍江刚一开口，陆泽漆就立即说：“我没看，真的！不信你查登录记录。”

“我是想说，花怎么办？”霍江指了指他怀里的香水百合。

陆泽漆打开车门，把花往后座一扔，没好气地说：“拿回家熏蚊子。”

霍江跟上去，嘴角微微牵起。

因为隔天要开总结会，陆泽漆没回自己家，依旧睡在霍江小屋里的下铺。他手枕在脑后，抬起头看着床板。好一阵，他终于忍不住抬脚踢了踢上铺的床板。

霍江翻身，从上铺露出一个头来，疑惑地看着陆泽漆。

“你真的不看一眼吗？”陆泽漆问霍江，到明天就看不见《幻夜幽冥》在首页上了。

“嗯，不看。”

霍江的语气听起来就好像这整件事情跟他没有丝毫关系，陆泽漆还是想不通，他是怎么做到的。

霍江趴在床边看着陆泽漆：“哥，你睡不着吗？”

“嗯。”陆泽漆没有否认，一抬眼皮，看他那颗头还挂在床沿边上，没好气地抬脚踢床板，“看什么看？”

霍江脸上笑容一闪，没等陆泽漆看清，就翻了回去。

过了好一阵，陆泽漆感觉自己就要蒙周公召见了，上铺突然传来霍江的声音。

“哥，谢谢你。”

谢得还真是时候！

陆泽漆心中腹诽，却在黑暗的掩盖下露出自己也没发现的笑脸，声音如常地说：“谢什么？”

谢自己做他的助手？谢自己带他去见陆心藜？陆泽漆胡乱地猜测着。

“谢谢……你在这里。”

说出这种话对于霍江来说真的很不容易，也只能在这黑暗中才能宣之于口。即便如此，陆泽漆还是从他的声音里，听出了一丝微微的颤抖。

陆泽漆的心口暖烘烘的，仿佛有什么东西呼之欲出。他安静地躺了一会儿，等着那股陌生的暖意平复下来，缓缓地说：“嗯，我知道。”

上铺安静如斯，陆泽漆怀疑霍江已经睡着了，却还是说：“晚安！”

第二天早上，陆泽漆是被敲门声吵醒的。摸到床头的手机一看，还不到八点，他揉着头发，阴沉着脸坐起来。

敲门声更加剧烈了。

“谁啊？”陆泽漆没好气地提高了声音。

霍江翻身利落地从上铺跳下来，按住陆泽漆：“你继续休息，我去。”

说着，他就走了出去。

陆泽漆倒回床上，腹诽着怎么休息了一天，好像反倒比之前更累了？正想再眯一下，程岸从外面冲进来，直接抓起陆泽漆。

"陆心藜真的是你妹妹？"

"不然是你的？"陆泽漆的起床气越发严重，一见是程岸更没了好脸色，"你有必要这么早吗？"

"早吗？"程岸也抬起手腕看一眼时间，有些懊恼地放下，"我好不容易才等到天亮的。"

陆泽漆听程岸的语气不对，这才发现程岸身上穿着昨晚那身衣服，有些发皱，眼下一片青黑，眼睛里却炯炯有神，活像中了邪似的。

"你这是怎么回事儿？"陆泽漆联想到昨天晚上那一幕，"因为陆心藜？"

程岸皱眉不答，看着陆泽漆的神情似乎在审视什么。

这跟平时的程岸简直判若两人……虽然陆泽漆早知道程岸那个斯文的样子多半是装出来的，可也没想到，他撕掉伪装之后，竟然是这么一副躁动不安的样子。

"你怎么得罪她的？"

"啊？"程岸也不知道想起了什么，脸忽然从脖子开始慢慢发红。

这种反应，不像是得罪了陆心藜，倒像个思春少年。

陆泽漆没有自家白菜被惦记上的危机感，陆心藜那个性，有人肯惦记他也是老怀甚慰。他打了个呵欠："你想要怎么样？给你她的联系方式？还是帮你们安排见面？"

程岸愣了一下，犹疑不定地看着陆泽漆。

"先说好，我只能帮你问问看，她不同意我也没办法。"陆泽漆给程岸打了一剂预防针，"这孩子从小就有主意。"

程岸便秘似的纠结好一阵，忽然跟泄了气的皮球似的，恢复了平时的样子，缓缓摇头。

"不，不用。"

"那你来干什么？"陆泽漆差点抓狂。

“来……来开总结会。”程岸说着摇摇晃晃地站起来，爬上霍江的上铺，“我先睡会儿。”

程岸爬上去没多大一会儿就打起了呼，陆泽漆却让他弄得完全没了睡意，干脆起身走出房间。

霍江在厨房弄三明治，陆泽漆走过去帮忙。

“他怎么了？”霍江问。

陆泽漆摇了摇头：“他不肯说，怕是惦记上我们家大白菜了。”

“啊？”霍江意外地睁大了眼睛，“心藜？”

他的表情逗笑了陆泽漆，陆泽漆叹口气，百思不得其解地摇摇头：“陆心藜那丫头哪来那么大的魅力？”

霍江点头。

程岸出来的时候已经恢复正常，霍江在洗碗，陆泽漆坐在电脑前看《幻夜幽冥》昨天的数据，把关键数据往白板上填。

点击新增，订阅新增。

周榜第一，月榜第九，季榜第十七，年榜第二十三，总榜第一百零五位。

陆泽漆一边写一边向程岸说：“你醒了，现在可以说说是怎么回事儿了吗？”

“什么怎么回事？”程岸装傻，直接从桌上拿起给他留的三明治，狠狠咬下一口，看着白板上的数据，“别光看这些数据，换算成钱，昨天一天的日收是五万。”

尽管陆泽漆从不缺钱，但这个数字还是让他心跳了一下，至少，他还没一天之内挣到过这么多钱。

房子不大，霍江在厨房里依然听到了程岸的话。他收好台面，擦着手走了出来，看着陆泽漆欣喜的表情弯起了嘴角。

“听到没？”陆泽漆问他。

霍江点头。

“别高兴太早，那些都是平台的，你们只能分到其中的一部分。大封推有这样的效果才正常，刚刚达标而已。还是前期积累不够，那些更到几百话的大长篇推一次，收入是这个的几倍。”程岸说话间，狼吞虎咽地吃完了三明治，拍了拍手上的面包屑，忽然被噎了一下，四处找水。

霍江递上一瓶矿泉水，程岸接过，扭开瓶盖大口喝下。

看来，疯劲还没完全过去。陆泽漆和霍江两人交换视线。

“不过你们第一次上，成绩已经不错了。”程岸走上前打开平台首页，将屏幕转向陆泽漆和霍江，“关键是看后面几天的变化，《幻夜幽冥》现在的位置是在首页的这里，换成手机应该是在首页的第三屏和末尾。曝光率不错，这几天还会有不错的数据，如果能维持住周榜前三，月榜不往下掉，这就算是稳住了。”

“怎么能维持周榜不掉？”陆泽漆说，“每天都有新的大封推，我们刚刚爆更，这一个星期也做不了什么。”

“什么也不用做。”程岸说，“现在就是看作品本身实力的时候了，你们保持之前的进度继续画就行。”

“那还开什么总结会？”陆泽漆偏头看向程岸，始终怀疑他的来意。

程岸一笑：“这不是怕你们心态不稳吗？排行榜起起落落很正常，但留在首页能增加曝光率，这是接下来的目的。和粉丝互动，保持粉丝活跃也对数据有帮助，可以适当地增加一下，不过，最重要的还是作品本身。”

陆泽漆点了点头。

“还有，跟《A 漫画》的合约已经签下来了，但杂志连载的格式和平台有点不一样，到时候需要你们调整一下，具体徐玮会来找你们。”程岸说着微微皱眉，“现在最重要的问题还是人手不够，再加两个吧。”

“不需要。”霍江立即反对。

程岸看向霍江，才发现他似的：“原来你在啊？”

陆泽漆不厚道地笑了。

霍江看向陆泽漆，嘴唇抿成一条线：“我们两个人够了，不需要其他人。”

程岸也看向陆泽漆：“这件事你看着办，我不管你们是几个人，保持现有进度不能慢，反正累死累活的人也不是我。”

刚刚还在看笑话的陆泽漆一下子受了夹板气，他无奈抚额：“咱们从长计议。”

“万事开头难，最难的关头算是熬过去了，现在正式进入竞争圈，以后你们就知道什么叫残酷了。”程岸颇有几分幸灾乐祸，交代了一些后续细节，然后就宣布会议结束，他要回公司上班了。

陆泽漆见程岸没再提陆心藜的事，不由得有些意外，找了个借口说要送他出去。

陆泽漆本意是想问程岸跟陆心藜的事，却被程岸逮住机会耳提面命：“增加人手的事你要上心，不要任由那小子胡来。”

陆泽漆嫌弃地看了程岸一眼：“你怎么不自己说？”

“现在不是有你吗？”程岸笑了两声，“再说，我这也是为了你好。你这段时间怎么样？有收获吗？”

不需要解释，陆泽漆就知道程岸问的是哪种收获。

他点点头：“当然有，霍江给了我另外一种思路，还有……一些启发。”

事实上，陆泽漆只是看着霍江画画，就经常会有眼前一亮、恍然大悟之类的感觉，参与到里面更是如此。

有时候他会忽然激动起来，想立即试一试自己的作品，但……他不是霍江。

霍江的背后有一个庞大的宇宙，而他没有那样的宇宙。

“那就对了。”程岸也松了一口气，又说，“虽然不着急，但你也需要时间准备你的作品，现在的工作节奏太紧张对你们两个人都不是什么好事。你得说服他，再找两个人慢慢磨合，在下一部作品之前先把团队建起来。”

陆泽漆微微皱眉，团队的事情他还没有想过，但霍江确实需要一个属于自己的团队。

他正想着，霍江从上面的台阶走下来，手上拿着程岸的手机。

程岸连忙上前：“看我这记性，把手机都忘了！谢谢啊！”

霍江递过手机，张了张嘴，却没再说什么。

“你们也别送了，回去吧！”程岸朝他们挥挥手，走了两步，忽然想起什么似的回过头来看着陆泽漆，像不认识似的，从上到下彻彻底底地打量一遍。

“怎么了？”陆泽漆不解。

程岸叹一口气：“你跟你妹妹真是一点都不像！”他扔下这么一句让人摸不着头脑的话，然后转头就走，连声再见也没跟陆泽漆说。

陆泽漆差点都忘了这事，这会儿又想起来了。他拿出手机想打给陆心藜，想想却又停了下来。昨天陆心藜并没有太大反应，应该不是什么大事，而且她昨晚应该是熬了一个通宵，这会儿可能才睡下没多久。思及此，他收起了手机。

大概是陆泽漆皱眉的表情太明显，霍江开口：“哥，你很担心他们？”

陆泽漆点点头：“确实有点在意，不过算了，他们愿意说的时候，自然会说的。”

两人回屋，陆泽漆坐回自己的位置，一边开机一边翻开分镜本查看后面的剧情，趁霍江还没开始，先行输入文字台词。而霍江拿起刚刚程岸用过的白板，擦掉上面的字，开始写写画画。

不久，霍江把自己写好的白板翻了过来，上面是一张表格，写了最近一个星期的工作安排。大体是按之前的工作方式来的，但里面陆泽漆的工作内容少得可怜，前两天甚至没有他，之后也只有每天八小时。

“这是……”陆泽漆微微皱眉不解地看着霍江。

霍江看出陆泽漆不太高兴，有些着急地解释：“现在没有之前那么赶，一周两条我可以做到的。”

虽然陆泽漆知道他没有那个意思，但还是不免升起了一种被利用完就丢开的愤怒，又有一种前功尽弃的感觉。明明前一秒还好好的，陆泽漆实在想不明白，为什么又突然拒人于千里之外。

“你什么意思？”陆泽漆瞪着他，“我这段时间真惯着你了！你说你知道要跟人合作，你会克服自己，都是说着好玩儿的吗？”

“哥，你这段时间太辛苦了，我想让你先休息几天。”霍江急急地说，“程岸说得没错，我不能让你这么累，可我不想要别人。我可以多做一点，这样你就可以休息一下。”

陆泽漆愣了一下，敢情他是知道自己会顺着程岸的话来劝他，就先来堵他的嘴。陆泽漆的火气没因霍江的话而消减，却也没有理由发怒。他叹口气：“那你自己呢？你又不是铁打的，这么下去你也吃不消的。”

“我可以的。”霍江坚定地说。

“你可以个屁！”陆泽漆忍不住爆粗口，“你以为你是超人还是什么？你知不知道每年有多少人猝死？懂不懂什么叫可持续发展？”

霍江垂下眼睑任由他训斥，直到他说完，才低声说：“哥，我只是不想要其他助手。”

陆泽漆不赞同地看着他，非常无奈：“你必须学会跟人合作的。”

“我知道，我会学会的。”霍江的嘴唇抿成一条直线，目光自下而上地看向陆泽漆，甚至带着一丝丝乞求的样子，“但是，再等一等好不好？不是现在。”

陆泽漆知道再劝也没有用，便坐下来，拿过霍江手里的白板，把上面的内容擦掉，重新写写画画。

很快，他把写好的内容拿给霍江看，工作时间安排跟以前一模一样，只是每人每周都有了一天的休息时间。

“就按照这个时间表来，没得商量，你做得到吗？”

霍江犹豫一下，点头。

陆泽漆又说：“我在我家附近的健身房给你办张卡，每周必须去两次。”

“哥……”

“放心，用你的钱。”陆泽漆打断他，不容置疑地说。

“你跟我一起去吗？”霍江问他。

陆泽漆还在生气，瞪了他一眼：“我当然要去盯着你了。”

霍江便露出那种专属于他的纯良无害的笑容。

“干活吧，别再浪费时间了！”陆泽漆把白板重新挂起来，走回电脑前。

“哥，你不生气了吧？”霍江小心翼翼地问。

陆泽漆没理他。

霍江也不敢继续追问，只好假装乖巧地埋头工作。

虽然程岸一再强调要放平心态，但陆泽漆还是忍不住每天关注排行榜的变化。一整周，《幻夜幽冥》从第一位下滑到第四位，随即稳稳地停住了，这就是说，大封推带来的人气都被留下来了，成为忠实粉丝。

换榜以后，《幻夜幽冥》仍然在周榜和月榜上上下下，陆泽漆的心跟着榜单起起伏伏，时间一长也疲惫了，只好像霍江一样眼不见为净。反正有什么消息，程岸或者风吹草低他们也会来告诉他。

陆泽漆苦中作乐地想，经历了这些以后，轮到了他自己上榜时，他应该也能像霍江现在这么淡定了吧？

两人的生活从高强度的工作中得到了一丝喘息，大封推之后，所有的事情都逐渐变得顺畅起来。陆泽漆也渐渐看淡了，霍江不想找其他助手就不找吧，两个人应付这工作也够了，正好也省得还要跟陌生人磨合。

不久后，徐玮按约好的时间来找他们调整杂志稿的格式。

因为客人是女孩子，陆泽漆把霍江叫起来打扫房间，准备了许多水果饮料之类的，跟程岸的待遇完全不同。

但霍江看起来不太高兴。

陆泽漆见状越发不放心：“你一会儿对人客气点，别老板着个脸，这是要长期合作的编辑，经常见面，就别装酷了！”

“嗯。”霍江勉强回复一个字，神情却很不像那么回事儿。

陆泽漆还打算刨根问底，但敲门声恰好响了起来，他走过去。

开门的那一瞬间，陆泽漆愣了一下，随即夸张地往后退了两步：“天哪，这是哪里来的小仙女？”

徐玮咯咯的笑声在门口响起：“小哥哥，你也太夸张了吧？”

霍江不以为然地抬头，才发现不是陆泽漆刻意奉承，今天的徐玮确实让人眼前一亮。

她穿着一身汉元素的长裙子，头发精心地编起来，看上去就像个古代的小姑娘，一走进来把房间的画风都改变了。

“柒念大大，你好！”徐玮见到霍江，不自觉地收敛几分，把手上拎着的礼品袋子递过去，“这是给你们带的小礼物，《A 漫画》的开刊礼盒。”

“谢谢。”霍江接过来，把徐玮让到沙发上，打开了事先准备好的分镜本和 iPad。

这是要直接开始谈工作的节奏。

陆泽漆暗自摇头，随即走进厨房，洗好水果，准备好茶点，端出来放在桌上，然后坐在一边旁听。杂志版的调整不大，无非是尺寸、分辨率，分栏分页的问题，陆泽漆记下几个关键数据就开始走神。

说来奇怪，对于这种无关漫画内容的事情，霍江是不太上心的，向来是直接交给陆泽漆处理，但这次为什么这么主动？

如果只是这样倒还罢了，徐玮聊完了工作要离开时，霍江竟然主动站起来：“我送你出去！”

陆泽漆惊讶地瞪大了眼睛。

徐玮也有些意外，但也只是大方地点点头，跟陆泽漆道别。

陆泽漆才反应过来挥挥手，将他们送到门口，目送他们两人出去。

这是……什么情况？霍江这小子开窍了？

陆泽漆现在还记得之前霍江坐副驾驶座把人女孩子丢在后座的事，今天怎么突然就改了态度？难道就因为徐玮今天的打扮特别好看？

陆泽漆走上阳台，在栏杆处往外看。

霍江和徐玮两人并肩而行，徐玮本就娇小，在霍江身边和他说话需要时不时地仰起头，显得非常可爱。霍江配合着她的步调走得很慢，两人走在一起的画面也莫名的和谐。

即使不是现在，霍江以后若和谁谈恋爱，大概也就是这样的画面吧？陆泽漆忽然有种老父亲看到女儿出嫁一般的心情，心里的某处异常酸涩。

没过多久，霍江就回来了。

陆泽漆却依然站在阳台上，看着外面的风景。

霍江走过去，跟他站在一起。陆泽漆递出一罐啤酒，霍江没有任何异议地接过来，打开易拉罐正要喝，发现陆泽漆朝他举着酒罐，他不明所以，但还是试探着跟陆泽漆碰了一下杯。

“干得不错！”陆泽漆夸奖道，随即仰头喝酒。

霍江不明所以，但也跟着仰头喝了下去。

# 第七章 因为你是一切的开始

陆泽漆跟霍江重逢的时候还是春天，一转眼夏天过去，天气有些凉了起来。他跟霍江感叹，他们因为工作错过了整个夏天，好像不久前每天嚷着太热的人不是他一样。

“有时间还是得出去走一走，这个夏天真是太没有真实感了。”陆泽漆一边上色一边说。

两个人的生活都很简单，每天就是工作，有了周末休息之后也就是在家休息，很少出门。陆泽漆自己都很奇怪，这样子他竟然一点也没有觉得闷。

对于这个夏天，霍江才是最没有真实感的人。原本以为他的人生已经分崩离析，再也不可能有什么变化了，却遇上了程岸，而他想要的一切也重新回到他的生命中。到现在为止，他仍然觉得一切像在做梦。他深表同意地点了点头，尽管脸上的表情还是没什么变化。

陆泽漆自然不知道霍江脑子里的回路，只是一个劲地发愁，什么时候能真的“有时间”呢？

敲门声响了起来，离门比较近的陆泽漆走过去开门。

“你好，是柒念吗？”门口站着一个快递小哥，得到陆泽漆的确认之后，一边撕单子一边抱怨，“你们这里也太难找了，我在底下绕了几圈！”

“辛苦你了，这地方是有点难找。”陆泽漆接过快递，给小哥拿了瓶水，开始盘算着让霍江搬家的事。他低头看了一眼包裹，“是《A漫画》寄来的样刊！”

陆泽漆有些兴奋地拆开包装，拿出里面精美的杂志，飞快地划过书页，找到了《幻夜幽冥》。

“你快来看，铜版纸的大彩页，这个……”他说到一半忽然停了下来，怔怔地看着杂志。

“怎么了？”霍江走过去。

“署名是怎么回事？”陆泽漆把杂志递给霍江，在幻夜幽冥四个大字底下的署名是“作者：柒念 / 陆泽漆”。他转头回到电脑前，打开哆看漫画平台的网站，熟门熟路地点开《幻夜幽冥》，版头上的署名也已经变成了并排在一起的柒念和陆泽漆。

不久前，霍江问过陆泽漆笔名的事，他决定用原名。当时，陆泽漆还确认过是不是助手的署名，霍江没有否认。

陆泽漆回头看向霍江：“这是什么情况？”

“上次徐玮来的时候，我跟她说加个名字。”霍江不敢再瞒着陆泽漆，心虚地盯着自己的脚尖，“后来，我又跟程岸说了。”

当时，程岸还提醒过霍江：“这件事情你最好先跟他说清楚，他在这方面比较敏感，容易多想。”

霍江知道程岸的意思，他也好几次想提，每次话到嘴边却又收了回去。他知道陆泽漆会不高兴，但他还是想让两个人的名字并排在一起，所以一拖再拖，一直到这本杂志出现在陆泽漆的面前，他还是没有说出口。

“为什么？”陆泽漆果然沉下脸。

“这是我们两个人的作品。”霍江不敢看陆泽漆的眼睛，哑声说。

陆泽漆气得敲桌子：“这是你的作品，故事、分镜、线稿都是你的，我是后来才加入的。我的确是帮你做了背景和上色，但这最多只能算助手，你不明白为什么不先问一下？”

霍江低下头，希望一顿训斥能把这件事混过去。

但陆泽漆马上反应过来：“不对，就算你不知道，程岸和徐玮都会告诉你，是你坚持的，对吗？”

霍江小心翼翼地看了陆泽漆一眼。

“说话！”陆泽漆心里一阵焦躁。

“是。”霍江终于抬头看向他，“我坚持要这样的。”

“为什么？”

霍江不说话，于是陆泽漆自行猜测：“你是觉得我没有自己的作品，所以才好心地把你的分给我？”

“不是。”霍江摇头。

“那到底是为什么？”

陆泽漆自认对霍江已经很有耐心了，但他还是什么都没说。

霍江没勇气说。

那天，程岸对陆泽漆说的他听见了。陆泽漆要开始准备自己的作品，而《幻夜幽冥》可能是两个人合作的唯一一部漫画。所以，他想看到他们两人的名字排在一起，《幻夜幽冥》是唯一的机会。所以，他不顾陆泽漆可能的反对，擅自决定这件事。

陆泽漆等不到霍江的答案，心里一股火气腾上来，为了避免自己在这里发火，他拿起手机就往外走。

霍江连忙上前，一把抓住他的手腕：“哥，是你教我要学会跟别人合作的，我们两个不是在合作吗？”

“是。”陆泽漆点头。

“所以，我们的名字写在一起有什么不对？”霍江问。

“别跟我装傻，你自己清楚有什么不对！”陆泽漆瞪着他。

霍江知道自己又说错了话，另一只手也抓住了陆泽漆，死活不肯松开：“哥，现在需要学会跟人合作的人是你！”

“我要的不是这种不对等的合作。”陆泽漆猛地提高了声音，“如果我想通过这样的方式得到署名，那我早就有了，不必等到现在！”

“如果一定要分得那么清楚，那你为什么告诉我，你的费用是由程岸负责？”霍江说，“我也是不久前才知道，程岸从来没有负责过这个，你一直免费、无偿地做了这么多事情，是为什么？”

陆泽漆僵了一下，随即苦笑一声，像不认识似的看着霍江：“我也不知道为什么。”

他抽手，霍江却不肯放。

霍江想过很多次，陆泽漆发现了一定会生气，会发火，会威胁他把署名改回来，却没想到陆泽漆要离开。

陆泽漆低头，看着霍江的手，松了力道，声音听起来很是疲惫：“放开。”

只有两个字，明明也不见得多重，霍江却像是被雷劈中了似的，缓缓松开。

陆泽漆头也不回地往外走去。

“哥！”霍江慌张地跟了几步，然后又慢慢地停了下来。

陆泽漆回了自己家，一进家门就挽起袖子开始打扫房间。

这也是他多年来的老毛病，一烦躁就开始收拾屋子，非得把所有的东西都整理一遍才能平静下来。

这段时间一直住在霍江那里，只是偶尔拿东西才回家一趟，房间保持得很干净，但到底没有人住，好些地方都落了灰尘。他拿了鸡毛掸子一边打扫，一边在心里对着自己碎碎念。

霍江没有恶意。

霍江是为了他好。

霍江只是想感谢他，却不知道该如何表达罢了。

陆泽漆不断地对自己说，试图想让自己平静下来，却越想越烦躁，最后愤怒地把鸡毛掸子一扔。

看来，这个办法对他也失去了作用。

陆泽漆把自己扔进沙发里，双手枕着头，眼睛木木地看着天花板，脑海中回想起六年前的事。

他小时候听说父母是在德国艺术学院认识的，便觉得那里是全世界最浪漫的地方，所以早早就定下了去那里读书的目标。十二岁开始学德语，十六岁的时候开始参加艺考，到二十岁时一共考了三次都没有考上。正在他心灰意冷的时候，霍江拿着德国艺术学院的录取通知书来找他，一脸兴奋地跟他说，他们可以上同一所大学。

那一瞬间他突然崩溃，当时自己说了些什么、做了些什么已经记不清楚，到现在也只记得脑子里一片混乱。但是，霍江睁大了一双眼睛，不敢置信地看着他的那副惶然失措的样子，却一直印在他的记忆里。

他伤害了霍江。

当他想起来去找霍江道歉的时候，霍江一家已经搬走了，重逢时已过了那么多年，似乎也失去了道歉的时机。

无论什么时候想起来，这件事都让陆泽漆羞愧难当，从那以后，他发誓不再乱发脾气，迁怒别人。

但这次跟六年前又不同，六年前他是生自己的气，迁怒于霍江。这一次，他却是真的生霍江的气了。

霍江看起来不谙世事，实际上比谁都聪明，也什么都知道，又怎么会不了解他的想法？就因为这样，才格外让人生气。

陆泽漆怕自己再说出什么不可挽回的话，想等自己平静下来再好好说清楚，让霍江改回署名，顺便长长记性。但现在真的平静下来，才发现他人都走了，就这么主动回去也实在有些拉不下脸。

他回想了一下，今天正好是跟霍江约好去健身房的日子，便收拾收拾赶去健身房。

霍江没有来，陆泽漆先在跑步机上跑了一会儿，然后又做了一阵

机械训练，消耗了大量体力，怒气也平息得差不多了，霍江却还是没有出现。

这臭小子，他刚一不在就开始学着偷懒了？

陆泽漆拿出手机，想给霍江发个信息，随即又停下来。

凭什么？生气的人是他，还得主动去关心做错事的人？

陆泽漆退出聊天软件，习惯性地打开《幻夜幽冥》的页面。这段时间忙着补存稿，评论区、粉丝群和微博什么的都看得少了，所以才会到现在才发现署名的问题。陆泽漆随意翻看起来，不久，就看到他想找的内容。

“怎么回事？署名怎么变了？”

“这个陆泽漆是哪儿来的？我从一开始就在追更，以前明明没有的呀，怎么突然出现了？”

“关键这个署名还不是助手，而是作者，跟柒念大大并立！”

“会不会是平台暗箱操作呀？”

这些都是很新的评论，前几天却一条也没有。按理说这个署名挂上去也不止一两天了，不可能现在才有评论，唯一的可能便只有之前的评论都被删除了。陆泽漆在粉丝群、微博上都翻了翻，果然也有同样的问题，言辞比评论区尖锐多了。

每个人都在讨论，这个陆泽漆到底是谁。

陆泽漆好不容易平静下来的心情又是一阵翻涌。他收起手机，拨通了程岸的电话，把对方叫了出来，两人找了个安静的地方坐着喝茶。

程岸一看陆泽漆满不高兴的神情就知道是什么原因，他一巴掌拍上陆泽漆的背：“怎么，有这么个事事为你考虑的弟弟你还不高兴？”

“你早知道这件事？”陆泽漆瞪他。

“嗯。”程岸也没隐瞒，反正也瞒不了，“最开始跟你提起柒念的时候，我就跟你说过，合适的话可以安排你们共同署名，所以，他提这件事我是乐见其成的。但我没想到，他竟然没跟你说。”

陆泽漆也没忘记这件事，他掀起眼皮看一眼程岸：“你提这事的时候也是想让我在《幻夜幽冥》上署名？”

“那当然不是了。”程岸摇头，“柒念一个人又是主笔，又是编剧，前期工作是他一个人独立完成的，中途加人的确有蹭署名的嫌疑。我当时是想，如果第一个作品磨合成功的话，以后你们可以组成一个固定的组合，以你们两人为中心打造一个团队。他的故事架构和剧情节奏都很强，再加上你的细节呈现效果，我会很期待你们的东西。”

“是吗？”陆泽漆不信，“难道不是因为那臭小子只有我治得了？”

“你要肯把治那臭小子的手段往你自己身上用用，也一样的效果。”程岸摇摇头，“抛开《幻夜幽冥》不说，你觉得组合这个思路你能接受吗？”

陆泽漆陷入沉思。

这个行业，几个画师组成组合、工作室甚至是公司，都太正常了。陆泽漆已经做过，到现在也不觉得有什么不好，更不会有比他和霍江更默契的人。毫无疑问，那也一定会成功的，看现在的《幻夜幽冥》就知道。

但，如果不是陆泽漆，换成霍江跟另外一个稍微懂点漫画技巧的人合作，结果会有什么不一样吗？

不会。

程岸见陆泽漆一直不说话，以为他是默认，便说：“你也做过工作室的，你知道这是最好的方法，尤其你们现在这么合拍！提前加上你的名字，你也用不着这么大反应……”

“我不能接受。”陆泽漆打断程岸的话，“至少现在不能。”

程岸有些意外：“为什么？就因为你的自尊心？”

“就算是吧。”陆泽漆没有否认，“如果，我连自己的作品都没有，

我不知道拿什么去跟霍江组合，就算成功了，我也不会高兴的。”

“我就知道会这样。”程岸嘲讽地摇头，但陆泽漆已经说到这份上了，他也不能再勉强，“那么，署名的事……撤回？”

陆泽漆点头:“我会在评论区发个公告,就说加助手名的时候手误。”

程岸不再反对，他叹一口气：“这样一来，柒念会很难过吧？他真的很想宣布你们是一起的。”

陆泽漆垂下眼睑，也许，还是免不了再伤害霍江一次了。

陆泽漆家楼道里的声控灯不太灵敏，他走进去的时候里面漆黑一片，也没有费心加重脚步。摸黑走到门边，按开密码锁。门锁上发出荧荧的蓝光，照出门边一团黑影。

陆泽漆一个大男人被吓得大叫一声，跳到一边。

声控灯在他这一吼之下终于亮了起来，陆泽漆才看清门边蹲成一团的人竟然是霍江。

“霍江！”陆泽漆深吸气，努力平复自己的心跳。

“哥。”霍江喊了一声，声音简直像从喉咙里挤出来似的，充满了不确定，“你没在家？”他像做错事的小孩一般慢慢地站起来，不安地动了动蹲麻的脚，眼睛直直地盯着陆泽漆。

“那你以为呢？我在家里躲着故意不给你开门？”陆泽漆没好气地说，他抬手看一眼手机，“你怎么也没有发个消息给我？”

霍江心虚地低头。

陆泽漆看霍江不说话，也不知道该怎么接下去。刚跟程岸聊完，他其实还没准备好怎么跟霍江说，他清了清嗓子：“这会儿过来是有什么急事吗？”

霍江摇头。

“进来吧！”陆泽漆打开门，让霍江进来，“密码是 946273，你记一下，以后来了就直接进门，别在门口待着。”

霍江有些惊讶地看着陆泽漆的背影，似乎没想到他还愿意把密码告诉自己。陆泽漆往里走了几步才发现霍江亦步亦趋地跟在自己身后，看起来就像只怕被丢掉的小狗。

陆泽漆停了下来，霍江的样子让他有些不忍心，他深吸一口气：“你别这样，我们今天只是发生一点争执，不是什么大事。”

霍江从陆泽漆回来就一直盯着他，现在他回头，霍江却又不敢再看他的眼睛了。霍江盯着自己的脚尖：“那你为什么不骂我？”

“骂你干什么？”陆泽漆奇怪地反问。

“你明明很生气，为什么要忍着不骂我？”霍江抬眼看向陆泽漆的眼睛，然后又飞快地移开，“你说那是争执，但你把气都憋在肚子里，那怎么能叫争执？”

“我说的是争执又不是吵架！”陆泽漆有些急眼，他也发现自己觉得很克制，但还是吓着霍江了。他决定坦诚一点，艰难地说出实情，“以前……我曾经对你乱发脾气，那一次之后我决定再也不那样了。但今天我的确是有点生气，我需要一点时间冷静下来，没有打算一走了之。”

坦诚并不容易，陆泽漆说到这个份上也已经是极限了，如果霍江还不理解，他也没办法了。

霍江贴在身侧的手逐渐收紧成拳，陆泽漆没有要跟他绝交，也没有要把他赶走的意思，他应该觉得高兴才对，可他并没有松了一口气的感觉，心脏某处有个一直被紧紧攥住的地方反而揪得更紧了。

“先休息吧。”陆泽漆叹了一口气，“我们明天再说，好吗？”说完，他也没管霍江接不接受，转身向卫生间走去。

霍江看着陆泽漆的背影好一会儿，直到那道门关上，才僵直地转过身向外走去。

陆泽漆出来的时候发现霍江已经走了，他也没有费心地多问。还

是程岸提醒他的，霍江已经不是小孩子了。

尽管，这个事实总是让陆泽漆有几分怅然。

霍江几乎是一夜没睡，他一大早就起来收拾房间，买好了早餐在茶几上摆好等着陆泽漆。门上刚传来响动，他就站了起来，一个箭步冲过去打开房门，倒让门外正拿着钥匙的陆泽漆吓了一跳。

两人站在门口看着对方，陆泽漆有些尴尬，霍江的眼睛却一眼不错地巡视着陆泽漆的脸，像是在检查他的脸上还有没有愤怒的痕迹。

“我今天买了包子和……”陆泽漆说到一半，看见了茶几上摆好的早点，一愣，“你这么早就出去过了？”

霍江一愣。

两人吵了架，霍江本能地想讨好陆泽漆，却又不知道该怎么做，就把陆泽漆平时做的事情做了一遍。现在才想起平时这都是陆泽漆在做的事，他心里十分懊恼，觉得自己做了适得其反的事。

陆泽漆没当回事，神色如常地走进去：“你买了豆浆和油条？还好，我们两个人吃得了。”

“嗯。”霍江跟着走进去，小心翼翼地坐在陆泽漆旁边。

平时两人吃饭就是这样坐的，陆泽漆本来没有察觉什么，但他刚偏头看向霍江，霍江就不安地看向他。

陆泽漆满头黑线，怎么做错事的人反倒一副委屈受气包的样子？陆泽漆努力表现得和平时一样，霍江却完全不配合，两人在别别扭扭的气氛中沉默下来。

这种情况指望霍江先开口是完全不可能的，陆泽漆运足了气，说：“那么，咱们先聊聊吧，不说清楚估计谁都没心情工作。”

霍江点头，双手放在膝盖上，像个小学生似的乖巧地等着挨训。

“我知道，你是想帮我才把你的署名分给我。”陆泽漆尽量平心静气地说，谁知，组织了半天的语言，刚开口就被霍江打断。

“不是。”霍江说。

陆泽漆抬头：“不是？”

“不是。”霍江再一次强调。

无论如何，陆泽漆都没有怀疑过霍江的出发点是为了他，霍江一开口说不是，他的思路就全被霍江打乱，只能看着霍江。

霍江抿着唇，说：“哥，我昨天晚上想了很久。我想，你把你的想法跟我说了，我也应该跟你坦白。”

“嗯。”陆泽漆点头鼓励他继续往下说。

“那天，我听见程岸跟你说让你准备自己的作品。”霍江停顿了一下，“那是你想要的，我不能、也不会拦着你，但如果《幻夜幽冥》是我们合作的唯一一部作品，那我希望至少我们两个的名字可以排在一起。我想告诉别人，这是我们的，我们一起画的。”

陆泽漆的脑子轰然炸开。

霍江一直看着陆泽漆，没有错过陆泽漆脸上哪怕一丝的变化。他的心渐渐地沉下去，却还是哑着嗓音继续把话说完：“所以，不是为你好，不是想帮你什么，我只是想要那样做，想看到我们的名字排在一起。”

陆泽漆从惊讶中回神，他清了清喉咙，却清不掉喉咙里哽住的钝痛，只能沙哑地说：“为什么？”

“为什么？”霍江也在问自己，“我也不知道，可能因为你是一切的开始。”

陆泽漆抬起头来：“一切的开始？”

霍江点头：“因为你我才会拿起画笔，这也是我画漫画的第一部作品，你没来的时候我常常觉得画不下去，你来了，我一下子就心安了，才觉得这是一件有希望的事。”

所以，是因为他教了霍江的原因？

也是，霍江毕竟是他教出来的，受他一些影响又有什么不对的？陆泽漆说服了自己。

“所以……”霍江最后挣扎，“哥，你以后还会有无数的作品，这一部的署名就当送给我好吗？”

霍江的眼睛从下往上地盯着陆泽漆，眨也不眨一下。这神情像极了霍江小时候黏着陆泽漆，求带他一起玩的时候那撒娇卖萌无所不用其极的样子。

这样的霍江实在是让人难以拒绝，陆泽漆几乎有些动摇了。

“哥……”霍江小心翼翼地拉了拉陆泽漆的袖子。

陆泽漆清了清嗓子，不自在地看着霍江：“所以，不是为了感谢？”

“不是。”霍江有些失望，“我只是想要这样。”

“好吧，不纠结原因。”陆泽漆还是有些头疼地抚额，“但是你有没有想过，这不是我想要的？”

霍江一震，手慢慢地松开了。

“你别又钻牛角尖了。”陆泽漆条件反射般地抓回他的手，“不管你是自己想要这样，还是想帮我，出发点都是好的。我也一样，我来这里也是想帮你，但我确定我来这里之后做的事情都是你需要，而且你也不反对的。”

霍江抬眼看他，眼里有赤裸裸的怀疑。

陆泽漆也想起自己的强行闯入，干笑两声：“呃……我想做你助手不也是花了这么长时间等你同意了才开始的吗？你想对我好，也要考虑我是不是需要吧？”

陆泽漆那么骄傲，他将来当然会有他自己的作品，他要把名字留给那部作品也很理所当然。就是因为这样，霍江才纠结了那么久也不敢告诉他。

“我需要什么，你一直都知道的。”陆泽漆又加了把劲，“对吧？”

“可是我教不了你。”霍江看起来有些难过，“如果连你……”

陆泽漆打断他的话：“你不用这样，你表现出来的比你说出来的有用多了，我有眼睛我看得到，我不是一无所获。所以，你让我在这里陪着你就很好了。”

霍江的眼睛陡然瞠大，不由自主地抓住陆泽漆放在他肩膀上的那只手。

陆泽漆说完才发现自己这话有点怪怪的，轻咳一声抽回了手，看着霍江眸中期待的星辉，忍不住想告诉他程岸所说的，以他们两人为核心的团队。

“那天你听到程岸说让我准备作品，其实是我们的下一部作品，让我准备是因为想让我多出一点力，到时候才能名正言顺地署我的名字。”

霍江欣喜地看着陆泽漆：“那你同意了吗？”

“没有。”

霍江亮起的眸光瞬间沉了下去，如果陆泽漆一开始就没有打算同意，为什么又要告诉他这个消息？

“我得先有我自己的东西，不然，我会一直怀疑自己在这个团队里的原因，更别说做什么团队核心了。”陆泽漆伸手揽住霍江的肩膀，拍了拍，“但程岸的想法很好，没有比我们更加默契的人，我们应该组合起来，做一个完美的团队。只是，不要急于一时，好吗？”

霍江被迫靠着陆泽漆的肩膀，身体一僵，随后让自己放松下来。他张了张嘴要说什么，陆泽漆却坏心地拦住了他接下来要说的话。

“除非，你真的觉得我不可能做出自己的东西。”

霍江委屈地闭上了嘴。

都说霍江是个固执的小孩，可他再固执都会为陆泽漆而改变。轮到陆泽漆固执起来，霍江却拿他一点办法都没有。

平台上的署名好改，跟程岸说一声，再发个公告说明是手误就好了。但《A 漫画》已经刊出，临时更正有些麻烦，还是徐玮替他们背了这个锅，在之后一期的内容里挤出一格做了更正说明。

一场小风波终于过去。

由于霍江不肯找其他助手，两人的工作仍然排得满满的。

陆泽漆感觉离自己抱怨错过了夏天才过去了没多久，他穿着 T 恤和牛仔裤，外面罩着笔挺的风衣出门，却被冻得直打哆嗦，这才发现时节已经要入冬了。之前说好的出去走走，结果就只是他家和霍江家来回倒腾而已。

一连半年的高强度工作，陆泽漆感觉自己的大脑虽然经常处于兴奋状态，身体的能量却一点一点地被掏空。他这还只是做辅助工作，反观主心骨霍江却从来没有喊过累，连画画的节奏也没有半点阻塞，他只能把这归功于天才的超能力。

这期间，程岸那边的竞争几乎已经白热化，他的业绩已经逐渐跟主编持平，但内部针对他的一些小动作也越来越频繁——一会儿是指责他抢推荐太霸道，一会儿是议论他跟某同事的关系闹僵，一会儿是又传言他跟作者有交易……

在这种情况下，程岸能争取到的推荐都非常不容易，霍江和陆泽漆也没有浪费这些推荐。自从大封推之后，《幻夜幽冥》就时不时地蹿上去，月榜也逐渐爬上了前十，一直在首页徘徊。

到现在才可以说，这部漫画火了。

陆泽漆不知道霍江心里怎么想，但他心里悄然生出一股自豪感。

圣诞节前，陆泽漆收到一份圣诞礼物，是陆妈妈寄来的去德国的机票和新年音乐会门票，因为有陆妈妈的演唱，所以他和陆心藜两人不能不去。音乐会之后，陆爸爸陆妈妈见着一双儿女，把他们留下来共享天伦之乐，过了十来天才把他们放回来。

“进度怎么样？”陆泽漆一进霍江家门就问。

“新年加更，用掉了一条存稿。”霍江老实回答。

只用了一条存稿？那就是说，霍江还是保持着一星期两条的进度？陆泽漆有些意外地看着他：“你没回家过节？”

“平台不放假。”霍江说。

没错，平台不放假，赶上元旦、春节这样的节日通常还要加更。陆泽漆被噎住，没好气地把手上的纸袋扔进霍江怀里：“平时那么辛苦存稿是为了什么？不就为了这种时候可以放假吗？我总跟你说要保证休息，你都当耳旁风了！”

霍江老实听训，不时点个头应付。

他打开陆泽漆扔过来的纸袋，里面是一条围巾，跟陆泽漆脖子上那一条一模一样，眼里瞬间盛满了暖意。

陆泽漆只当霍江是工作狂，没把这事放在心上，主动加班一星期赶回落下的进度，紧接着开始计划过年期间的更新。程岸在那期间安排了个特别推荐给他们，更新要翻倍，而他还打算做个新年特别小番外，但怎么算时间都不够。

他走到霍江身边，半靠在霍江的椅背上，一边光明正大地偷看，一边商量道：“霍江，你过年打算回家几天？”

霍江抬头看了陆泽漆一眼，摇头道：“不回去。”

“不回去？”陆泽漆意外地看着霍江，忽然觉得不对劲，“你中秋没回家，元旦也没回，连过年都不回？你爸妈没意见？”

霍江的手停住，过了一会儿才低着头：“我妈去世了。”

陆泽漆一愣，下意识地问：“什么时候的事？”

“几年前。”霍江还是没有抬头。

难道是六年前？陆泽漆正想问，却发现霍江的屏幕上出现极不和谐的黑色粗线。他一低头，只见霍江握着压感笔的手指节泛白。

陆泽漆咽下了已经到嘴边的问题，伸手贴在霍江背上，安慰地轻抚一下，转移了话题："那你跟我回家吧。"

霍江这才抬头看他。

"我爸妈还有我姑都跟我打了好几通电话，说是不能回家，交代我一定要回去陪老爷子过年。"陆泽漆皱眉，"他们年年都是这个时候最忙，其实哪年都没回来过，只能是我们回去。"

陆泽漆的漫画工作室关闭之后，这几年一直无所事事，每年都是一早就回去，过了元宵才走，平时也有事没事就往回跑。而今年，他也就端午、中秋的时候回去过，老爷子早就有意见了。

霍江有些犹豫："我去？这样好吗？"

"有什么不好？"陆泽漆奇怪地看着霍江，"你也是老爷子看着长大的，算他半个弟子呢！"

"这么久没去，怕他老人家生气。"霍江自责。

"这没办法。建议你主动认错，争取宽大处理。"陆泽漆没有费心安慰他，甚至是幸灾乐祸地揉了揉他的脑袋。

霍江却好像从这话里找到了什么力量，片刻后，下定决心地点点头。

陆泽漆没注意霍江的动作，他本来也没想给霍江反对的机会，便又回到刚才的问题上，为时间发愁："我们就回三天，初三就回来继续工作吧，不然进度实在堪忧。"

"嗯。"

霍江对于这些事情根本没有意见。

陆泽漆也不太需要他的意见，自己左思右想一通，又说："老宅也有我的电脑，要不我们把硬盘和板子带上，到时候就在家工作，你觉得可以吗？"

想到老爷子那不离手的拐杖，陆泽漆还是有点发虚。

“嗯。”

霍江再度点头。

除夕当天，两人一早收拾好出发，先去接陆心藜。

陆心藜一见他们两人就吹了声口哨：“哟，一模一样的围巾啊！”

这是霍江第一次戴陆泽漆从德国带回来的围巾，没办法，他平时不出门也用不上。听了陆心藜的调侃，他脸上瞬间一红。

而陆泽漆自己很喜欢这条围巾，哪怕只是出门扔个垃圾也要围上，并不觉得有什么奇怪。

“我不是也给你买了吗？”陆泽漆看着陆心藜，“你怎么没戴？”

两人虽然都去了德国，但陆泽漆买礼物的时候也没漏了她的。

“你还好意思说，哪个当哥哥的给妹妹买男式围巾的？”陆心藜说着把东西扔进车后备厢，自觉坐进后座。

陆泽漆非常奇怪：“我给你买女孩的东西你也没喜欢过啊！我看你平时打扮总跟个野小子似的，还以为这次说不定行。”他自觉也算是一个有品位的人，但给陆心藜买东西从来没有买对过，偏偏他还乐此不疲。

“下次请你直接发红包。”陆心藜翻个白眼。

“你又不缺红包！”这是陆泽漆的乐趣，也不打算改正。他的脸上浮现一个淡淡的笑意，怎么看怎么像是憋着坏，“我给爷爷也买了一条。”

“你搞批发呢！”陆心藜没好气地说，她扒着副驾座的椅子寻找盟友，“霍江，你说他这样买礼物是不是很没有诚意？”

霍江的手抓着围巾，嘴角弯出淡淡的笑意：“不会，很暖。”

“看吧！”陆泽漆得意起来，“围巾嘛，够暖和就行了，只有你这样挑剔个不停！”

是啊，暖和就够了。

霍江了解陆泽漆，他每次出门遇上什么喜欢的东西，总是全家人手一份，而现在这条围巾说不定连程岸也有。但那又如何？无论陆泽漆送给多少人，都不会减少他手中这一条的珍贵。

他的手紧了紧，竭力地吸取着围巾上的温度。

陆心藜还要继续抬杠，但她从侧后方看到霍江的脸，顿了顿，竟忘了自己原本要说什么。

到了陆家老宅，看到陆泽漆拿给陆老爷子的围巾是不同颜色不同花纹的，霍江觉得心里的暖意又多了一点。

陆老爷子见到霍江很高兴，感叹了一句：“你们仨都在，这才算是齐了。”

霍江一震，眼圈忽然就红了起来。他忍不住上前：“爷爷。”

陆老爷子点点头：“回来了就好。”老爷子没因为这几年的不联系而生气，也没问他家里的事，就只是问他现在在做什么，有没有女朋友，住在哪里。听说霍江和陆泽漆他们现在一起画漫画，老爷子还拿来平板电脑，炫耀似的在网页上搜索他们的漫画。

陆泽漆故作惊奇地捧场：“哟，爷爷，您什么时候连平板电脑都会用了？”

陆老爷子哼了一声：“这有什么难的？”

“就是！”陆心藜凑过来，“我们家与时俱进的老爷子什么不会？”

“你们这帮小崽子，以为我离了你们就不行是吧？”陆老爷子连陆心藜也瞪了一眼。

自从有了智能手机之后，老爷子就一直在跟这些新科技较劲，陆泽漆和陆心藜两个曾是他的固定军师。但老人家那个年代连拼音也没有，光是教他打字就费了好大劲。时间长了，兄妹两人难免互相推诿，被老爷子记恨到现在。

“去去去，都围这儿做什么，别打扰我看漫画！都包饺子去，等着老头子给你们做饭吃啊！”陆老爷子敲敲拐杖，把三个人都赶去干活。

陆家平时雇了一对夫妻照顾陆老爷子的日常起居，跟他们家人一样，过年也不离开。但今年儿女接他们回老家去团圆，陆老爷子就封了厚礼把人送走了。两夫妻提前打电话给陆泽漆，千叮万嘱地交代了好些事。

陆泽漆有了准备，出发前就买了很多半成品，简单处理一下就能上桌，但对于年夜饭的主角——饺子，却不能不重视，就得自己动手才有气氛。结果霍江和陆心藜被他支使得团团转，一会儿剥蒜，一会儿洗菜，一会儿剁馅。

老爷子对着漫画坚持看了一阵，然后表示自己画兴大发，走到窗边他专用的大书案上挥毫泼墨，画得浑然忘我。

到晚间四周的爆竹声响起来的时候，老爷子已经画好了一幅瑞兽图，连声招呼几个小孩过来看。

在一团深深浅浅的水墨烟雾中，青龙、朱雀、白虎、玄武四大瑞兽若隐若现，仿佛刚从什么地方挣脱出来，要在人间大展神威。

“怎么样？”陆老爷子问。

“这是……”霍江不敢置信地看着陆老爷子。

陆泽漆替他说出答案：“《幻夜幽冥》里的场景？幽冥之门被打开那一幕？”

这老爷子，不服老的心都快跟图上瑞兽一样冲破封印了。陆泽漆暗笑一声，正色点评：“爷爷您这幅瑞兽图用笔豪放大气，着墨看似随意但是匠心十足，整幅画显得气势磅礴，让人望之生畏。”

陆老爷子不动声色，眼里闪过一丝喜色。

“爷爷真厉害！一下午的工夫您又挣了几十万，就他们那小破漫画根本不能比。”陆心藜也来凑趣，“一会儿红包记得多包点。”

陆老爷子正拿着印章，随手用印章上的穗子打了陆心藜一下：“你们做摇滚音乐的不是号称前卫另类吗？我看你就是个小钱串子！”

“那也不能在您面前另类啊！”陆心藜往陆泽漆身后躲，“都是他，把我的台词都说完了！”

陆老爷子不乐意跟他们闹，转头一看，霍江正盯着那幅画怔怔地出神，于是问霍江：“你说呢？”

霍江被陆泽漆拉了一下才回过神来，有些不好意思地笑了一下：“我觉得……好像在梦里见到过这样的场景，是我最开始想到《幻夜幽冥》的样子，是一种具象化的感觉。”

霍江这话说得没头没脑，陆老爷子却十分满意地点了点头：“具象化的感觉，这个说法很有意思。这就是国画的魅力，数千年来，无数丹青大家都在做这样一件事，用我们的话说，叫写意。”他轻描淡写地说着，慢悠悠地在上面提字，押印。

陆泽漆还以为老爷子看漫画就是装装样子，没想到他还真看下去了，看来还没放弃把霍江收归门下的想法啊！不过，他这么委婉，注定霍江是听不明白的。

陆泽漆莞尔一笑，扭头去看老爷子的题字，是“半阕西江月”。

“瑞兽香云轻袅，华堂绣幕低垂。人生七十尚为稀，况是钓璜新岁。”陆泽漆念出来，随即有些担心地看向陆老爷子，“爷爷，您这是干什么？您过了年也才七十五，离八十还早呢！何况，现在七十早就不稀奇了。”

“我还不能提前感慨一下吗？”陆老爷子任性地丢下笔，一声令下，“放鞭炮，吃饭了！”

四人围坐一桌丝毫不显得清冷，虽然没有什么山珍海味，但陆泽漆也是精心挑选了每个人最爱的菜式，再加上自己动手做的饺子，竟然也奇异地充满了年味。陆老爷子也不是那种爱摆架子的老人，他们的餐桌上也没什么规矩，平时不着家的陆泽漆和陆心藜把陆老爷子当成小孩哄，饭桌上笑声不断。

老爷子一开心，给三个人各发了一个厚厚的红包。

这种其乐融融的气氛伴随了霍江整个童年，时隔几年再次回来，心里的震撼比他想象的更深许多。这大半年来，陆泽漆在他身边，他却一直有种不真实感，直到这个时候，他的心才真正地落到了实地，是真的失而复得了。

与此同时，他也忍不住看向窗外，离这里不远的另一处却早已经物是人非。

陆泽漆没有错过他这个目光，却没说什么，只是给他夹了一块他最喜欢的排骨，引回了他的注意力。

晚饭后，四人坐在电视机前守岁。

陆老爷子本来说要跟他们守到凌晨，但到底年纪大了，刚才十点的时候就被陆泽漆哄回屋里休息。

剩下三人放着电视当背景音玩牌。没玩一会儿，陆心藜的手机响起来，就跑到阳台接电话去了，半天也没回来。霍江有些心神不宁地走到书案前，若有所思地看着桌上的瑞兽图。陆泽漆走到他身边，却是抬头看向窗外，惊讶地出声："下雪了。"

霍江抬头，果然看见窗外安静地飘着一片一片的雪花。他脸上一喜，转头看向陆泽漆，发现他也正好转过头来看着他。

两人的视线在空气中对上。陆泽漆率先移开目光，看着窗外，轻声说："要出去走走吗？看看雪。"

霍江听见陆泽漆的建议，点了点头。

两人穿好了外套，陆泽漆想了想，又把陆心藜的外套扔到阳台让她穿上，然后才跟霍江一起走了出去。

外面的空气冷冽，吸进肺里却又让人十分舒适。雪下得不大，但绵绵密密的，看样子他们很快就能迎来一个银装素裹的大年初一。

陆泽漆拢了拢围巾，没话找话说。

“这小区跟以前一样，没怎么变化。不过我们以前经常踢球那个地方挖了个小湖，你看，从这里就能看到。”

霍江顺着陆泽漆所指的方向看过去，果然有一点不一样了。

小区里大多都是独栋别墅，每一户的距离隔得挺远，中间是各种植物环绕，很好地保证了私密性。现在是冬天，冬青、棕榈和几丛竹子都依然葱翠，偶尔还能在边灯的映照下看到几枝微绽的梅花，在雪花中若隐若现。

两人信步而行，看起来完全没有目的。

陆泽漆微微落后半步，让霍江来引领两人的方向。霍江的脚步完全无意识地带着他们往熟悉的方向走，等他意识到的时候，已经看到那栋熟悉的房子了。他陡然停下脚步，瞳孔在黑暗中倏地缩紧。

陆泽漆也停了下来：“你很想过来看看，对吗？”

“嗯。”

从进了这个小区开始，霍江的心就被牵在这里。

忽然，那房子的门开了。两个小孩手里拿着火花棒从屋子里一前一后地跑出来，站在院子里面又叫又嚷，一个微胖的女人拿着打火机走出来，替他们点燃手中的火花棒。两个小孩挥舞着火花棒笑闹追逐，女人在身后微笑地看着他们。

“来之前就知道会这样，但还是忍不住想来看看。”霍江自嘲地轻笑一声，低头看向自己的脚尖。

陆泽漆抓住他的肩膀，轻轻捏了一下：“毕竟是那么多年的家，总会有感情的。”

“嗯。”霍江向陆泽漆微笑，表示自己没事，“依然有人在这里生活，还能欢笑，总比什么都没有要好。”

不知道为什么，他这样一笑，陆泽漆却更加心疼。

两人在原地站了一会儿，在惊扰到那一家人之前转身离开。

雪下得越来越大，周围的声音都好像被雪隔绝，变得很远很远。但这宁静没有维持多久，很快便被“砰”的一声巨响打得粉碎，一道亮光划破了天空，在半空中炸开一朵璀璨的烟花。很快，更多的爆裂声和烟花此起彼伏，将那些安静的雪映上了斑斓的颜色。

零点了。

陆泽漆转头看向霍江，轻声说：“新年快乐。”

“新年快乐。”霍江也看向陆泽漆，只觉得天空中所有的烟花都被印刻在他的眼睛里。

# 第八章 世界上最有趣的事

初一早上，陆泽漆是被窗外的亮光唤醒的。

雪果然堆积起来了，陆泽漆想着可以叫上霍江和陆心藜去外面打雪仗，还没等他想好，就被楼下的门铃声打断。

陆老爷子弟子无数，指着他的画作当传家宝的收藏家也有很多。这些人一大早冒雪赶来拜年，陆老爷子只挑了几个平时亲近的弟子在书房见见，说几句话，其他人都由三个小辈接待。陆泽漆他们彻底沦为跑腿的服务员，勤快地端茶送水，迎来送往。

大过年的，陆泽漆却感觉自己过得比平时还累，脸都笑僵了——应陆心藜要求，他只要保持微笑，就能让那些人更容易退却。

到了下午，忙完演出的陆爸爸陆妈妈和陆姑姑终于从各地赶了回来，三个小辈又被塞了几份红包。一家子坐下来闲话家常，主要是陆爸爸他们向陆老爷子汇报一年以来的近况，顺便让陆老爷子吹吹胡子瞪瞪眼，抒发一下他老人家的不满。陆泽漆和陆心藜陪坐一旁，必要时替三个大人分担火力。

陆泽漆坐了半天，忽然发现原本坐在旁边的霍江不见了，便找个借口走开，楼上楼下地找了个遍，最后在自己的书房里看到他。

这房间是他们小时候学画的画室，变成陆泽漆的书房之后，两人以前的画架、画具都收起来了，新添置了大书架、书桌之类的物件，但两人以前画画的方形条案还在。陆老爷子除夕画的瑞兽图就放在条案上，底下垫着白棉布，上面用厚玻璃板压着。霍江站在书桌前，手上拿着素描本，对着陆老爷子的瑞兽图描描画画。

“你怎么在这里？”陆泽漆打开房间的灯，让屋子更亮一些。

霍江抬眼看着陆泽漆：“哥，我想到了！”

“什么？”陆泽漆看向他的本子，他在纸上画的也是一团烟雾，但看不清里面有什么。

“《幻夜幽冥》的结局。”霍江说。

霍江一开始就已经做出了完整的故事大纲，但分镜只是做到高潮部分，因为有些细节他还没有想得那么清楚，所以一直没有继续下去。在看到陆老爷子的画作之后，霍江心里就有什么在蠢蠢欲动，一直到刚才。

陆爸爸陆妈妈都是看着霍江长大的，也没把他当成外人，但看他们被陆老爷子训话，霍江觉得有些尴尬，就自己走开了。原本是想上楼看看小时候最喜欢待的画室，无意间发现瑞兽图收在这里，他不由自主地开始涂画起来，渐渐地竟然打通了一直卡着的思路。

“把感觉化为笔下的实体，漫画也可以做到的。”霍江的大脑显然处于兴奋当中，眼睛亮得吓人。

“哦？”陆泽漆不由好奇起来，“所以你现在画的就是最终大Boss的形象？”

霍江似乎也没注意自己在画什么，他低头看了一眼图上杂乱的线条，微微皱眉：“这是乱画的，用来整理思路而已。”说着，一把将正在画的那一页纸撕了下来。

陆泽漆一看他的动作就上前一步，但也只来得及阻止他把那张纸揉成一团。

“你别仗着自己记忆力好就乱来，回头要画的时候忘了怎么办？”陆泽漆抢下那张纸，有些心疼，“这多少能给你留点提示。”

霍江也没听清他说什么，胡乱点点头，看着陆泽漆书桌上的电脑：“哥，你的电脑可以用吗？我想现在就画出来。”

“可以是可以……”陆泽漆有点犹豫，他想让霍江至少这两天能好好休息，但霍江好不容易有了灵感，他又不忍心打断。

霍江的注意力都在脑子里奔涌的灵感上，没听出陆泽漆的犹豫，放下分镜本就往外走。

陆泽漆拿起手上那张纸，抚平了放回霍江的素描本上。忽然，他停下来看着纸上杂乱的线条，随后又若有所思地抬头看一眼陆老爷子的瑞兽图。

一开始，他搞不懂这些线条到底是什么，刚才的一瞬间，他看出这些看似杂乱的线条其实是两层。外层是一个囚笼，里面被困着的是一团烟雾，烟雾则守着中间的什么东西。看上去像是溃散的烟雾实际上紧紧地向里缠绕，所以中间的东西无法逃离这并不牢固的囚笼。

再看一眼陆老爷子的瑞兽图，霍江的图上除了那烟雾有点像洇开的墨团之外，陆泽漆没办法找到两者之间的任何联系。

霍江到底是怎么从陆老爷子的画里想到这些的？而自己从小在陆老爷子的耳濡目染之下同样学了很多国画的东西，也曾试图将之融进漫画里，却从来没有在陆老爷子的画作里找到过灵感。

突然，陆泽漆“啪”地合上本子，双手撑在书桌上。

他从来没有哪一刻像现在一样，清晰地认识到自己可能永远也学不会霍江拥有的那种才华。

霍江拿着手绘板和硬盘走进来，陆泽漆抬起头，眼睛空洞地看着他。

这神情吓了霍江一跳，他快步走过去：“哥，怎么了？”

“没什么。”陆泽漆摇头，放松了刚才起就一直皱着的眉心，“只是突然想起了一些事情。”

霍江的心还是没有放下来，陆泽漆却移开视线，转身将闲置在书房的电脑打开，检查了一下功能，又替霍江连上数位屏。

“你画吧。”陆泽漆侧身让开，把霍江按在椅子里就要下楼，“我先下去。”

霍江明显感觉陆泽漆跟之前有什么不一样了，这是跟陆泽漆相处十几年养出的直觉。可惜他从未将这些感觉分门别类，以至于这个时候竟然看不出陆泽漆的不同到底是什么原因。但他觉得不能放陆泽漆这么走开，一伸手就拉住陆泽漆的衣角，仰起头看向陆泽漆。

“你能不能……就在这里？”

陆泽漆低头看一眼霍江的手：“我怕我在这里会影响你。”

“会。”霍江点头，眼睛仍然不转眼地看着他。

陆泽漆就是因为自己心情乱了，所以才随意找个借口走开。他们都一起工作那么长时间了，料想霍江不至于被他影响才对。结果，霍江竟然这么干脆地点头了，陆泽漆一阵错愕。

看到陆泽漆脸上那种敷衍的表情消失，霍江这才微笑起来，像是某种小计谋得逞。他说：“是好的那种影响。我们小时候在这个房间一起画画，现在还能回来，我觉得……很开心。”

“为什么这么说？”霍江语气里的珍惜让陆泽漆有些心疼，他不自觉地拧着眉心，“你任何时候都能回来的，就算我不在这里，你也可以回来。”

“不一样。”霍江低声说，“只有你在这里，我才有最开始画画的感觉。你记不记得，你第一次教我画画的时候跟我说，画画是世界上最好玩的事。”

陆泽漆当然记得，他现在都不太好意思提自己教过霍江画画，但他烦乱的思绪瞬间被霍江的声音抚平了。他拉过另一把椅子坐下来，拍拍霍江的肩膀：“我记得。”

想那么多干什么呢？现在的他都快忘了画画的快乐了，也许，画得快乐比画得成功更重要？他再一次压抑住心里的不甘，继续若无其事。

霍江心里隐隐有点不安，但注意力很快就被脑中那些兴奋的思绪

吸引了。他握着压感笔，新建画布，在画布上画下第一笔。

楼下，陆老爷子终于被儿女儿媳说烦了，目光一扫，转移话题：“泽漆跟霍江又到哪里去了？”

聊得正高兴的几个人终于发现好一会儿没见陆泽漆和霍江了。

“泽漆不是说去洗个水果就回来吗？怎么去了这么久？”陆泽漆的姑姑陆澄佳一脸疑惑。

“爷爷、姑姑，你们别着急啊！”

陆心藜在这种时候都是最先偷溜的，所以陆爸爸陆妈妈把她当作重点防范对象，一左一右地坐在她身边，牢牢压在现场，她心里早就暗暗腹诽陆泽漆和霍江两个没义气的家伙了。现在总算有人发现，她这才阴阳怪气地说：“这是冬天，等着水果在树上开花、结果，他再给您现摘回来。姑姑您且耐心等等，等到您讲完跟田中泯大师的见面也就差不多了。”

刚说完，陆心藜就痛叫一声。

陆妈妈粗暴地弹了她的额头，批评她：“这孩子，损你哥还是损你姑呢？”

陆澄佳本来没听出来，听了陆妈妈的话才发现不对，瞪向陆心藜：“你这丫头，当心我把你预定的东西都给你哥！”

几人闹成一团，陆老爷子一直板着的脸也不由得带出几分笑意，什么歌唱家、舞蹈家，回到家里都是孩子。

陆爸爸略一沉思，说：“是不是咱们只顾聊自己的，让霍江这孩子觉得外道了？”

“爸，您就放心吧，他才没有这么细的神经。”陆心藜一点也不客气地揭人的短，“他就是单纯嫌你们的话题无聊而已。”

这打击面，也太广了，连陆老爷子都忍不住瞪了陆心藜一眼。

陆妈妈伤心欲绝地捂上脸，一手伸向陆爸爸：“老公，你当年在医院是不是抱错了女儿？她真的是我生的吗？”

“我也很希望是这样，至少还有换回来的机会。”陆爸爸配合她演戏。

陆澄佳见不得他们秀恩爱，拉起电灯泡陆心藜：“走，我们找他们去。”

“我也去。”陆老爷子跟上。

三人找了一圈才来到陆泽漆的书房前，陆澄佳悄悄推开门。

霍江正坐在电脑前作画，陆泽漆已经不在他身边了，但也没走远，而是停在大书案前。书案上摆着宣纸、排刷、裁刀和糨糊之类的工具，陆老爷子的瑞兽图被取出来，陆泽漆正在装裱。

陆泽漆虽然没有跟老爷子学国画，但耳濡目染之下，一手装裱的手艺是连老爷子也赞不绝口的，所以才有把名下画室都传给陆泽漆的想法。陆泽漆不愿意以此为职业，只偶尔替老爷子裱画而已。每次他心绪不宁的时候，这种不需要太多思考却需要注意力高度集中的活儿总是能让他重归于平静。

他们两人一东一西地各自做着自己的事情，明明没有交流，看上去却异常温馨。

陆心藜要推门喊人，被陆澄佳捂住嘴拉走，陆老爷子小心地替他们关上门。

不知道过了多久，陆泽漆完成了装裱的第一步托裱，把整块木板竖起来通风晾干。这时候，楼下传出钢琴的音乐，而院子里响起陆心藜的笑声，霍江也抬起头看向窗外，嘴角弯出一个淡淡的微笑。

陆泽漆好奇地走过去，透过窗子往下看。

楼下的院子里，陆心藜和陆澄佳堆了一个大雪人，正在找东西装饰。陆妈妈跑出去看了一眼，说要堆一个更漂亮的，大声喊陆爸爸去帮忙。

楼下的钢琴声戛然而止，陆爸爸微胖的身子无比迅捷地出现在院子里。

霍江转头期待地看向陆泽漆：“我们也下去吧。”

“走！”

两人下了楼，才发现陆老爷子也被吸引了，站在门边笑呵呵地望着他们。陆泽漆吓了一跳，连忙拿了大衣过去给陆老爷子披上。

“这大冷天的，爷爷您就这么站在风口上怎么行，好歹穿上点衣服。”这一家子人大的小的都在，竟然没有一个人看着点。陆泽漆不由得有些恼怒，又想到大过年的不便发作，于是硬生生忍住。

“没事，这点风算什么？”陆老爷子话音还没落就打了个喷嚏。

陆泽漆赶紧把围巾也给陆老爷子围上。

陆妈妈看见陆泽漆，欢快地朝他挥了挥手：“儿子你下来了？快点做饭去，我要饿死了！”

“我也是！”陆心藜大声喊着，“零食柜都快被我们掏空了。”

本想下楼来与民同乐的陆泽漆心里一阵悲愤，他会长成这种老妈子性格真不是没有原因的。

陆爸爸大概是这些人中唯一有点良心的，他干咳一声，好歹解释了一句：“今年大年初一，各大酒店都不送外卖。”

“对对对，外面太冷了。”陆妈妈说着裹紧羽绒服。

敢情您堆雪人就不冷了？

虽然也没什么良心，但最疼爱陆泽漆的陆澄佳上前，说：“我去帮你吧！”

“不用！”陆泽漆连忙说。他这个姑姑在厨房可是灾难般的存在。

他扯出一个露出八颗牙齿的标准微笑，说：“您玩着，我这就做饭去！”说完，他转身就往厨房走。

霍江见他走了，也跟过去。

“生气了？”陆妈妈无辜地问。

“嗯，生气了。”陆爸爸确定地点头。

陆澄佳的注意力却在另一人身上：“霍江怎么还是老黏着泽漆？”

“他们小时候不就这样吗？”

“对啊！”陆妈妈再一次点头，“形影不离的。”

屋里，陆泽漆也在问这个问题：“你怎么也进来了？出去跟他们玩吧。”

霍江摇摇头，在哪里都没有待在他身边有意思。

家是一个回去了就不想离开的地方。

陆泽漆说好了只回三天，但到了初三那天他只是开车带着长辈们在市中心转了转，顺道拿回他们的电脑，那之后就和霍江在家里工作。

还好，照顾陆老爷子的陈妈夫妻俩赶回来了，这才没有饿着陆家大小。

元宵节前，有演出任务的陆爸爸陆妈妈和陆姑姑就走了，三个小辈陪老爷子过完元宵，也就回了各自的住处。

乍一回到霍江的小屋，陆泽漆有些不适应那老也不暖的暖气，再度提起了搬家的事情。霍江也早有打算，但他对于搬家的想法和陆泽漆有点不一样。

还没等霍江纠结着说出自己的想法，他们的计划再度被程岸的出现打断。

“大大们，新年快乐！”

程岸一走进霍江的小屋就大声喊出新年祝福。

且不说程岸本性如何，至少表面上向来稳重、斯文，今天一进门就来这么一出，着实让正在工作的两个人吓了一跳。

他们先后抬起头看着程岸，目光不约而同地落在了程岸脖子的那条围巾上。霍江敏锐地发现，虽然花色不一样，但能明显看出来，那条围巾跟陆泽漆元旦的时候从德国带回来的围巾是同一个品牌。

于是，气氛一下子变得诡异起来。

程岸没有受到预想之中的欢迎，有些奇怪地看着他们：“怎么了？过了个年还不认识我了？”

陆泽漆轻轻咳了一声，面无表情地说：“你突然变这么帅我有点不适应，最近发生了什么好事？”

“真的吗？我也觉得我最近变帅了。”程岸笑得见牙不见眼，放下手里的手提袋，“过新年还不是好事？这个假期我休息得非常不错，从老家给你们带了一些特产。”

“谢谢！”霍江接过。

陆泽漆不咸不淡地瞄了一眼。两人以前也经常互相带点特产、礼物什么的，但这次明显丰厚了许多。他意义不明地看向程岸，微微一笑，还没开口程岸就夸张地后退了一步：“你说话就说话，别这么笑行吗？”

“心虚？”陆泽漆笑意更深。

“我有什么好心虚的？”程岸干咳一声，看向霍江，“你哥怎么了？”

霍江看看程岸又看看陆泽漆：“我哥又没说什么，你心虚什么？”

“你够了！”程岸拿起一本书敲向霍江的头。

霍江反应迅速地躲开，又挡住程岸敲向陆泽漆的手：“只有我哥能打。”

陆泽漆得意一笑。

“你真是你哥的脑残粉！”程岸甩掉一身鸡皮疙瘩，把书摆在他们俩面前，“我今天确实是带了好事过来的！《幻夜幽冥》单行本第一册已经印好，下周一开始发售，这是样书，直接从印刷厂拿过来的，你们的那份估计下个月才能送到。”

“这么快就拿到了？”陆泽漆被书吸引，暂时放过了程岸。他捧着书，非常小心地翻开。书做得很精致，无论是色彩还是排版都挑不

出任何瑕疵，“做得挺棒的。”

年前徐玮就和他们说起过这件事，但拿到书心情还是十分激动，陆泽漆把书递给霍江，让他也看看。

霍江翻了翻，看到书的最后附上了陆泽漆的小番外，嘴角微微向上翘了一下。

出书是早就定好的事情，这当然不是程岸要说的好事。程岸微微一笑：“既然出了书，还是需要好好宣传，争取大卖。下个月在上海有个漫展，平台会参加，我给你们申请了一个展位，办一个签名售书和粉丝见面会，你们俩都要出席。”

虽然知道这是迟早的事情，陆泽漆还是觉得十分惊喜。他暂时收起放在程岸身上的那一丝探究，说：“签售会？还真是个好消息。”他转头看向霍江，脸上的笑容收起来，霍江正蹙着眉。

“你觉得呢？”陆泽漆问霍江。

霍江不太喜欢这种抛头露面的工作，但他知道这是不可避免的，便只是摇了摇头，谨慎地问：“签售会要做些什么？要去几天？会不会耽误日常进度？”

这也是程岸特意来这一趟的目的，他摆摆手道：“也没什么特别的，就是坐在那里签个名，送粉丝小礼物，回答一下粉丝的问题。不过，你不想回答的也不用回答，至少你的外形很不错，你往那里一坐就很吸引人，现在小姑娘就爱这种高冷范儿。”程岸先安慰霍江几句，然后才跟他们商量，需要设计出几款《幻夜幽冥》的周边礼物，整理一些必要的宣传资料，还要决定展位的广告牌是放霍江的照片还是《幻夜幽冥》的大幅海报。

霍江以前画过不少 CG，但单行本封面，各种图推都已经用过了，如果放海报，程岸希望霍江画新的，但那需要时间。放照片，霍江自己又不愿意。

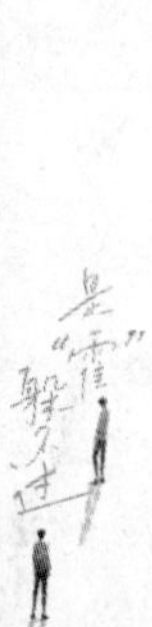

三个人商量半天，才发现这个签售会不只是参加展会耽误几天时间而已。这些周边物料，虽然有程岸和《A漫画》那边的人帮忙，但设计还是需要他们参与，这样一来工作量就增加了很多，再加上日常更新，把他们俩撕成八瓣都不够。

陆泽漆参加过漫展，对这些事情多少有些了解，所以早有心理准备，立即跟程岸讨价还价："既然这样，那我们这段时间可以动用存稿吧？"

第一次大封推以后，他们一直维持在十条以上存稿，这段时间的更新还是没有问题的。

"可以动，但最低要守住五条存稿的死线。"程岸毫无压力，几乎有些幸灾乐祸，"你看我早就说你们要增加人手了吧，你们自己不愿招人我也没办法，但这些工作都必须做到，不能打折。"

陆泽漆不由得头疼起来。

霍江皱眉："实在忙不过来的话……就不参加。"

"不行！"陆泽漆立即反对。程岸帮他们去争取这个机会不容易，就这么拒绝，一来可惜，二来也会让程岸难做。

"我们不但要参加，而且要做到最好。"

关系再好也不能忘形，更不能让对方为难。

程岸也算了解霍江的性格，并没放在心上，反倒十分庆幸有陆泽漆能制住霍江。要是没有陆泽漆，现在头疼的就该是他了。

程岸把要准备的东西大致交代清楚，就留给霍江、陆泽漆自己考虑，临走时还十分好心地说："你们需要的话，我可以把公司实习生派过来，帮你们处理一些跑腿联络的事情。"

"需要！"陆泽漆立即说，"我们太需要了。"

实习生能帮的忙有限，但这也许是一个机会，能让霍江提前适应一下有其他人一起工作的情况。

"那好，我让他明天过来。"程岸说着拿起围巾围在脖子上，仔细调整长短，然后才心满意足地走出去。

陆泽漆把程岸送到门边，若有所思地看着他走远的身影，连霍江走到自己身边也没发现。

霍江微抿着唇：“哥，我饿了。”

“好。”陆泽漆敷衍地点了一下头，眼睛仍然看着程岸离开的方向自言自语，“不对劲。”

“是不对劲。”霍江皱眉。

“你也觉得吧？”陆泽漆回头看着霍江，抬起手揉着自己的下巴，“你看到他的围巾了吗？”

霍江一怔：“不是哥你送给他的吗？”

“他？我去德国之前他就列了一长条代购清单给我，我怎么可能另外给他买礼物？”陆泽漆说起这个不由得翻白眼，“但他这条跟我给心藜买的那条一模一样，你觉得这可能只是巧合吗？”

霍江眼里闪过一丝惊异，不确定地说：“他们……”

两人不约而同地想起了之前去看陆心藜演出的时候，程岸和陆心藜之间那种奇怪的氛围。

“还有！”陆泽漆继续说，“你有没有发现他最近特别……”他犹豫着，一时找不到合适的词汇来形容。

“嘚瑟。”霍江替他说出来。

陆泽漆打了个响指：“对，就是嘚瑟！你也发现了？”

霍江点头。

“难道，他们之间真的有情况？”陆泽漆眉头皱得更紧。

他不怕程岸惦记陆心藜，但如果他们之间真的发生什么，那就不一样了。至于是个什么不一样法，他暂时还没有想明白，心情一时十分复杂。

“我们得找个机会弄清楚。”

霍江也很好奇，但他不得不残忍地提醒陆泽漆：“可是，时间……”

陆泽漆垮下肩膀：“这一定是阴谋，程岸的阴谋！”

不管是阴谋还是阳谋，陆泽漆还是抽出时间给陆心藜打了一通电话，试探了几句。但陆心藜似乎比他还忙，没说几句就要挂电话。

陆泽漆没办法慢慢试探，只好说：“我听说你交了男朋友？”

“男朋友？”陆心藜冷笑一声，“又不是音乐不好玩，哪儿来的那美国时间？”

陆泽漆挂掉电话，又怀疑起自己的猜测来，只得暂时把这件事丢开。

第二天下午，一个满脸青春痘的男生敲开了他们家的门。

“请问，这是柒念家吗？”男生一脸怀疑地对过来开门的陆泽漆问，似乎有点不敢置信。

“对，你就是杨珏？”陆泽漆收到程岸发来的消息，看过他的照片。

杨珏露出一口大白牙，笑得十分爽朗：“是。不过很少有人第一次就叫对我的名字，我同学都叫我‘洋芋’。”

陆泽漆把人让进屋，介绍他认识了霍江和自己。

杨珏一见霍江就立正站好，一激动说瓢了嘴：“柒念大大您好，我是实习生洋芋！”

陆泽漆“扑哧”一声笑了出来，杨珏一下子变成紫皮洋芋。

霍江没听出笑点在哪里，疑惑地看了一眼陆泽漆，不是很情愿地对杨珏点了点头。

杨珏崇拜地看着霍江：“果然，就跟传说中一样高冷。”他挠了挠头，不好意思地说，“从今天开始，周一、周三、周四三天的下午我会来这里帮您工作。平时有什么事情也可以也找我，我会利用课余时间办的。”

陆泽漆倒没问他哪儿听来的传说，看了一眼程岸发来的信息，好奇地问：“你现在还在上学？”

“是的，我今年大一。”杨珏点头。

“大一？”陆泽漆有些惊讶地看着他，“怎么这么早就出来实习？”

“早吗？我去年高考完就在哆看漫画平台实习了。”杨珏倒没觉得有什么奇怪，“因为我特别喜欢漫画，以后也想画漫画，所以早点出来学习一下。现在平台上的漫画我最喜欢的就是《幻夜幽冥》。”

陆泽漆笑着拍拍杨珏的肩膀：“不错，很有眼光。”

“那平台以外的呢？”霍江突然出声。

“最喜欢《航海》《魔轮运者》。”杨珏一提起喜欢的漫画眼睛都发光了，“这次漫展也会有这两部作品参展。”

霍江竟然难得地点了点头：“这两部都很好看。”

“真的吗？”杨珏更加兴奋起来，“我竟然跟柒念大大喜欢同样的作品。”

这种表现对霍江来说已经算是十分友善，这让陆泽漆暗暗松了一口气。不过，杨珏的话也引起了陆泽漆的注意——

“这次还有日漫作品参展？”

“是的，有很多日韩动漫参展。”杨珏点头，拿起手机找出各种漫展的消息给陆泽漆看，“你看，这些都是到时候会来参展的作品。”

陆泽漆让杨珏把这些东西发到他手机上，研究了个透，对这次漫展有了新的认识。按程岸的说法，这只是中型的活动，但现在看来，规模虽然不大，但参展的都是精品作品，这让他不由得更加认真对待起来。

由于霍江开始画 CG 的构图，目前陆泽漆都插不上手，陆泽漆便让杨珏跟着自己做些别的事情，比如收集一下漫展往届的风格和参展作品的一些情况。正好，杨珏对这些事情在行，没过多久就发给陆泽漆很多资料，还提供了小礼物的参考。

陆泽漆设计了钥匙扣、书签、手账本和抱枕几种周边礼物交给程岸，紧挨着展会开始前制作出一批成品。而霍江为展位设计了一幅大的海报墙，用了一些新反派的元素，画面既保持了原来的风格，又增加了一层神秘感。

程岸就用原有的故事素材做了很多展架、小幅宣传单页等等。

因为要提前把需要的东西寄到展馆，陆泽漆提前到程岸办公室清点，看到那一大堆还以为是所有活动作家的，清点完才知道只是《幻夜幽冥》的东西，快递小哥要装两个小推车才能全部带走。

“因为参展的作者有十来位，为避免管理混乱，相关物品都由各自的责任编辑负责。”程岸把最后一箱东西搬上快递小哥的推车，拍了拍手上的灰尘，“已经寄走好几批了，我会提前过去盯着安装布置，酒店住宿那些也会先安排好，你们在漫展前一天过去就好，详细流程确定下来我发给你。”

漫展的时间一共三天，陆泽漆和霍江两人被安排在展馆附近的酒店。物料提前寄出，由程岸那边负责布置和安装，他们则在漫展开始前一天飞去上海。

下了飞机，陆泽漆和霍江两人办好酒店入住，就立即赶到展会现场，那里乱糟糟的，大部分的展位都还在布置。陆泽漆给程岸打了一个电话，但是没人接。

“可能是声音太吵，他没听见。”陆泽漆放下手机，拿出展会的布置图找他们的展位。

霍江四处张望，忽然往前一指：“在那儿！”

陆泽漆抬头顺着他所指的方向看过去，“哆看”显眼的标志就在场馆中央最好的位置。哆看漫画是国内四大漫画平台之一，又在即将上市的势头上，于是在这次漫展中大手笔地做了一个大型的展示台，到时候会举行一场 IP 发布会、一场行业交流会、一场作者交流会。十大主推作品的展位就在展示台的两侧，依次排开，阵仗十足。

两人走过去，老远就看见程岸那高个子，但他现在看起来很不高兴，正怒气冲冲地对着工作人员说着什么，周围有几人在劝他。

陆泽漆和霍江连忙加快脚步走过去。

主办方的工作人员不停地道歉：“真的对不起，我们也没想到会发生这样的事情，但是现在再修改尺寸也来不及了。”

“也不能全怪主办方吧……”旁边有人说。

程岸一眼瞪过去，那人立即不敢说话了，主办方的工作人员已经快哭了。

“怎么回事？”陆泽漆走过去问。

程岸本来还要发火的，见陆泽漆和霍江过来，硬生生地把火气吞了回去，但仍然硬邦邦地对他们说：“这件事我一会儿再跟你们说。”

说完，程岸转过身，一手拉着陆泽漆，一手拽住霍江，就往另外一个方向走：“走，我带你们去看看你们的展位。”

程岸已经极力克制，但他浑身僵硬、紧绷，陆泽漆和霍江都感受到他身上传来的怒气，而且，这怒气可能还跟他们有关。陆泽漆回头看一眼哆看平台的展位，大概知道是怎么回事了。不过，事情比他想象的更糟一点，程岸带他们走了很远，从中间靠前的展区到了最里面，靠墙倒数第二排的展区。

这地方连布展的人都少了很多，硬要找优点的话，大概是安静，以及……离卫生间很近。

“到了。”程岸把他们带进一个大概四平方米大小的展位里。

霍江花了两周时间画好的大海报已经布置上去了，因为尺寸不对，四周都被裁切了一部分，霍江刻意营造的神秘气氛被破坏殆尽，只剩下程之鹿和幽冥兽的大头，其他各种物料被杂乱地堆在中间。

一阵冷风在他们周围卷过。

“实在对不起。”

背后有人忽然出声。

三人回头，才发现主办方的工作人员也来了。

“别的展位都已经订出去了，只剩下这一个……”

“现在跟我说这些有什么用？”程岸没好气地打断他的话。

“对不起！”工作人员再度道歉，程岸都快没脾气了。

从他们的对话中，陆泽漆和霍江也逐渐弄明白是怎么回事了。

哆看漫画在跟主办方订展位的时候，设计的就是主展示台、会场和十大作品的展位。后来，哆看漫画提出要求，扩大会场中间的位置。因为周围的展区早早被订出，没办法扩大，就只好缩减作品的展位，但修改设计方案的时候不知道哪个环节出了错，原本应该修改宽度变成了修改深度，展位面积变小，但还是安排不了十部作品，只能撤出一部，另外补偿一个新的展位。

十大主推作品变成九大，除了《幻夜幽冥》外，其他的要么是已经连载几年有稳定粉丝群体的经典题材，要么就是经过动画化、影视改编的成功作品。这里面唯有霍江，既是刚出道的新人，作品连载时间又刚满周年，自然就成了唯一一个应该挪地方的人。

陆泽漆很难不怀疑，这里面是不是只有主办方工作人员的疏忽。否则，哆看漫画负责参展工作的人来回那么多趟，怎么会等到程岸来了才发现这么大的问题？而程岸还在交涉，这个补偿的展位就开始布置了。

但事已至此，追究原因毫无意义。

“没事，这个位置也还不错。”陆泽漆等程岸打发走工作人员，进去里面看了看，努力地找出优点。

“你说这话良心不会痛吗？”程岸都被气笑了。

陆泽漆想说什么，又停下来看一眼霍江，这种时候还是应该霍江自己开口。

“能来参展就很好了。”霍江说出心里话，“之前，我一直觉得有点太顺利了，现在这样我反而松了一口气。”

这话能说服霍江自己，却不能说服程岸。

霍江看一眼陆泽漆，继续说：“而且，这里有一个最大的好处。”

“什么好处？”程岸不相信地看着他。

“没有哆看。”霍江指了指展位的上方。

程岸顺着他的手势看了一眼，明白过来。在哆看平台的展位里，每一部作品的展位上都有一个很大的哆看标识，而这个展位上面却空无一物。虽然在海报、展架、宣传页上都有哆看漫画的logo，但相比之下，那种从属关系就没有那么明显。

这话说得很随意，听在程岸耳里却又是另外一种意思。

霍江才华超群，有自己的底气和实力，自然不需要绑在哆看平台之下。陆泽漆那傲得不行的性格，更是不愿，尤其现在平台对他们是这种态度。

程岸想到这里，脸色又难看了几分。

“作为《幻夜幽冥》被记住，总比作为哆看漫画的其中一部被记住要好吧？”陆泽漆一手攀上程岸的肩膀，笑着说，“我从来没有一定要在哪个平台发展的想法，留到现在只是因为你，霍江也是。”

“嗯。”霍江点头。

程岸的心豁然开朗，这一瞬间他意识到，他自己又何尝不是自由的呢？

# 第九章

# 比所有人都幸运

布置会展的工作是由平台负责的，陆泽漆和霍江过来只是为了确认场地和活动流程，顺便帮忙。出了这档子糟心事之后，程岸更舍不得让他们动手。

“15 号，也就是明天上午十点有作品发布会，你们可以来也可以不来；17 号的作者交流会一定要到场，时间是上午十点；15 号、16 号、17 号三天下午两点到四点是签售时间，也需要到场。记住这几个时间段，除此之外你们自由安排。”程岸一口气说完，赶他们回酒店休息。

酒店离得不远，两人散着步回去。

“哥，我是不是不该在程岸面前说那些话？”霍江开口。

“那其实也是我原本想说的。”陆泽漆笑了起来，“可我想想又觉得不合适，忍住了，没想到却被你说出来了。”

两个人是想到一块儿去了。

霍江有些不自在起来：“他生气了吗？”

陆泽漆摇头，他想了一会儿，才说：“其实你很幸运，刚开始画漫画就遇到了程岸这样的编辑，不是每个人都有眼力从你的纸稿上看出你的才华，即使看出来也不一定有那个耐心去培养你、信任你，即使都有，也未必有那个能力。遇到这样的编辑，就好好珍惜吧。”

霍江微微抿唇，委屈地反驳：“我没有不珍惜。”

“我知道，你是把他当作自己人才会说出来。”陆泽漆笑了笑，“但他现在压力很大，我们不要让他太为难。”

霍江点头。

“也要相信他不会把这点小事放在心上的。”陆泽漆说完。

不过，作为相对独立的作者和作品虽然有其好处，但那个位置偏僻，可能根本没有什么人看到也是事实。

陆泽漆和霍江两个人做好心理准备，第二天十点准时到展馆，被展馆现场人山人海的景象吓了一跳，幸好有程岸带他们走了员工通道，否则他们连展馆都进不去。

昨天还乱糟糟的展馆焕然一新，游客已经进场，到处都是各种经典角色的 cosplay，官方 coser 和游客 coser 混杂在一起，根本分不清楚。各路媒体的长枪短炮和游客们的自拍杆齐齐上阵，闪光灯在各个角落不停亮起。

看到这样热闹的场景，陆泽漆不由得生出几分希望——看这样子，就算是倒数第二排，那里的人也不少。

陆泽漆和霍江先去参加哆看平台的发布会，结束以后才来到《幻夜幽冥》的展位。程岸这次带的作品不止一部，还在其他展位上忙碌，而这边是一个编辑部的新人在看着。

就如陆泽漆预料，人的确不少，一些买门票进来的 coser 看这边人少，占个空地就开始休息，甚至是换衣服、化妆等。有游客走到这边看过道里乱糟糟的，就原地折返了，一上午，《幻夜幽冥》的书一本也没卖出去。

那个新编辑一脸尴尬地安慰两人："现在才刚开始，下午人会更多的。"

陆泽漆点头附和几句，跟霍江去了《A 漫画》的展位，跟徐玮聊了几句，又去看了看他们感兴趣的经典作品。这时候都是工作人员在场，那些知名的漫画家还没到，他们也只是随意逛了逛。

看到一些展位前排着长队的购书粉丝，陆泽漆多少有些眼红。

到了签售时间，两人回到《幻夜幽冥》的展位，意外地发现竟然有人排队等签名。

陆泽漆充当霍江的代言人，过去一问，果然是风吹草低那一帮最开始的死忠粉。看到柒念的真容，他们都更加激动了。

霍江不自觉地紧绷起来，浑身散发出一种跟陌生人打交道专用的清冷气场，却丝毫不影响粉丝们的积极性，就连其中的男粉都惊叹地捂胸，直呼“爱了爱了”。

霍江按照陆泽漆事先替他准备好的发言稿，简单地感谢了粉丝们的支持，然后开始签名。

排队的人并不多，所以整个签售会的进程也非常慢，每个粉丝都有机会跟霍江互动。有些粉丝会问漫画相关的问题，事先演练过的霍江就简短地回答一两句。有些粉丝比较活泼，会问霍江有没有女朋友、多大年龄之类的问题，霍江不愿提及自己的隐私，陆泽漆就出面开个玩笑蒙混过去。

拿到签名的粉丝也不急着走，围着更加亲切的陆泽漆问长问短。

“原来你是助手？”一个个子娇小的女粉丝好奇地说，“助手哥哥也好帅，你们工作室选人是看颜值吗？”

陆泽漆回以一个颠倒众生的微笑，终于有人发现他的帅了吗？以正常人的眼光来看，他的俊美才是大众更欣赏的帅气，霍江那种是才华给他加了滤镜。

女孩又继续说：“那你有女朋友吗？柒念大大不愿意说，你总可以告诉我们吧？”

陆泽漆微笑不语，他发自内心，看上去却有点邪气的笑容让女孩红了脸，躲回朋友身后。

“是从烛龙那个故事开始参与的吗？”有粉丝问起跟漫画有关的问题。

陆泽漆连忙转移话题：“你怎么知道？”他确实是从那个故事才开始真正参与助手工作的。

那个粉丝腼腆地说：“我们私下讨论过，《幻夜幽冥》从那开始，故事变得柔和了，程之鹿的愤怒变少，却更加坚毅，除了热血之外，好像多了一种治愈人心的力量。”

陆泽漆自己倒没有发现这个变化，他温和地笑起来：“那是因为主角刚好在那里开始成长了。我参与的时候柒念已经做好了故事分镜，我并没有改变故事内容。”

霍江正好签完最后一本书，他站起来，加入两人的对话：“你虽然没有改变故事，但还是影响了故事的气质，让程之鹿变得更好了。”

陆泽漆看向霍江，怔了怔。

霍江看向围过来的粉丝：“你们喜欢现在的程之鹿吗？”

“喜欢！”粉丝们激动地回答。

霍江露出一个淡淡的微笑，扭回头看向陆泽漆：“我也很喜欢。”

周围响起一片抽气声，其中还夹杂着几声小小的尖叫。

“请问你们两个是什么关系？”风吹草低举起手问，她在网上跟陆泽漆比较熟悉，所以问问题也更加大胆，“是因为《幻夜幽冥》才一起合作的吗？”

“不是。”

两个人异口同声，目光再度撞到一起，陆泽漆示意霍江来说。

“这是我哥哥。”

咦？陆泽漆一愣，这跟事先说好的不一样。两人商量过这个问题，说好宣称朋友关系就行，霍江怎么又不打招呼就改台词？

“亲哥哥吗？”风吹草低等人更加激动了。

“一起长大的哥哥。”霍江加了一句。

风吹草低拉着身边的女孩子激动地说：“是青梅竹马！”

“明明是竹马竹马！”

陆泽漆满头黑线，干笑着解释一句：“是好朋友。”

“是教我画画的老师……”

两人又是同时开口。

粉丝们有的看向陆泽漆，有的看向霍江，都是一脸疑惑。

陆泽漆咬着后槽牙，保持微笑的表情，脖子僵硬地一点一点转向霍江，用眼神示意：兄弟，这跟说好的不一样！

霍江回以无辜的眼神：我忘了。

快门声响起，两人同时转头看过去，好几个女孩举着手机或者相机对着他们猛拍。

“先别动！”风吹草低激动地说，“保持刚刚那个表情，让我再拍一张就好！”

“对对对，就刚刚那个姿势！”

陆泽漆像是明白她们在激动什么了，无奈一笑，靠近霍江揽住他的肩膀：“确定刚刚那个姿势就可以？”

“啊！要现在这个！”

“这个好！”

陆泽漆又让她们拍了几张，然后走过去看她们拍的照片，又说：“怎么光拍我们呀？你们没有人要想跟柒念合影吗？我来帮你们拍！”

风吹草低不敢置信地问：“可以吗？”

陆泽漆看向霍江。

被卖了的霍江在他的目光下面无表情地点头。

合影之后，陆泽漆顺势看一眼手表：“已经四点了，你们要不要去看一下别的展？难得来一趟多看看吧。”

粉丝们这才开始陆续散开，陆泽漆给每个人都送上一份小礼物。

风吹草低几个留到最后，神秘兮兮地拿出几张图纸和照片：“我们明天还来，想弄一下程之鹿和幽冥巨巨的 cosplay。这是试妆效果，你们看一看。”

陆泽漆意外地接过来看了一眼。服装的还原度很高，照片上的妆容也很精致，coser 的表情、神态还原度也很高，就是道具有些简陋。但比起专业 coser 只是稍差而已，看得出来是经费不足的原因。

“你们是要商用吗？”陆泽漆问。

风吹草低连连摇头：“不不不，纯粹是出于喜欢而做的，第一次做，我怕坏了之鹿的形象，所以想取得你们同意。”

陆泽漆有点感动：“可是，你们做这些一定花了不少钱吧？”他不想让这些粉丝白花钱替他们宣传，迅速思考着有没有什么补偿粉丝们的办法。

“没关系，是我们喜欢的东西。”风吹草低说，“只要你们不反对就行。”

“当然不会反对。”陆泽漆想来想去，“要不，晚上我们请你们吃饭好吗？”说着他看向霍江。

霍江点头。

“真的？”女孩子们开心地互相击掌，“好，那就这么说定了！”

终于送走了这拨热情的粉丝，霍江松了一口气，拉开西装最上面的扣子。陆泽漆也揉了揉脸，他正打算跟霍江算一算临时改台词的账，程岸走了过来。

“你怎么才来？”陆泽漆不满地看了程岸一眼，“果然还是别的作品比较重要吗？”

“我早就来过了。”程岸没心情跟陆泽漆抬杠，“你们这边气氛挺好的，我就没打扰。你们觉得怎么样？”

“挺好的。”霍江难得地主动开口。

陆泽漆点头补充：“人虽然不多，但粉丝们都太可爱了，我被感动坏了。”

程岸点点头：“这么说交流的效果还是不错的，这样就可以了，是因祸得福也说不定。”

“怎么了？”陆泽漆问。

“那边气氛不太好。”程岸烦躁地揉揉头发。

哆看的十大主推作品，除了《幻夜幽冥》暂时还在考察期之外，其他都是平台的“亲儿子”。因为分属不同的责编，有些推荐位的竞争、同类型的对比什么的，彼此有些看不顺眼也是正常，表面上还是能保持一团和气。不过，粉丝就不同了，平时在网上就因为谁抄袭了谁，谁跟风了谁而吵个不停，这个时候来到了现场更是各种小摩擦不断。

听了程岸一番吐槽，陆泽漆心情更加美妙了。他把粉丝自行组织cosplay，以及他为了感谢粉丝要请客吃饭的事，都告诉了程岸。

程岸没有反对，叮嘱他们跟粉丝互动的度，不要过近，又申请了几份平台准备的精美礼物交给陆泽漆带上。

“等周边衍生正式商业化，可以考虑再跟她们合作，不用担心她们会吃亏。”

有了程岸的保证，陆泽漆放下心来，晚上和风吹草低一行人一起吃饭的时候也放松了很多。大家混熟了，交流起来也更加轻松愉快。只有霍江依然放不开，但这正好保持他高冷的形象，有陆泽漆在，也不用担心气氛尴尬。

结束之后，陆泽漆和霍江把每一个女孩都送到住处才回去。

走在回去的路上，陆泽漆向霍江感慨：“她们真可爱。”

霍江抬头看向陆泽漆：“你很喜欢她们？”

“难道你不喜欢吗？”陆泽漆奇怪地看向霍江，“你很幸运能够拥有这样的粉丝，无论你将来变得多火，她们都是一开始就喜欢你的人。”

霍江抿唇，有些不赞同，却并没有说什么，回到房间就拿出分镜本画分镜，陆泽漆想看一下他还假装没听到。

陆泽漆不知道他在闹什么脾气，便没管他，自己先睡了。

16 号，他们只有下午的签售会，但陆泽漆还是上午就赶过去给风吹草低她们帮忙。

程岸交代过霍江，可以关心粉丝，但不能跟她们太没距离。但陆泽漆可没有这个顾虑，他顶着助手的身份，打着霍江的旗号来帮忙，一方面自然而然地引导了粉丝，另外一方面也是替霍江关心她们。

陆泽漆正忙着，一个声音忽然在他背后响起来——

“陆哥？”

陆泽漆回头，一个穿着格子衬衫、戴着眼镜、刘海遮住眉毛的圆脸大男孩朝他走过来，手里还拿着一本《幻夜幽冥》。

“周寻？”陆泽漆认出人来，“好久不见！”

前几年他做工作室的时候，周寻是他的助手之一。

周寻激动地走上前：“是啊，好久不见！”

“好巧，竟然在这里遇见了。”陆泽漆微笑着说。

“不巧，我是专门来找你的。”周寻把手里拿着的书展示给陆泽漆看，“我看到网上的消息才知道你也来参加这次漫展了，昨晚上连夜读了《幻夜幽冥》，真的是非常棒的作品，我知道你迟早会有自己的作品的。”

“谢谢，不过……”陆泽漆想要解释，却被周寻打断。

“这部作品真的很棒，幽冥兽给我的感觉就是你，温柔而又强大，有能力又悲天悯人……”

陆泽漆几次想说话都插不上嘴，只能叹口气，先听他说完。

“我真的很高兴，比我自己出书的时候还要高兴。”周寻眼里闪过泪花，激动得都快哭了，“如果不是你，我根本不可能有现在……”

周寻哽咽着说不下去。

这孩子以前就是这么情感充沛，在他工作室的时候就哭过好几次，

陆泽漆已经习以为常，但这在其他人眼里看起来就非常怪异了。

陆泽漆满脸尴尬地拍拍周寻的背：“行了，你可别在这儿哭，附近说不定有你的粉丝呢！”

周寻连忙取下眼镜，用袖子胡乱擦掉眼泪。

霍江的声音响起来：“哥，这是谁？”

他看起来仍然面无表情，却似乎多了一层冷意，周围那些人都不自觉地分开，让他走过去。

陆泽漆看见霍江便松了一口气，忙把他拉过来，对着周寻说：“我给你介绍一下，他就是柒念，《幻夜幽冥》的作者，主笔和编剧都是他独立完成，我是他的助手。”

霍江站在陆泽漆身侧，隔开周寻。

“助手？你怎么会是助手？”周寻瞪大了眼睛，他拿起手机，翻出微博找到他收藏的照片，绕到陆泽漆另外一边递给陆泽漆看，“你看，这不是你吗？”

那是陆泽漆和霍江的合照，大概是昨天拍照的粉丝发到网上去的。配文上写了《幻夜幽冥》的作者柒念和助手，所以周寻误认为柒念是陆泽漆了。

两个人的照片，我却不配拥有姓名。

陆泽漆哭笑不得地拿过周寻手里的书，封面上只有柒念的名字，打开扉页才能看到“助手：陆泽漆”。他指了指这一行字，把书重新还给周寻。

“怎么可能？你那么优秀……”周寻还是难以置信，他停顿了一下，怀疑地看了霍江一眼，“为什么要当别人的助手？如果你愿意，我的工作室也希望能邀请你加入！不是助手，主笔什么的都可以！”

霍江目光一寒，试图上前隔开周寻。

陆泽漆拦了一下霍江，笑着说：“我目前在跟他学习。”

周寻看了看霍江，好像在说“跟他有什么好学的”，但他忍住，向陆泽漆道歉：“对不起，我没搞清楚就跑过来。”

“没关系，还是谢谢你对《幻夜幽冥》的喜爱。”陆泽漆笑了一下，很想问周寻需不需要签名，但周寻眼里的失望突然让他无法开口。

霍江没有错过陆泽漆眼里闪过的那一丝难堪，他皱起眉：“哥，我们回去吧，签售时间快到了。”

陆泽漆点头，两人转身离开。

“陆哥，等一下！”周寻叫住陆泽漆，追上前一步，“虽然这一部不是，但我一直相信你一定会有自己的作品的，而且比这个更好！”

陆泽漆深吸一口气，微笑着回头：“谢谢你的鼓励。”

“不，应该是我感谢你才对。如果当初没有你的鼓励和帮助，我不可能有现在，更不可能实现自己的梦想。不仅是我，还有云惠、邱雅，我们都是因为你才成长了。”周寻清清嗓子，大声说，“连我都可以做到，你一定可以的！到时候我再找你给我签名！”

“好。”陆泽漆点头。为了避免失态，他迅速离开。

周寻还想跟陆泽漆交换联系方式，但霍江转身挡住他的脚步。

“干什么？”周寻防备地后退一步。

“照片在哪儿看到的？”

周寻愣了一下，举起手机把还没退出的微博界面给他看：“微博上。”

“谢谢。”

霍江转身，大步跟上陆泽漆。

回到《幻夜幽冥》的展位，那里已经排起了长长的队伍。

“不会吧？”陆泽漆意外地说，“风吹草低她们这么强？”

“不只是她们。”霍江说。

陆泽漆疑惑地看了霍江一眼，但两人都没时间追根究底。队伍里有人发现了他们，爆发出一阵压抑的欢呼。

霍江面无表情地走过去，陆泽漆落后半步，朝粉丝们挥了挥手，被粉丝们激烈回应。

有了昨天的经验，陆泽漆和霍江都已经熟悉了签售的流程，没有因为人多就手忙脚乱。但他们都不想敷衍粉丝，尽量给每个粉丝一点互动的时间。后来，程岸带了人过来帮忙，签售时间也延长了半个小时，才终于把粉丝送走。

程岸那边有动画公司问起《幻夜幽冥》，程岸便带着他们去跟对方的策划人喝了杯咖啡，聊了一阵。

回到酒店，陆泽漆声称已经累得不行了，拿了睡衣就走进卫生间。

霍江坐在沙发里，打开手机微博，搜索幻夜幽冥，出现的内容下大多带有他和陆泽漆的照片。霍江点开来一张一张地看过去，每一张有他和陆泽漆的他都保存了下来。之后都是重复的内容，他转而翻起了评论。

“这么好看的小哥哥画的漫画也超好看，这一波必须安利！”

“去之前就做好了幻灭的心理准备，没想到竟然是一波福利！这颜值太可以了。”

“有颜又有才，老天爷果然是偏心的。”

……

霍江的眸色逐渐变深。

陆泽漆从卫生间出来，看到的便是霍江这副神情，他意外地问：“怎么突然不高兴了？”

霍江的脸上其实只是一点细微的变化，但看在陆泽漆眼里很明显。

霍江把手机上的东西给他看。

陆泽漆在展馆已经看过了，他奇怪地看着霍江：“怎么了？”

“没什么。”霍江抿起唇。

“明明就有什么。”陆泽漆并不相信，他把刚才擦头发的毛巾扔了过去，“不想说就去洗澡！”

霍江捡起毛巾，却没有动，安静了一会儿才闷声开口：“这些人不是来看漫画的。”

陆泽漆动作顿住，低头看着霍江。

因为位置的原因，霍江只能仰起头看到陆泽漆逆着光的脸，看不清他的目光。但霍江还是被看得发毛，不自觉地往后缩了缩。

陆泽漆忽然弯唇一笑，走到霍江身边居高临下地看着他，伸手揪住他的脸：“我不在乎他们是怎么来的，只要你的漫画能让人留下来就行。如果你这张脸能稍微引来些人气，你就给我好好珍惜着用，少给我得了便宜还卖乖！”

“疼！”霍江的脸皱成一团，“哥，我错了！”

陆泽漆不但没有松手，还不解气地拧了一把：“臭小子，今天非得让你长长记性不可！说，懂了没有？”

“懂了！”霍江毫无形象地大喊，“我真的懂了！”

陆泽漆这才松手，顺势在霍江头上乱揉一气。本来任由陆泽漆蹂躏的霍江忽然发难，一脑袋顶在陆泽漆的肚子上，把他掀翻在床上，压着他的胳膊挠他痒。陆泽漆愣了一下，随即反应过来，可惜，号称在健身房练过的陆泽漆竟然不敌霍江的长手长脚，被压制得动弹不得，只好膝盖一抬发起了反击。

“还敢造反了！”

两人闹了一阵，从霍江的床闹到陆泽漆的床，最后两个人从相反的方向瘫在床上。霍江迟迟不动，陆泽漆喘匀了气，瞪了霍江一眼：“刚洗完澡又害我出一身臭汗。”

霍江翻身看着陆泽漆：“今天那个叫周寻的是谁？”

陆泽漆的笑容收起来，似乎不愿提，但他只是迟疑一下就再度开口：

“我几年前做了一个工作室，周寻是我的助手之一。工作室的情况跟我现在一样，筹备了好几部作品都没有通过。工作室的人都挺着急，每个人都在想办法。周寻也一样，但他口头表达不强，提出来的创意被我们否定了。他为了证明自己，花时间做了详细的大纲、人物和分镜脚本，我也是这个时候才发现他的故事其实挺好的，就让大家配合他做了。”

“后来呢？”霍江见他停下来，出声追问。如果只是这样的话，应该还不至于让周寻摆出那副死忠粉的样子。

“后来……”陆泽漆笑着摇了摇头，“他有一段时间一直犹犹豫豫地想跟我说什么，问他又说没什么。拖了好久才问我，助手的工资能不能涨一点。但他当然应该是那部作品的主笔，拖了那么长时间是因为他的风格不适合哆看，我跟程岸商量之后帮他推荐给其他平台，我担心推不成功才没跟他说。”

一开始，周寻还不敢相信，后来又突然失去信心，总之状况百出。陆泽漆几乎是一步一步地逼着他，完成了那部作品的。

“其实我也不是白做，工作室有从他的收入中抽成的。”陆泽漆失笑摇头，“他根本不用那样的。”

霍江不置可否，又问：“还有其他人呢？”

陆泽漆点头：“云惠是编剧，工作室结束后就去了一家动画公司，邱雅是个很有灵性的画师，但不适合漫画，所以我把她推荐去我家的画廊了，现在算是爷爷的徒孙。”

原来，他们没有联系的这几年，陆泽漆身上也发生了那么多事情。

陆泽漆曾说，这些年错过了多少霍江，对于霍江来说也是一样。那个时候，陪在陆泽漆身边的竟然没有他。

“曾经跟我合作过的人都进步了。”陆泽漆感慨，只有他自己，几年来不但没有进展，反而倒退了。陆泽漆自嘲地笑，“至少证明我的眼光还是不错的吧？”

霍江摇摇头：“那是因为他们幸运地遇见了你，不然，他们不可能有现在。这几天，你总说我很幸运，幸运地遇到了程岸，幸运地拥有那么多粉丝。其实，我最幸运的事是可以那么早就遇见你。”

陆泽漆有点感动，霍江专注的视线却也让他不由自主地避开他的视线开始打哈哈：“不用突然这么感性吧？”

“哥，我比他们所有人都幸运。”

霍江的话说得很真诚，陆泽漆也愿意相信他和周寻都不只是安慰他。但他还是忍不住失落，如果他真的能够帮助别人，为什么却不能用于自己呢？

“好吧好吧！”陆泽漆点点头，“也许……我就是一个适合做辅助的人。”

总不可能每个人都是创造者，也需要为创造者们创造条件、铺平道路的人。虽然做什么都是平等的，可他的梦想，偏偏是画漫画，而不是看漫画。

这真的十分悲剧了。

“不是！”霍江有些着急，“是因为你本身就有很强的能量，才能影响到我们，你要相信自己。”

陆泽漆点头：“好了，你快去洗漱吧！”

霍江泄气，陆泽漆根本没有听进去。他知道陆泽漆现在陷入了低谷，需要有人来拉一把，他想做这个人，但他知道自己的安慰和周寻一样，对陆泽漆毫无帮助。

最后一天，漫展上人已经比前两天少了很多，下午三点左右就已经开始陆续撤展。哆看漫画安排了作者交流会，会后，平台招待十部主推漫画的作者去日本旅行。但只邀请主创，陆泽漆并不在此列，霍江不想撇下陆泽漆一个人去旅行，一开始就以更新进度为由拒绝了。

两个人回到 A 城，刚到楼下，就发现墙上画了血红的“拆”字，门口贴了一张房东留下来的字条，通知他们尽快搬走。

终于来了。

两人对此消息都没有意外，《幻夜幽冥》现在的收入也足够支撑霍江找到更好的房子，但时间是一个巨大的问题。

漫展让他们的更新进度落后许多，找房子、看房子、搬家都是需要花时间的事情，这些事直接让陆泽漆变得一个头两个大。

“一天怎么只有二十四个小时呢？”陆泽漆叹气，“根本不够用！”

“四十八小时也不够。”霍江说，“程岸会要求更新翻倍。”

陆泽漆生无可恋地笑起来。

“我来帮你找房子，你专心赶稿。”陆泽漆只好这样安排，“给你找个两室的房子，一间卧室、一间书房当工作间用，你看这样行吗？”

霍江迟疑一下，点头：“两室的，客厅大一点，其中一半改成工作室，像你那边一样。”

“嗯？”陆泽漆一时没反应过来。

“留一间，给你。”霍江说着低头，看着自己的脚尖。

陆泽漆没考虑过自己，一时有点蒙。

他现在大部分时间都和霍江住在一起，但说起来他仍然是有自己家的。以后他也可以像现在这样，经常借宿。但霍江专门给他留个房间，那他是搬过去还是像现在一样？陆泽漆疑惑：“这算是同居吗？”

霍江看着自己的脚尖，摇头：“就是给你留一个房间，你什么时候想住都可以，就像以前，陆家也有我的房间一样。”

“但你更需要书房……”

不，我更需要你。

霍江在心里悄悄地对他说着这句话，脸上却并没有变化：“那个房间也可以放书架之类，但房间还是属于你的。”

“也可以。”陆泽漆没再纠结，想着反正以后也会有其他的人加入霍江的工作室，多准备一个房间确实是好事。

房东跟开发商签订了拆迁合同才通知他们搬家，只预留了半个月时间，非常紧张。陆泽漆白天还是跟霍江一起赶工作进度，中间见缝插针地看一看网上的租房信息，接一接中介的电话，一有合适的房子就跑出去看房。

陆泽漆对房子要求很高，楼层、地段、周边环境都得是好的，还得有停车位，不然他进出不方便，结果看了几套都不太满意。程岸知道他们在找房子，也帮着介绍了几套房源。

上次漫展中，陆泽漆设计的书签和手账本很受粉丝欢迎，徐玮听说之后来找陆泽漆，想再做一些小型、轻便的本子作为《幻夜幽冥》单行本的赠品。陆泽漆又替那边画了一套Q版的形象设计。

因为事情实在太多，霍江把画背景的事情揽回自己手上，陆泽漆只做上色。

这天，陆泽漆把霍江新画好的线稿上好色，然后匆忙出去看房子。一看就是一下午的时间，到了晚上才赶回来。

进门时，霍江还在工作。

陆泽漆问他：“我刚才发给你那两套房子的照片你看了吗？我觉得还不错，离我那里也很近，周围配套、交通什么的都很方便。”

“嗯。”霍江头也没抬，“你决定就好。”

“你还是看一眼吧。”陆泽漆翻个白眼，“关键还是要你住的。”

霍江眼角余光瞄到陆泽漆走过来，忽然把画面切换到桌面，拿起手机：“你刚才说的是哪两套？”

陆泽漆把自己选好的房子照片指给霍江，向他介绍具体情况：“我觉得最合适的一套就是这个。你看，这里的餐厅面积很大，完全可以改成一个容纳四人的工作空间，客厅的布置可以保留，供大家休息、讨论。”

“那就这一套。”霍江没什么意见。

“好，那明天你过去签约。”陆泽漆也松了一口气，他也实在不想再去看房了。他转头看一眼电脑，“你今天进度怎么样？”他说着移动鼠标，顺手点开霍江的工作界面。

霍江想拦，但是没陆泽漆手快，坐在椅子里有些无措地看着他。

那是陆泽漆今天早上发过去的成稿，界面上霍江正在重新处理阴影部分，下半截虽然也做了阴影，但跟上面一对比，差别明显。

这不是陆泽漆平时的质量。

陆泽漆顿时觉得无地自容：“抱歉，是我忙昏头了。”

他上色的时候没有觉得自己敷衍，现在亲眼看到对比才发现质量明显下降。他既难堪又尴尬，也不知道该说什么，想先走开冷静一下。

霍江忙站起来，拉住陆泽漆的袖子：“哥，你别生气……”

“明明是我做错了，该生气也是你吧？”陆泽漆哭笑不得地回头看着霍江，“你放心吧，以后不会了。”

“不。”霍江打断他，“是我的错……”

“你不用抢着认错，我没生气。”陆泽漆拉开他的手，“你吃了饭没？我去给你做点吃的。”

霍江反手抓住陆泽漆的手，说：“哥，我们找别的助手吧。”

陆泽漆顿住，这件事霍江反对了那么久，为什么偏偏在这个时候妥协，是因为自己不像他想的那么值得信赖吗？陆泽漆控制不住自己不去那么想，心情十分复杂。

“是我不肯找其他助手，把所有事情都压在你一个人身上，让你这么累。”霍江低下头，“是我太自私了。”

不，那些事情从来都不是霍江要的。从一开始，霍江就是宁愿一个人也要画出他自己的漫画，画不快就更少一点，宁愿不出书也不想遵从无理的修改意见，宁愿不参加漫展也不要影响漫画进度……

是陆泽漆要推荐、要出书、要漫展、要讨粉丝欢心……这些，都不是霍江要的。

霍江见陆泽漆不说话，有些不安地看着自己的脚尖：“我不想让你再这么辛苦下去，而且，你需要时间去做自己的作品，对吗？”

他不能再那么自私地占用陆泽漆的全部时间。

陆泽漆的心有些抵触。

“呃，这个不急。”陆泽漆干笑一下，“我反正什么都还没准备。”

“嗯。”霍江点头，“你准备好了就告诉我。我还是不知道该怎么去教你，但我会学着把我的方法告诉你。”

陆泽漆点头。

霍江不放心地又补充一句：“如果你知道我能做什么，一定告诉我。”

陆泽漆还是只能点头。

程岸像是早等着这一刻似的，一听到霍江松口找其他助手，没过半小时就发来了助手人选的资料和作品。但霍江一一检视那些作品，全都不满意。他好不容易才松口，程岸和陆泽漆倒也不敢催他，只是给他挑出更多的人选来。

程岸忍不住发消息向陆泽漆吐槽：“你能问问他到底不满意什么吗？这小子平时也那么难伺候啊？”

找助手其实也不是编辑的工作内容，但程岸从来不计较这些，只要有关漫画创作的事他都非常上心。对陆泽漆和霍江，他更是早就超出工作范围的关心。

“平时还是挺乖的。”陆泽漆忍不住维护霍江，同时抬头看向对面埋头工作的男人，又打字，“我倒是好伺候，你要吗？”

程岸发了一个抓狂的表情：“你就惯着他吧！”

在找到合适的助手之前，首先还是要搬家。

虽然新房子已经确定，合同、定金都已经办好，但要作为工作室用还要花点时间稍微装修一下。陆泽漆便提议霍江先搬到他那里去，正好，那里离霍江的新房子也很近。两人腾出一天时间打包东西，程岸却突然打电话过来说有一个合适的助手人选，让他们过去见一见。

霍江有点犯难。

陆泽漆想了想，说：“你去吧，我留下来收拾东西就好。”

“我收拾。”霍江说着，把书柜里的书往箱子里装。

“别。”陆泽漆抚额，“我见了也没有用，这个助手还是得你满意才行，我还不如留在这里收拾东西呢！”

霍江犹豫一下，点头：“你把外面收拾一下就行，别的留着我回来弄。”

“放心吧。”

霍江看起来并不放心，但还是听话地出了门。

霍江的东西并不多，平时也是分门别类地放好，收拾起来并不费劲。真正费力的是工作用的东西，两台电脑、四台显示器，还有打印机、资料夹和白板等等。偏偏这些东西还要使用，正式搬走的时候才能收拾，陆泽漆只把一些这两天还用不着的东西先收了起来。

没多大一会儿，能动的就已经收拾得差不多了。

陆泽漆想想，走进霍江的房间，现在这个地方相当于也是他的房间，他也没觉得要顾虑什么。里面只有一个很小的橱柜，不常用的东西都是用箱子装好放在角落里、床底下。

陆泽漆把床底下的东西先搬出来，贴上标签放到外面堆在一起，以免搬家的时候忘了拿。

角落里有一个大箱子，陆泽漆有一次问过里面装了什么东西，霍江只回答是重要的东西，别的却不肯说了。陆泽漆忍住好奇心把纸箱

往外搬，那重量差点让他一口气没上来。

还真挺“重”要的，陆泽漆咬牙把箱子往外搬。

箱子放在那里已经很久了，牢固程度有限，陆泽漆没走几步就听底下哗啦一响，接着，纸箱里的东西掉了一地，还有什么东西砸了他的脚。

陆泽漆顾不得查看被砸到的脚，连忙去检查霍江的重要东西有没有被摔坏。砸到他脚的是一个木质画框的尖角，整幅画用白棉布蒙起来，看不到是什么内容。纸箱里大多都是这样的东西，他猜可能是霍江以前画的画，因为现在算是转行，所以全都封存起来。

是他这几年画的画吗？陆泽漆有点好奇，想打开看看。

抓心挠肺地纠结好一阵后，陆泽漆还是忍住了。他重新拿来纸箱，把这些东西小心地按原样收进去重新封好。

# 第十章 关于他的一切

露天的咖啡厅，一个看起来跟霍江差不多年纪的小伙子坐在程岸、霍江对面，双方正聊着什么。不多时，小伙子站了起来向两人告别。

“希望有机会跟柒念老师学习，那我先走了，再见。”

霍江和程岸也挥手向他道别。

小伙子走了出去，程岸看向霍江：“你觉得怎么样？”

“不怎么样。”霍江也知道自己有些吹毛求疵，但有了陆泽漆以后，看别人总觉得哪儿哪儿都不好。

“这还不怎么样？”程岸无奈地说，“他各方面条件都很好，描线、上色的功底很不错，风格也跟《幻夜幽冥》非常契合。就是分镜差一点，不然，找个剧本老师就可以做主笔。”

霍江不置可否：“那我哥呢？他是哪里不好？”

“你哥？”程岸愣了一下，“他没哪里不好。”

“那为什么……”霍江皱眉。

“但也没哪里好。”程岸打断霍江的质问，“我不知道他为什么选择画漫画，但他是那种只要努力就什么都能做到的人，他最多只用了一年就学会画漫画了。放在别的地方，或者交给别的编辑，他的漫画没有问题，可以签约，也可以赚钱，但不会大火，更不会是经典作品。”

程岸又烦躁起来，他把头发往后捋了捋：“我虽然是走精品路线，但其实手上也有一些中端作品，我早就说过我可以跟他签约，也有别的漫画编辑找过他，是他自己不愿意。”

“他当然要做最好的东西，他也做得出来。”霍江维护陆泽漆，嫌弃地看着程岸，“所以，你也不知道他的问题在哪里？”

“不能说完全不知道，这么多年朋友，我还是了解他的。”程岸不服气地说，“他就是心态问题，我不是心理医生，想帮他也无从下手。”

霍江沉默一阵，他也没立场责怪程岸，在这件事上，他比程岸更加没用。

“他说……”霍江想了半天才开口，刚说两个字就停下来，“应该是你跟他说的，我身上有他没有的东西，让他来跟我学。那个是什么？”

程岸犹豫了一下：“你先告诉我，你第一次寄到我这里来的纸稿是怎么画出来的？”

“当时，我的工友在哆看漫画上看漫画。”霍江回忆起那时候的事情，感觉已经过了很久很久。“我告诉他，那样的东西我也能画，他不相信，我就画给他看。然后，他就找出了哆看漫画的征稿启事，建议我试试。”

程岸点头：“那技法呢？你应该没有学过，纸稿上还用了铅笔涂绘，但阴影部分却加了网点，有点日式漫画的风格。”

“也是我哥教我的。”霍江想起什么，极淡地笑了一下，“我小时候跟我哥学现代画，学校开始流行漫画。我家不让看，他那里却很自由。我有时候买了漫画书就拜托他帮我藏起来，他买的漫画书也借给我看。那时候国漫没有现在这么盛行，我们可以选择的内容也不多，追的漫画更新又慢。我闲余时开始画漫画里的角色和分镜，我哥看了之后就买了教程过来说我们可以自己画，至于日式风格，可能因为那教程就是日本的书吧。”

“如果他没有教过你呢？”程岸说。

“我会按我看过的漫画形式画。”霍江说，“只要能画成漫画不就行了吗？”

程岸点点头：“这就是你们之间的差别，你只要画成你想要的样

子就行了，而他却会想太多。技法、流派、风格、故事，甚至是发布以后的人气等等。这其实也不是一件坏事，要是他愿意来做编辑的话，我的饭碗早就被他抢走了。可是，他的目的是画漫画，这样做只是绕远路。”

“这就是他做事的方式，他不弄清楚就会一直想着。”

“但这样只会分散他的精力，消耗时间不说，更糟糕的是他的信心逐渐消磨了。”程岸叹一口气，“我说他只是缺少信心，但……”

霍江接下去：“他不相信。”

程岸心下戚然地点头。

“他……”霍江刚说了一个字，手机响了。

他拿起来看了一眼，是陆泽漆发来的消息。

“我有事回一趟家，明天早上再过来。”

霍江皱了一下眉，回复：“好。”

程岸还等着霍江没说完的下半句：“他怎么？”

霍江依然皱着眉头，说：“他认为自己没有才华。”

“这是哪儿来的想法？”程岸问霍江。

因为他。

霍江垂下眼眸，没回答程岸这个问题：“我不知道，我先回去了。”

他起身离开，程岸却叫住了他：“等等！”

霍江停下，回头。

“你准备怎么办？”

霍江张口，却没有发出声音。

他没有想好。

“其实……”程岸再度迟疑，“他什么都知道，只要他愿意把用在你身上的包容和信任给他自己，那他早就成功了。但他对自己总是苛刻，又爱钻牛角尖，就算说了也只会惹他生气。这事别人帮不了的，只能等他自己想通，再给他点时间吧。”

霍江本想点头，点到一半却又停了下来。

“我会想办法的。”

他转身离开。

天擦黑的时候，霍江回到住了一年多的“家里”。屋子里漆黑冰冷，没有陆泽漆在里面忙碌的身影，这屋子便显出它的原形，陈旧又阴暗。

霍江打开灯，看着房间里那些打包好、贴好标签堆放整齐的行李，心里一暖。

他放轻脚步走进卧室，坐在陆泽漆睡的下铺，伸手轻轻放在陆泽漆的枕头上，心中有些不舍。搬家以后，他就没有借口再离陆泽漆这么近了。

霍江放任自己休息了一会儿，便起身看向房间里还没有收拾完的东西。他找了一个箱子过来，把上铺叠好的被褥也放进箱子里，等搬了家，陆泽漆就用不着这些了。

收拾完，看着空荡荡的房间，在屋子里无所事事地转了两圈后，他抓起钥匙离开了屋子。

霍江走到陆泽漆家门口时才觉得自己突然追来的行为像个黏人的孩子，肯定要被陆泽漆笑话了。他迟疑一阵，才抬起手敲了敲门。

房间里没有声音，霍江打算离开时，门才终于被打开。

陆泽漆围着浴巾站在门里，因为逆着光，看不清他脸上的表情，霍江刚刚强迫自己平复下来的心又乱跳了。

“霍江？”陆泽漆看着他，“你怎么这样就来了？你的外套呢？”

“我忘了……”霍江这才发现自己冷得不像话，一走进温暖的屋子就不由自主地抖了起来。

陆泽漆让他坐进沙发，扔了条毯子过来，转身走进卧室换衣服。

霍江裹着毯子，不错眼地看着陆泽漆的身影。

陆泽漆拿了一杯热茶出来放在霍江手边，被他看得有点不自在起来：“到底怎么了？”

“没什么。”霍江收回视线，伸手捧起茶杯，看着杯中的茶叶。

“没什么你这么晚跑过来？”陆泽漆总觉得霍江有什么事，目光在他身上搜寻，却什么也没看出来。

霍江见躲不过去，便问陆泽漆：“你怎么突然回来了？”

“你后天就搬过来了，我先回来给你腾地方。”陆泽漆说着将手放在霍江的头上，轻轻揉了揉，“跟小时候一样黏人，半晚上也要跟。”

果然还是被嘲笑了，霍江嗫嚅一下，闷声说：“那边暖气坏了，晚上没法睡。”

“这个时候坏？”陆泽漆有些意外，“要不明天就搬过来吧，天气还这么冷，没暖气可不行。”

霍江点头。

陆泽漆的床很大，霍江却不敢觊觎，老实地在陆泽漆宽敞的沙发上做了一个窝。陆泽漆给他拿了洗漱用品出来见到这一幕，也没说什么。之后一段时间，霍江就住在这里，虽然不像之前上下铺那样近，但对霍江来说，很满足。

这样就足够了。

霍江大部分东西都已经搬进新家，工作需要的东西陆泽漆这里都有，对于霍江来说十分方便。但他原本除了漫画什么事都不上心，这段时间却对新家的改造、装修十分上心，一有空就跑过去盯着，家具什么的也是他亲自去选。

陆泽漆虽然十分意外，但也乐得轻松地由他去安排。

程岸都发现了霍江的不对劲，悄悄发微信问陆泽漆：“他最近怎么了，突然食起人间烟火来了？”

陆泽漆发了一串句号过去。

“是不是他跟你说了什么？”程岸又问。

陆泽漆神色一振，回复：“嗯。”

“他怎么说的？”

陆泽漆又发了一串句号过去。

程岸发了一个笑脸：“他这么闷的性格，能跟你说这些就不错了，都是为你好，要是有什么你不爱听的，就别跟他计较了。”

“你在说什么？”陆泽漆套话失败，放弃地打出一长串文字，“我什么时候跟他计较过？有什么我不爱听的说出来听听。”

程岸总算明白过来：“你在套我话？不过告诉你也没什么，他之前跑来问我，你的漫画问题在哪里、他能教你什么。我就跟他聊了一些我对你的想法，但后来我想那些话你可能不一定爱听。”

原来，霍江还真跑去学怎么教人了？但程岸还是小瞧了霍江对他的了解。霍江知道什么话会让自己不开心，所以，他什么都没有说。

也许在哪个角落里正一个人铆足了劲想办法吧？陆泽漆有些好笑，又有些难过。

他不该让霍江这么小心翼翼的。

工作室装修完毕，陆泽漆提议霍江请几个朋友过来聚个餐，把人请过来一起吃个饭，算是庆祝。

霍江这段时间比平常还听话，什么都交给陆泽漆安排。

但想来想去，能邀请的也就是程岸、徐玮、陆心藜几个，之前来帮过忙的实习生杨珏都算是硬凑。这么一看，两个人的共同朋友实在是不多。

“你有没有什么朋友想邀请过来？”陆泽漆问霍江，毕竟是他的主场。

霍江摇头："有一个，但他不愿意来。"

就是当初找到哆看漫画征稿消息并且发给霍江的工友。以前霍江还尝试联系他，但他觉得霍江现在是文化人，不合适再跟霍江来往了。

对霍江来说，他是那几年里唯一一个称得上朋友的人，变成这样，不是不难过的。

他们选了一个天气很好的周末，陆泽漆和霍江一起动手，一大早就开始把房间布置一新，准备了丰盛的晚餐和零食酒水等等。到了下午，程岸先过来帮着张罗了一阵，徐玮、杨珏也陆续赶到。五个人都是做漫画的，聊的话题都是二次元相关，非常合拍，尤其是杨珏，涉猎广泛，几乎没有他接不住的梗。

程岸却有些魂不守舍，频频看向大门口，隔壁的门被敲响，他也会当成是这边的，迅速走过去开门。

陆泽漆观察程岸半天，拿了一杯饮料走过去递给他："现在还早，我妹妹今天有事，大概七点才能到。"

"哦。"程岸接过饮料下意识地喝了一口，忽然被呛住，他把饮料放在一边，急忙说，"我没有在等！"

"是吗？"陆泽漆状似随意地说，"我看你一直看着大门，还以为你在等谁。今天请的人不多，只有我妹妹还没到了。"

程岸拿纸擦嘴，胡乱点头。

就在这个时候，门铃响了起来，程岸动了一下，却发现陆泽漆看着他，便又坐回去。

霍江走过去开门，果然是陆心藜。她带了一盆花过来，非常随意地递到霍江怀里。陆泽漆坐在原地不动，只是看着程岸，程岸清了清嗓子，也不动。

"老大，最近怎么没消息？"陆心藜走过来打招呼。平时，她都直接叫陆泽漆名字，这是有外人在才特意给的面子。

“有点忙。”陆泽漆解释，“你最近呢？有没有老实向爷爷问安？”

陆心藜正要说话，被忽略在一旁的程岸轻咳了一声伸出爪子跟陆心藜打招呼：“嗨，好久不见！”

陆心藜这才发现程岸似的，礼貌地微笑：“你也来了？”

程岸连连点头，如果他有尾巴的话，这会儿可能已经疯狂地摇了起来。陆心藜的注意力却早不在他身上，径直走到开放式餐台边的饮料区拿了杯喝的，陆泽漆和霍江心照不宣地交换视线。

“原来是单恋。”陆泽漆同情地摇头。

霍江补刀：“也可能是脑残粉。”

程岸经常说霍江是陆泽漆的脑残粉，霍江从不反驳，却一直暗暗记在心里，这会儿可算是找到机会把这三个字扔回他头上。

陆泽漆笑了几声，走过去安排开饭。

晚餐过后，六个人坐在一起玩桌游。陆泽漆自己看教程学着调的几杯鸡尾酒，竟然很受欢迎。大家都围过来看，还从网上找来视频现场点酒，很快，准备的酒不够了，霍江这个主人还被派出去买酒。

“我也去吧，他一个人估计连超市的方向都找不着。”陆泽漆说着也拿了外套。

“不行，你们两个主人都走了，我们怎么办？”程岸抗议。

陆心藜取下外套：“我跟霍江去。我知道附近有一家酒吧，他们的酒品种最齐全。”

说着她就拉了霍江的胳膊往外走。

后面已经晕晕乎乎的杨珏吹了一声口哨，程岸骇然看着陆泽漆：“他们，他们……”

“他们从小就这样。”陆泽漆故意说得语焉不详。

程岸像被踢了一脚的狗狗似的蔫下来。

外出的两人安静地走在小区里，陆心藜偏头看了霍江一眼。

“你有什么话要说？”霍江就知道她不会无缘无故地陪他一起去买酒。

“非得有什么话才能跟你出来？还是我发小吗？”陆心藜说着一巴掌拍在霍江背上。霍江纹丝不动，不像小时候一样被她一拍一个趔趄，她悻然收手。

霍江偏头看着她：“是跟哥有关？还是程岸？”

“哈？当然是陆泽漆了！”陆心藜提高了声音，“他这个人看着婆婆妈妈的，自己有什么事却从来不说。这几年他也就关心漫画这一件事，虽然很不顺利，在我看来也只是时间问题而已。但他现在突然跑来跟你一起画漫画，还给你当助手，我……”

陆心藜还是很不擅长说这这些，烦躁地抓了抓自己的鬈发。

霍江抿起唇，也不说话。

“这样真的好吗？”陆心藜话锋一转，一把拉住霍江，“程岸不知道你们以前的事，可我很清楚。陆泽漆是个要强的人，什么都要做到最好，连个裁纸的功夫都要花几个月去练。唯有他最在意的事情永远被你压一头，老爷子说，他这样的性格就该受些挫折，可这么多年了，差不多也该挫折够了吧？他已经因为你放弃一次梦想，万一……这次他也迈不过去怎么办？”

霍江站在对面，安静地听陆心藜说完。在他的目光下，陆心藜的声音逐渐低了下去。

“我没有别的意思，就是……”陆心藜忽然意识到自己这话不对，可惜解释这个词也很少出现在她的字典里。

“我知道。”霍江点头，“你是担心他。”

陆心藜抬头看着他，等他的回复。

霍江眉心聚拢，嘴唇紧抿，平时就极淡的神情此时更像覆着一层让人看不清的薄冰。但陆心藜毕竟和他一起长大，她很清楚，他这样

其实只是在难过。

陆心藜有些不忍心，再度伸手抓向自己的鬈发：“我知道你没想这么多，你只是做你擅长的事，他不应该跟你比……”

“不是。”霍江低头看向自己的脚尖，沉默了很久，才说，“我……我会帮他的，我会把我的方法教给他，帮他实现他的梦想，像他以前帮我那样。”

“你能做到吗？”陆心藜问。

“我必须能。”霍江抬头，微笑，“只有这样，我才有资格继续叫他哥，跟他一起画画吧。”

“我不是这样意思，你有没有资格是他决定的，而且他给你了就不会收回。”陆心藜往前走，“你就当我管闲事好了。”

霍江在原地站了片刻才跟上了她。

两人买了酒回家，杨珏已经倒下了。程岸和徐玮在沙发上划拳拼……水，陆泽漆则站在开放式的厨房里准备调酒要用的材料。

程岸一听见开门声就跑过去，接过陆心藜手里的袋子：“你们总算回来了，再不回来我们要把水都喝光了。”他说着把东西拎到厨房吧台上，一件一件地取出来，跟陆泽漆说，“快，到了你大显身手的时候了！”

其他人也拉了椅子围过来，就坐在吧台旁边，眼巴巴地看着陆泽漆。

“你们把这儿当酒吧了？”陆泽漆没好气地说，手上却还是十分配合地一字排开五个杯子，倒入事先榨好的橙汁，加上冰块，玩了个简单的花式动作倒入一层白酒，带着几分得意，“又开发了一个新技能，要是以后漫画画不下去了，可以去当个调酒师。”

程岸冷笑：“可不是，干点什么不赚钱？干这行的都是想不开的。”

“也不是。”陆泽漆倾斜酒瓶，给面前的五只杯子依次加入浅浅的一层蓝宝石金酒，五杯层次分明的鸡尾酒就调好了。“还有那么多人做着既辛苦又不赚钱，而且也不喜欢的事，相比之下，虽然辛苦但做的是自己喜欢的事，这就挺幸运的了。”

徐玮也颇有同感地点点头：“别看现在国漫发展了，真的要在这行生存还是很难的。大多数人还是为爱发电吧！”

“是啊！”程岸自嘲地一笑，“累的时候还可以告诉自己是为了爱与和平。”

几个人都笑了起来。

正好陆泽漆也将切成薄片的青柠檬装饰在杯子边缘，完成了调酒的最后一步。徐玮拿出手机，用各种角度拍照。

陆泽漆首先端起其中一杯，举起来：“为了爱与和平。”

其他四人也举起了杯子：“为了爱与和平。”

这次的聚会前半段热闹欢腾，后半段却回归温情。一群人围坐在吧台旁边有一句没一句地聊着，每个人都有自己的故事。直接结果就是大家都喝多了，最后一个站着的人仍然是霍江。

这小子的酒量还真是深不可测。陆泽漆趴在吧后台，迷迷糊糊地看着霍江，脑子里唯一的想法是——

“这还是我认识的霍江吗？”

他不知道自己把这话说了出来，更不知道霍江走到他的身边，把这句话听得清清楚。

时间太晚，除了徐玮有男朋友来接之外，剩下的几人都已经分不清回家的路。看似清醒着的霍江其实只是也硬撑着没倒而已，他看了看横七竖八的四个人，偏头认真地思考。

陆心藜是女孩子，必须保护。霍江第一个把她扶进主卧室，丢在床上，盖好被子就走了出去。客厅的组合沙发很大，睡两个人绰绰有余，

他把半趴在茶几上的杨珏搬上沙发，又把卫生间里的程岸拖出来放到沙发上，一人丢一条毯子就不管了。

最后才是陆泽漆。

他趴在吧台上，但眼睛是睁开的，一直看着霍江的一举一动。霍江绕过吧台朝他走过去，他的眼睛也就随着霍江转了一圈，那动作有些呆呆的，在霍江看来却无比可爱。

就是这时候，陆泽漆说出了那句话："这还是我认识的霍江吗？"

霍江一愣，忍不住低声问他："你希望我是吗？"

陆泽漆的回应是一串小小的呼噜声，竟然已经合上眼睡了过去。

"哥？"霍江喊了一声，陆泽漆依然没有任何回应，"你喜欢现在的还是以前的？"

霍江轻叹一声，把陆泽漆的一条胳膊架到自己的脖子上，一只手揽着他的背，另一只手从他的膝弯里穿过，然后一用力将他整个抱了起来。

真应该感谢陆泽漆给他办的那张健身卡还监督他每周都去，不然，他真不一定能这样顺利地做到。

次卧是霍江留给陆泽漆的房间，他知道留主卧陆泽漆一定不愿意，所以选了这套主次卧差别不大的房子。里面的家具都是他选的，布置也是他一点一点弄的，是只属于陆泽漆一个人的地方。他把陆泽漆抱进去，放在床上，站在床边看了看，好像陆泽漆天生就属于这里似的，怎么看怎么合适，他心里生出一种异样的满足感。

陆泽漆发出难受的声音，眉头紧紧皱起，手放在腰间。霍江发现，上前帮他解开衣服的束缚，让他能睡得舒服一点。随后，霍江又从卫生间里拧了一块毛巾，帮他擦了擦脸和脖子，让他可以一身清爽地去睡。

喝了那么多酒，霍江其实也有些醉意，坚持着做完这些事情后就疲惫地滑坐在地板上，仰头看着天花板。

总觉得不可思议，他经历过富庶的生活，也度过了最灰暗的日子，现在能租个像样的房子落脚，过上正常的生活，他却幸福得不敢相信现在这一切竟然是真的。

霍江转头看向床上的陆泽漆，这都是对方带来的，没有陆泽漆，就算程岸给了他机会，他也做不到。

但陆泽漆也有自己想要的，如果在这里找不到，那么陆泽漆一定会有一天要离开。所以，无论那个能让陆泽漆实现梦想的方法是什么，他都一定会找出来给对方！

可是，他到底该怎么做？

此时，就在一墙之隔的客厅里，杨珏翻了个身，一只脚抵在方榻沙发上的程岸脸上。睡得正好的程岸鼻子皱皱，接着整张脸都皱了起来。没过一会儿他就被醺得睁开了眼睛，一看到杨珏的脚，嫌弃地踹了一下，然后摇摇晃晃地站起来，往四周看了看：“卫生间在哪儿来着？”

他走过去，打开主卧室的门，发现里面还有一扇门便走了进去。片刻后，他刚打开门走出来，一只手抓住他后背上的衣服，拖了回去。

然后，他一整晚都没出来。

霍江以为自己这一晚上都不可能睡得着，但一声短促的尖叫响起来，他立即弹坐起来，发现自己躺在床上。他心里一慌，第一反应还以为是陆泽漆，转头一看，陆泽漆也是刚惊醒的样子。

霍江这才想起刚刚那个声音应该是从隔壁主卧室传来，而声音，如果没听错，应该是程岸叫的。

“心藜！”霍江跳下床就往外跑，陆泽漆也赶紧跟上。

两人闯进主卧室，只见陆心藜和程岸两个人坐在床上，一人抓着被子的一头互瞪着对方。

陆泽漆一看到这种情形，立即上前揪住程岸：“你干什么了？”

霍江上前查看陆心藜：“你怎么样？”

陆心藜抓着被子，除了头发有点乱之外，身上还穿着昨天的衣服，看起来并没有什么异样。

看他们进来，原本还有点搞不清楚状况的陆心藜就放松下来，捂嘴打了个哈欠：“你们来得正好，把这个人带出去，我还要睡觉呢！”说完，她一翻身把自己蒙在了被子里。

霍江和程岸两个人面面相觑。

程岸也从慌乱中平静下来，尴尬地看着陆泽漆：“我半夜起来上卫生间，不小心走进来的，真的，我什么也没干！”

陆泽漆这才松开他，没好气地说：“外面不是有卫生间吗？”

“又不是我家，我怎么弄得清楚每扇门后是干什么用的？”程岸说着。

陆心藜砸了个枕头过来：“出去说行不行，我困死了！”

陆泽漆和霍江这才拖着程岸走了出去。

直到听到关门声，陆心藜才从被子里探出头来，悄悄地松了一口气，从被子里拿出不属于自己的衣物，走进卫生间去毁尸灭迹。

外面，陆泽漆、霍江把程岸拖到沙发上，压低了声音审问他：“到底怎么回事，说！”

“我……”程岸的目光闪了闪，咬牙说，“就是走错了。”

陆泽漆和霍江交换视线，考虑他的话是否值得相信。

“你们爱信不信！”程岸推开他们。

一旁打着呼的杨珏被吵醒，揉着眼睛站起来：“怎么了？出什么事儿了？”

陆泽漆按着他的头，把他推到一边去，继续审问程岸：“今天没有，那以前呢？你敢说你对我妹真的没有什么企图？”

“我有企图又怎么样？”程岸梗着脖子，“我也不至于……再说了，光我一个人有企图有什么用？我能怎么着？”最后一句话，说得又小声又委屈。

陆泽漆竟不由得对他产生了几分同情，于是放开了他：“真有企图你就好好追，她可不吃暗恋的那一套。”

“你同意我追她？”程岸眼前一亮，不到半秒钟又迅速认清了现实，“算了，你同不同意也没有什么区别。”

这一点陆泽漆还真没办法反驳，他干笑两声，看一眼时间走向厨房：“弄点早餐吧，你们要吃什么？”

程岸根本没心情吃东西，眼睛一瞟向主卧室的门就被陆泽漆一瞪，只得老实地收回了目光。他拿了两片陆泽漆正准备烤的冷面包就往外走：“我先回去了，你们好好工作，别再拖稿了。”

陆泽漆知道他也是怕见到陆心藜尴尬，便没有留他，只是挥了挥手。杨珏也发现气氛不对，找了个借口就溜走了。

霍江洗漱完走出来，房间里只剩下他们两个人，他犹豫了一下，走过去。

“早上吃三明治吧。”陆泽漆说着倒了一杯温好的热牛奶递过去，“你接着把鸡蛋煎了，我也去洗个脸。”

霍江点头，两人交换了位置。

等陆泽漆弄好以后，霍江已经准备好简单的早餐摆在吧台上。陆心藜还没有出来，陆泽漆也没叫她，走过去拉开椅子，坐在吧台旁边：“我们先吃，她不一定什么时候起来。”

霍江点点头，也坐在了对面。他犹豫地开口：“昨天……”

“大家都喝醉了。”陆泽漆笑着摇了摇头，“我都不知道自己怎么到床上去的，不过你更夸张，我起来看你还睡在地板上，叫也叫不醒，把你拖到床上都没反应。”

“是吗？”霍江不太相信，“我只是睡着了！”

“嘴硬！”

两人吃过早餐就开始干活，但因为宿醉状态都不太好，到中午的时候才稍微有些进入状况。这时，主卧室的门被打开了，陆心藜从里面走出来，拿了包，绕过工作区域一边匆忙往外走，一边说：“哥，我下午有事，先走了。”

“站住。”陆泽漆头也不抬。

陆心藜的脚步还真就停了下来，转头看着陆泽漆，外强中干地做出一副不耐烦的样子：“怎么了，我忙着呢！”

她万万没想到，如果她像平时那样满不在乎，说不定陆泽漆还没发现她的异样，就那么放她离开了。可她因为心虚，不但状态不对，还叫了哥，这才引起了陆泽漆的注意。

陆泽漆不疾不徐地按下保存文件，才抬起头，说：“我给你那条范思哲的围巾去哪儿了？”

“围巾？”陆心藜打着哈哈，“我哪里记得，你想要的话让妈从国外给你寄哈！”她说着就往外走。

陆泽漆向霍江使了个眼色，坐在外侧的霍江飞快地跳过去拦住陆心藜，把她抓到吧台前，按住她坐下来，跟门神似的站在她身后，挡住她的去路。

陆心藜瞪了她一眼：“叛徒！”

陆泽漆把给她留的早餐端出来放在她面前，坐在她对面：“什么事也不能耽误吃饭，咱们边吃边说。你跟程岸到底是怎么回事？”

“能怎么回事？”陆心藜一脸烦躁，陆泽漆却是好整以暇，一副不问出结果绝不罢休的样子。

陆心藜知道自己再不交代点东西，怕是走不了，便说：“他是我的黑粉。本来也不是什么大事，可我唱到哪儿他就跟到哪儿，而且还一路黑，后来就忍不住给了他点教训。”

陆心藜说到最后声音低了下去，有点心虚。

陆泽漆和霍江交换视线，心里都对程岸产生了一些同情。

“后来呢？”陆泽漆问。

“后来他就黑转粉了，脑残粉那种，结果更可怕！”陆心藜翻了个白眼，“今年元旦之后我参加演出，他又跟来了，年纪一大把还搞得那么激动跳进了泳池里，捞起来的时候冻得不成样子，我才把围巾给他的，反正我也不喜欢。”

听起来像是陆心藜做的事情，但陆泽漆还是觉得有哪里不对，犹豫了一下问：“那你对他没有感觉？”

陆心藜摇头。

她摇头这么干脆，陆泽漆又忍不住替程岸说话：“他人还是不错的。”

“所以？”陆心藜瞪着陆泽漆。

“没有所以。”陆泽漆纠结半天，点点眼前的盘子，“赶紧吃饭，把这个蜂蜜水喝了。”

陆心藜老老实实地吃完早饭，陆泽漆才放她走。

工作室重新恢复安静，陆泽漆对着电脑屏幕，心无旁骛地勾勒背景的线条。这时，他发现一处问题，开口：“第十六格的背景是……”

陆泽漆一抬头，逮到霍江正直勾勾地看着他：“怎么这样看我？”

“没有。”霍江心虚地移开视线，轻轻咳了一声，“那个，之前程岸让我去见过的助手，我觉得可以让他过来。”

陆泽漆愣了一下才反应过来，他早盼着新人手加入，但现在突然有人来，他却没有预想中那么高兴，不知道为什么升起一丝怅然。

当然，他也只是微微一笑。

“太好了！”

第十一章

# 唯一的哥哥

霍江给程岸打了个电话。

“程岸，你让那个助手过来吧。”霍江说。

“哪个？”程岸的声音听起来活像霍江要跟他借钱，“冷子杨？”

霍江抿唇：“是他。”

程岸反应过来：“好，我跟他敲定下时间，没问题就让他明天过去，你们再谈一下工作时间和待遇的问题。”

“好。”霍江答应。他挂上电话从阳台走出来，看见陆泽漆站在门口收快递，那里堆着好几个大纸箱，连忙走过去帮忙。

“是什么东西？”

“是我送你的搬家礼物。”陆泽漆把东西先放一边，然后向工作区打量。改装出来的工作空间至少可以容纳四个人，各种设备、画具什么的也是全部配齐的，人一到位就可以立即开始工作。他想了想，“就让他坐我旁边这个位置。”

“嗯。”霍江点头，又微微皱眉，“他明天先过来见个面，要谈一下工作时间和薪资，我不懂这些。”

陆泽漆也有些头疼，他想了一下：“不然，就照我的来？”

霍江更是一头雾水。

自从大封推之后，霍江的收入逐渐增长。后来，由于陆泽漆打理他大部分生活，他不想一直让陆泽漆出钱，便把卡交给陆泽漆管理。至于陆泽漆给自己发多少工资是跟霍江说过的，但霍江显然没放在心上。

陆泽漆一看霍江的表情就知道自己猜对了，霍江对这种事情真的一概不知，于是他又把市场上的行情告诉了霍江。

霍江听后皱眉：“你应该跟我一样，我们对半分。”

陆泽漆失笑摇头。

他不缺钱，之前一直按照市场行情最低标准拿的，再低恐怕没人干。他想了一下，说：“要不然，新人按我现在的标准来，至于我，往上涨一涨？”

“嗯。”霍江点头。

陆泽漆有些感慨地看着面前的大堆箱子：“太好了，以后有了新人就不用再那么拼命赶稿了。正好，有了时间，这些东西你就都能用得上了。”

“是什么？”霍江问他。

“打开看看不就知道了？”陆泽漆说着递了把剪刀给霍江，“礼物就是要拆才有乐趣。”

两个人蹲下来，把那些大箱小箱一一拆开，霍江有些惊了，那些全都是画材，画板、画架、画笔、颜料、纸张。只要他能想到的画具全都在这里了，就算陆泽漆从不追求所谓名牌，也是一笔不小的花费，陆泽漆从他这里拿的工钱估计都用上了。

“这些……”霍江不敢相信地看着陆泽漆，“都是给我的？”

“嗯。”陆泽漆点头，“不管你有没有去德国，我依然觉得你应该是个艺术家，不要放弃你的天赋。我不是说你一定要画什么，但你如果有真正想画的东西，这些东西就能派上用场。”

霍江抬眼看着陆泽漆。

“怎么了？”陆泽漆有点尴尬，“你不喜欢吗？”

他是看霍江的东西里面没有这些画具，才想着为对方添置起来的。

“不，我很喜欢。”霍江对着陆泽漆一笑，“谢谢哥。”

霍江把画架支起来放在为陆泽漆准备的客房，陆泽漆不住在这里

的时候，他就过来，坐在地板上涂涂画画。

新人来了工作室，陆泽漆意外地发现那个叫冷子杨的年轻人比他想象的更优秀一点，原来的待遇有点低了。他中途悄悄跟霍江商量，让他把薪资稍微往上提了提。

冷子杨加入以后，当然不像陆泽漆和霍江那么默契。在一开始的时候总是需要霍江向他解释人物形象背后的成因。色彩和线条运用上，霍江有自己的要求，这些也需要一一跟他说清楚，他才能够理解并配合。

但霍江不是科班出身，他就是根据自己的直觉想怎么表现就怎么表现，就连一些基础技法都是陆泽漆来了之后才教会他的。要说清楚这些事情对于霍江来说并不容易，他还是耐着性子去做，但情绪上就显得不那么放松。

陆泽漆有时候会替霍江分担一下，但冷子杨似乎并不相信陆泽漆所说的，还是要找霍江确认。

算上这些沟通用的时间，多一个人其实并没有比两个人的效率高多少。

冷子杨还觉得霍江太冷酷，他不知道霍江跟陆泽漆的关系，私下跟陆泽漆抱怨：“我们可是画漫画的，成天这种冷冰冰的气氛，一点都不活跃，能画得好漫画吗？”

冷子杨没来的时候，工作室的气氛不说有多活跃，至少还是融洽的。

陆泽漆皱眉：“如果你怀疑这个，为什么不去看看《幻夜幽冥》？柒念做起事来就是这样，大概也是他的漫画画得好的原因吧。”

“那可难说，我觉得《幻夜幽冥》主要是故事好，他的分镜还不错，画却一般。”冷子杨不以为然地评论着。

陆泽漆忍住怒气，说：“既然你觉得他的画一般，为什么还选择来这里？”

冷子杨耸耸肩：“是程岸安排的啊，我要是拒绝了，以后还想不想过稿了？程岸可是编辑里面最难伺候但也最容易带火新人的编辑。我就当是来学东西的，一边学一边准备新故事，到时候稿子一通过，我就不用再做助手了！”

陆泽漆听到这话，心里觉得非常不舒服。他想来想去，把这件事告诉了霍江。

霍江听了之后完全没当回事：“没关系，只要不耽误正事就好。”

既然霍江没当一回事，陆泽漆也不会越俎代庖地替霍江做决定，他只是很不高兴，像吞了一只苍蝇那么恶心。

这事过去没几天，冷子杨就从程岸那里知道了霍江和陆泽漆的关系，有点不好意思地来找陆泽漆道歉。

“没关系。”陆泽漆摇摇头，重复了霍江的话，“只要不耽误正事就好。”

这件事就此揭过，冷子杨不再像刚开始那样问那么多问题，但工作上也越来越敷衍，每次都需要霍江或陆泽漆返工，而陆泽漆更是发现冷子杨在工作室电脑上画他自己的漫画。这样下去，非但不能缓解他们人手紧张的问题，连现有质量都不能保证了。

霍江不擅长处理这样的事，陆泽漆跟霍江商量之后决定替霍江跟冷子杨聊聊，要是冷子杨能改变一下工作态度，那他们就继续，如果不能，那就只能再找别人了。

谁知，没聊两句冷子杨就奓了毛。

“这就是一个助手正常的水平。”冷子杨冷笑着说，“你们还指望用一个助手的工钱买个主笔的水平？太异想天开了吧？”

冷子杨丢开笔，把电脑上的硬盘一拔就走了。

陆泽漆一抹脸，转头看向霍江：“那台电脑上没存什么重要的东西吧？”

霍江摇头。

“分镜本什么的也好好收着了吗？”

霍江点头。

陆泽漆放下心来，继续发愁：“得重新找人，这次可得好好看清楚。”

霍江皱眉：“换一个人不也一样吗？只不过是问题不同，像你和我这样的不会再有别人了。”

陆泽漆一愣。

霍江也顿了一下，解释：“我是说，我们一起学画的默契……”

“当然了，我们从小一起长大的默契没人能比。”陆泽漆的注意力却不在这上面，“但其他人也不都是冷子杨这种，我们会找到更合适的人。”

霍江点头。

冷子杨在程岸面前控诉霍江和陆泽漆一通，说霍江藏私不肯教他，又说陆泽漆仗着和霍江的关系欺生什么的。程岸当然是相信陆泽漆、霍江他们的，表面上听了进去，转回头就把这事当成笑话吐槽给霍江和陆泽漆听。

程岸吐槽完，又觉得有些惋惜：“他其实是一个聪明人，也有上进心，就是太急功近利了一些。”

陆泽漆知道情形不一样，但还是难免把这句话代入自己身上——

冷子杨是把霍江当作跳板，只想在霍江这里学完东西就走，所以他不在乎工作进度，每天所做的事只为学到霍江身上的技巧。而自己跟冷子杨又有什么两样呢？冷子杨至少没当着霍江说这话，而自己可是一开始就跟霍江摊了牌。

霍江当时该是个什么感受？

他一直觉得学习是没有错的，学习是一件好事，可是这样枉顾他人的学习同样是自私自利的。

“哥，你怎么了？”霍江发现陆泽漆在发呆。

陆泽漆摇摇头："我只是在想，我刚来的时候跟冷子杨其实是一样的，都……"

"哥！"霍江突然出声打断他的话，"不要把自己跟那个人相提并论。"

"我只是反思一下……"

"你不需要。"霍江抿着唇，看起来有点生气。

"我不是这个意思。"陆泽漆发现霍江是真的很在意，只好投降，"好好好，是我想太多，我不该这么说。"

他也没有真的把自己当成冷子杨那样的人，只是警示一下自己罢了。

霍江神色还是没有缓和，陆泽漆意外地看着他，他平时也没有这么难哄吧？陆泽漆正要再说些什么，他却转过头走开了，一个人也不知道在干什么。

陆泽漆欲言又止，最终选择了没再多言，他叹了口气，也不知是为了自己，还是为了霍江。

过了两天，程岸过来跟霍江和陆泽漆说："要不，让杨珏来试试？"

"杨珏？"

两人都有些意外。

"他听说你们要找助手之后，跟我提过好几次，我没答应。"程岸说着笑了起来，"一方面是因为他太年轻，作品实力还是有些弱，另外一方面是因为他还在上学，能放在你们工作室的时间不多。但他是爱漫画的，也有热情，而且没有那么功利，要不，你们先试试带带他？不过，这是要花长时间培养的人。"

程岸说着用手机把杨珏的作品发了过来。

陆泽漆看了一阵，然后抬头看向霍江。

“你觉得呢？”霍江决定听他的。

“可以试试。”陆泽漆还挺赞同，“他上次来帮忙的时候我就觉得不错，单是他在动漫上广泛的涉猎就很有用途，相处起来也很容易。更重要的是……经过冷子杨之后，我觉得人品比能力更重要。”

霍江点头。

三人说定，当天下午杨珏就跑来霍江家，站在门口期期艾艾地说：“那个，程哥说我可以来这里当助手？”

陆泽漆说：“不是约好明天下午过来的吗？”

“明天是愚人节！”杨珏垮下脸，“我怀疑程哥骗我来着。”

陆泽漆和霍江两人每天埋头赶稿，经常过得忘了日子，听到愚人节才反应过来，都笑了起来。

杨珏对于工钱没什么要求，就是时间上有点困难。他说：“我们新学期课表换了，现在是周二、周四和周五这三天下午有时间，周六、周日我也都会过来的。”

“周六过来，周日大家都休息吧。”陆泽漆说，“你要愿意，可以把部分工作带回学校做，但内容禁止外传。”

“可以吗？”杨珏更加兴奋，“我一定好好做，决不拖延进度。”

当天下午，杨珏就留在工作室开始干活了。

很快，陆泽漆就见识到杨珏的实力有多弱，程岸发来的作品显然是精挑细选的优秀作品。

“你们学校连这个都没教吗？”陆泽漆忍不住吐槽。

杨珏所在的学校算是本地名校，其中的艺术类专业更是特色。虽然没有哪个专业会教人画漫画，但美术专业的话，功底是一定有的。

“没教。”杨珏一本正经地点头，在陆泽漆惊讶的目光下继续说，“我是计算机专业的，我会写代码，我爸非让我填这个，因为好找工作。”

陆泽漆差点被一口老血憋死。

确实，按照杨珏现在的情况来看，要培养出来会花很长时间。但他会主动帮忙做很多事，比如在粉丝群里看粉丝聊天，收集、整理粉丝评论和意见。打字、录台词这类的小事也不会嫌麻烦。只要在工作室，也会主动帮忙做点家务，无形中解决了很多小事。傻白甜的性格也很讨人喜欢，工作室的气氛非常自在。

时间进入五月，杨珏习惯了霍江的工作方式，把画背景的事情接手过去，开始分担主体工作。但是，杨珏总是忍不住在背景中加一些以为没人会发现的彩蛋，霍江在最后校正的时候要像排雷一般排除那些抢戏的内容。

“这又不影响剧情。”杨珏不甘心，“让读者在看到背景的时候也会心一笑多好。”

“你这个想法适合用在动画中，但不适合用在漫画。”陆泽漆耐心地跟他说，“漫画的主体还是在于故事本身，背景是用来补充故事情节，应该尽量简单明确，以免夺走读者的注意力。”

“这样啊？”杨珏对着手指，“那如果彩蛋也能用来烘托情节氛围呢？专注于漫画情节的读者肯定不会注意到彩蛋，会注意到的说不定是重温，读者们重温的时候也能发现新惊喜，这多好。”

陆泽漆气得不知道该说什么。

“你可以加。”一旁画线稿的霍江头也没抬，“只要你能画出不被我发现的彩蛋，我就让你加。”

杨珏开心地比了个剪刀手，说：“就这么说定了，我一定会画出让你看不出来的背景彩蛋的。”

杨珏说着开心地跑开。陆泽漆叹了一口气，转头看霍江：“这样欺负小孩子有意思吗？”

霍江面无表情地说：“只要能停止他的废话就行。”

这就成了杨珏和霍江之间的一个固定游戏，两个人玩得不亦乐乎，但在《幻夜幽冥》完结以后，杨珏都没成功过。

现在正是《幻夜幽冥》开始连载的第十五个月，随着故事越来越深入，越来越精彩，藏在故事背后那个最大的谜团似乎即将浮出水面。但谁也没有想到，它会那么快就进入尾声，迎来结局。

那天本来是个很平常的日子，《幻夜幽冥》迎来了第三次大封推。工作室三个人都加班到很晚，快到期末考试的杨珏翘了课过来，和他们一起加班到半夜，然后睡在霍江的沙发上。

陆泽漆更不用说，除了时不时地回家拿取东西，其他时间都住在这边。

大封推前一天，三人终于把稿子赶完，大家都累瘫了。

“总算是赶上了！”杨珏大吼一声扑倒在沙发上。

“怎么，这就不行了？”陆泽漆坐在沙发的另一头，一边说一边不自觉地揉着自己的手腕。

杨珏整个人一动不动的，只抬起胳膊指着天花板：“我还年轻，可以再画一百年！”

屋子里最“老”的陆泽漆直接给了他一脚。

霍江发完东西也走过来，顺手捞过陆泽漆正在揉着的手腕，小心翼翼地检查一下：“怎么回事，不舒服吗？”

“没事。”陆泽漆摇头，“就是有点酸痛，可能握笔太久，歇一会儿就好了。”

“你最近经常这样。”霍江说着，用轻柔的力道替他按揉着，“这样会好一点吗？”

“嗯。”陆泽漆把自己的手交给他。

杨珏不知道什么时候偏过头来看着他们，目光直愣愣的。

“怎么了？”陆泽漆问他。

“没什么。”杨珏目光闪烁地转移视线。

陆泽漆牵出一个微笑，看着他：“你确定？”

虽然陆泽漆并没有什么恶意，但他一摆出这个笑容，杨珏立即老实地举手投降：“我就是觉得你们这样好像我爸跟我妈，他俩老夫老妻一起坐在沙发上的时候，也总这样腻腻歪歪的。”

霍江愣了一下，转头看向陆泽漆。

陆泽漆没有抽回手，反而靠在霍江肩上又踹了杨珏一下，杨珏敏锐地躲开。陆泽漆瞪他：“这是哪里来的脑洞，开出天际了！”

“是你非让我说的啊！”杨珏还委屈了。

“胡说八道！”陆泽漆没好气地吐槽，“你最近是不是又看那些少女漫了？”

“‘一丢丢’而已。”杨珏干笑。

陆泽漆还要跟他说什么，霍江却打断了他们：“我肚子饿了，晚上吃什么？”

三人都没什么想法，更没有人想在这时候动手做饭，于是决定点外卖。陆泽漆想着大家都辛苦了这么久，从酒店里点了大餐算是犒赏。

外卖刚到，霍江那部装饰意义大过实际意义的手机突然响了起来，霍江只看了一眼那个号码，脸色冷下来。

“怎么了？”

陆泽漆问霍江，但霍江竟然没接他的话，拿着手机走向阳台，接起了电话。

片刻后，霍江走回来，看着陆泽漆：“我要出去一趟。”

“去……哪儿？”陆泽漆有点担心，“我开车送你吧。”

霍江点点头，有些烦躁地在房间里走了几步，本来要去换衣服，又迟疑地走向桌边拿起筷子：“先吃饭吧。”

他吃得心不在焉，拿着筷子却也没动几口。

陆泽漆不知道出了什么事，但看霍江这个样子，便直接抓起手机和车钥匙往外走：“走吧。”

杨珏嘴里叼着一片肉，瞪大了眼睛看着他们：“你们……”

“你留下看家！”陆泽漆匆匆交代，“吃完收拾一下就早点休息吧。”说完，他已经拉着霍江走了出去。

直到上了车，霍江仍然紧抿着唇，目光森然地直视着前方，思绪不知道神游到哪里去了。

陆泽漆发动车子，直到这时候才问了一句：“去哪儿？”

霍江像被吓了一跳似的醒过神来，慢半拍地回答：“医院，安城县医院。”他才想起来这个地方的距离，“哥，你送我到车站就好。”

“这个时候哪有刚好去安城的车？”陆泽漆拒绝，“现在开车过去，大概三个小时就能到，不算太远。”

陆泽漆说着输入导航，把车子开了出去。

一路上，霍江都神不守舍的。

陆泽漆安静地开着车，在他的记忆中，霍江从来没有跟安城县有过关系，怎么忽然要去那里？看样子还不是小事。

陆泽漆一边开车一边胡乱地猜测，却没再开口问他什么。

三个小时以后，他们到了安城县医院。霍江的眉头皱得更紧，他深吸了一口气，恢复冷静淡漠的样子，到前台询问病房。

直到这个时候，陆泽漆听到霍江说出“霍黎安”这个名字，才知道在医院的是霍江的父亲。

陆泽漆也认识霍黎安。霍黎安是一个典型的严父，对霍江的要求非常严格。霍江这么优秀的孩子仍然得不到他的笑脸，经常因为一点小事被惩罚。他因为霍江在陆家学画而特意上门感谢陆老爷子，除此以外，两家就没有什么过多的来往。而陆心藜和陆泽漆这些小辈也不喜欢他这样严肃的长辈，好在他似乎很忙，很少在家，陆心藜和陆泽漆都更喜欢温柔爱笑的霍妈妈。

这一年多以来，霍江没有回过家，陆泽漆一直猜测这父子俩的关系是不是出现了什么问题，或许现在就到了答案揭晓的时候。

到医院的时候已经很晚了，除了值班的医护人员和两三个陪护的家属以外，整个医院都很安静。里面弥漫着消毒水刺鼻的味道，地板和墙壁上都有一些斑驳的痕迹，显出一种特殊的年代感。霍江走到病房门口，忽然停下来看向陆泽漆，眼里闪过一丝脆弱。

陆泽漆跟着他，伸手扶住他的胳膊，安抚性地捏了一下。

霍江深吸一口气，好像想从陆泽漆这个动作里汲取些能量。

两人一前一后地走进病房。

霍黎安躺在病床上，闭着眼睛沉沉地睡着，模样苍老得几乎看不出当年的样子。

陆泽漆有些震惊，不过七年而已，人怎么会有这么大的变化？

床边还坐着一个女人，皮肤粗糙，头发花白，脸上的皱纹里印着经年的愁苦。

她听见脚步声，回头看见霍江，目光里闪过一丝怨毒。她的视线扫过霍江身后的陆泽漆，却并没有理会，极不情愿地向霍江开口："你来了。"

"嗯。"

再没有比这更冰冷的寒暄了。

"你陪陪他吧。"女人站起来往外走，好像根本不想跟霍江在一个房间。

她走到门口的时候突然停住，没有回头地说："医生说，就在这几天了。"说完她就走了出去。

这几天？是那个意思吗？陆泽漆担心地看向霍江。

霍江神色平静，好像这个消息并没有带给他多大的感触。他在霍黎安床边的椅子上坐下来，看着床上的老人也好像看着一件冰冷的摆饰。

一路上的不安好像是陆泽漆的错觉一般。

“哥，你有什么想问的就问吧。”霍江说。

陆泽漆是有很多问题想问，但眼下竟然不知道从何问起，想了好一会儿才说：“为什么现在才通知你？”

“我也很意外，竟然会通知我。”霍江笑了一下，“我不该来的。”

陆泽漆更加疑惑。

霍江看着霍黎安：“那个女人……她是我爸的妻子。”

陆泽漆非常意外。霍江的妈妈去世了，霍黎安会再婚不奇怪，但他以为会是一个更年轻漂亮的女人。霍江的妈妈就是一个美人，但刚刚在病房里的那个女人不仅普通，年纪也似乎比霍黎安大上几岁。

霍江犹豫一下，抬头看了陆泽漆一眼：“哥，这件事情很长，我不知道该怎样才能说清楚。”

“没关系，你想说的时候我都在。”陆泽漆一直很想知道霍江这几年到底发生了什么事情，现在看到霍江这么难以启齿的样子，他怎么忍心逼对方说出来？

霍江刚要张口，外面忽然传来嘈杂的声音。

“你怎么把他叫来了？他们害你害得还不够吗？”一个男人的声音在外面响起来。

“你别去，这是你爸最后的挂念，我不想让他……”

“那是他活该！”

一个三十来岁的男人走进来，明明是一脸愤怒的神情，却硬是挤出一个冷笑，本来一张还算好看的脸因此变得狰狞起来。他看着霍江：“这里不欢迎你，滚出去。”

霍江一声不吭地站起来，拉着陆泽漆就往外走。

“阿水！”女人冲进来拦住男人，“就让你爸再看他一眼，才好走得安心啊！”

“妈，他凭什么安心？”男人瞪着霍江，“都到这个时候了，他还想着那个肮脏的女人生下来的野种，果然是狗改不了吃屎！”

男人形象全无地叫嚣着，就算这样的吵嚷，病床上的霍黎安也毫无反应。

陆泽漆上前一步，挡住对方看向霍江的视线：“这位先生，我不知道你哪儿来这么大的火气，但说话还是放尊重点！”

“哥，别说了！”霍江打断陆泽漆的话，拉着他就往外走。

“你又是哪里来的？管起我们的家事来了？”男人冷笑了一声，“难不成老头还有别的私生子？”

霍江陡然回头：“你们的家事跟我无关，更跟我哥无关！”说着，拉着陆泽漆走了出去。

“等等！”女人追出来叫住他们，“你哥他……”

霍江打断了她的话：“我身边这位才是我哥，我也只有这一个哥哥。”

女人脸色难看，却没有纠正：“他现在心里难受，说话难听些，你别管他。你明天白天再来一趟，那个时候他不在。”

霍江绕过她径直走开。

他拽着陆泽漆，像一只无头苍蝇般横冲直撞，好一会儿才停下来，已经不知道自己走到哪儿了。四周黑漆漆的，惨白的路灯照在重重的树影上，显得阴气森森。

“这里……”

霍江刚开口，就被陆泽漆整个抱在怀里，暖暖的、紧紧的。他愣住，好一会儿才伸出手回抱陆泽漆，像抱着救命的浮木，也像溺水的人终于得到一丝空气，用力地呼吸。

“我只有你一个哥哥。”霍江说。

“嗯。”陆泽漆点头。

好一会儿，霍江终于平静下来。

陆泽漆松开他，也没问他要去哪儿，直接把他带到了最近的酒店，这个时候其实已经快要天亮了。

“睡会儿吧。”陆泽漆拉上遮光窗帘，“等天亮了我再叫你。”

但这个时候霍江怎么睡得着？他开始一点一点把当年的事告诉陆泽漆。

七年前，霍江考上德国艺术学院，霍黎安很高兴，忽然说要带霍江和霍妈妈回他从来没有回过的老家。但那个时候的霍江一点也高兴不起来，既然陆泽漆因为这件事而生气，那去德国这件事就变得毫无意义。

路上，向来恩爱的霍黎安夫妇不知道因为什么吵了起来，霍江突然说：“我不想去德国。”

他的话如同火上浇油，两人的吵架变成了三个人的争执。霍黎安一个分神，车子在盘山公路上拐弯不及，掉下了悬崖。

霍妈妈护住霍江，当场去世，而霍黎安身受重伤。

住院期间，忽然有人找上了霍黎安，说是他的妻儿。那个女人一看就是小地方出身的普通妇女，她的儿子比霍江足足大了十来岁。霍江这才知道，原来霍黎安在认识他母亲之前就已经结婚生子，但霍黎安在长子出生后不久就离开家，成了失踪人口。后来，霍黎安认识了霍江的母亲，用霍江母亲的陪嫁创业经商，逐渐发迹。

十几年间一直没人发现霍黎安的双重身份，直到这次车祸，霍黎安的 DNA 被采集到，真实身份暴露，才有人通知了那对母子。

霍江在这场车祸中失去了母亲，紧接着成了私生子，始作俑者霍黎安因车祸而高位截瘫，被那对母子接走。霍江成了那对母子发泄怨恨的对象。霍黎安无法再像往常一样驰骋商界，名下的资产由霍江和那对母子继承。但那些东西中原本就有很大一部分在霍江母亲的名下，所以霍江还是继承了大部分。

但是，霍江十六年来都只会画画，哪会管理资产？他周围突然冒出了各种亲戚，每个人都想帮他，各种声音也都涌进了他的耳朵里。

霍江感到害怕，他的第一反应仍然是去找陆泽漆，但他赶去陆家，才知道陆泽漆跟家里断了联系，几个月没有消息。

那个时候，霍江以为陆泽漆是因为他才会离家出去，他当时乱极了，整个世界全部崩塌。那段时间，他一直浑浑噩噩的，糊里糊涂地听从那些以前从未见过面的亲戚的建议搬出了他们住了十几年的地方，进了安城县一所中学。在新的环境里，他一度无法开口与人交流。他手上的资产也在周围人的建议里一点一点地消失，一点一点地减少，而他毫无察觉。到他十八岁有权限动用资产的时候，那些资产全都不见了，还欠下了巨额债务，仅剩的住处也被收走。

而这一切都是那个和他有着血缘关系的兄弟一手策划的，就为了报复他。

霍江在说起这些的时候十分平静，只是隐去了关于德国、关于陆泽漆的部分。到最后，霍江笑了一声："其实他不知道，那些对我来说根本就不重要，没了那些钱、那些人，反而清静。"

霍江躺在床上，而陆泽漆一直坐在他的床头，靠着枕头，安静地听完了这个长长的故事。

"那你这么多年怎么过来的？"

霍江摇摇头："我也不知道怎么就过来了。只是，我没有上过大学，画画也几乎荒废了。"他抬起头看着陆泽漆，以前一直不敢跟陆泽漆说这些事情，就是因为他在陆泽漆面前自惭形秽，现在最难堪的一面也被陆泽漆看到了，最不想说的事情也全都告诉陆泽漆了，他心里有一种奇异的平静。

“你受苦了。”陆泽漆心里隐隐作痛，发生了这么多事情，霍江竟然没有想过来找他们。“还好你现在平安无事，以后……不，没有以后，我不会再让你经历这种事。”

“不是以后。”霍江翻个身朝向陆泽漆，“那个人越来越恨我，因为那几年他做什么都影响不了我，我从来不会因为他生气难过。我能做到是因为我有过哥哥，我知道哥哥是什么样子的，别的人我不在乎。”

那个时候只能想着与陆泽漆之间的回忆去抵御一切恶意，这一次也是因为有陆泽漆在身边，他才没有那么难受。

两人一夜没睡，天亮以后，陆泽漆想起来杨珏还在家，便发了个信息让他放一天假，大封推的事情也让程岸帮忙盯着。

上午，两人再次去了医院。路上，陆泽漆突然想起一件事。

“等一下，你爸爸那个儿子……”陆泽漆为这种称呼而无语了一下，“昨天那个女人叫他阿水，难道他的名字是霍水？”

那就有点搞笑了，陆泽漆恨自己这种不合时宜的幽默感。

“不是。”霍江摇头，“我父亲原本并不姓霍。你看，我的姓都是假的。”

陆泽漆噎住，好一会儿再重新开口：“你就是你，跟姓什么没有关系。”

“嗯，所以我也没有改。”

两人走到病房门口，门开着，那个女人仍然守在病床边，默默地掉着眼泪，低声说着什么。

女人听到声音回头，站起来向他们点了个头就往外走。

霍黎安是醒着的，费力地转过头看着他们。

霍江回头看着陆泽漆：“哥，你能在这里等我吗？”

陆泽漆点头，替他带上了门。

陆泽漆走出来，发现那个女人正坐在门外的椅子上，神情木然。他隔了一个空位坐下来，看了她一眼，想说话却不知道该怎么称呼。

“您……”

“你是想问我为什么还守着他吗？”陆泽漆刚开口就被女人的话打断，她冷笑一声看着陆泽漆。

陆泽漆想说的其实并不是这个，但她既然主动提起，就是想倾诉吧。

“我跟他是青梅竹马，一起长大，但他从小就嫌我粗鄙没文化，抛家舍业也要逃走。”女人忽然笑了一下，带着一种恶狠狠的表情，“所以我非要把他留在身边。现在他想逃也逃不了，就算死也只能在我身边。”

她说得狠，表情也狠，陆泽漆却只是从她脸上看到了惨然。如果真的是这样想，又何必在这个时候把霍江叫回来呢？

不久，霍江从病房里走出来，对陆泽漆说：“哥，我们回去吧。”

陆泽漆知道霍江说的回去不是回酒店，而是回家。

霍江一直很沉默，直到回程的路上，陆泽漆开口打破沉默：“他跟你说什么了吗？”

“他已经认不出我了。”霍江摇摇头，“他看着我的脸，一直叫我妈的名字，还说很快就去陪她。”

“他对阿姨的感情是真的……”陆泽漆说到一半停了下来。

“如今这样的局面，全都是他造成的。”霍江转头看着陆泽漆，“这样自私的感情就不应该存在。”

“那你恨他吗？”陆泽漆问他。

“恨过。恨他给我的一切都是假的，但后来我发现我并没有恨他的理由。”霍江摇头，“在我心里，我的父亲在那场车祸中去世了。事实上，他这几年也确实过得生不如死，这次只不过是一场迟来的葬礼。”

陆泽漆点头。

天擦黑的时候，他们回到工作室，刚一打开门，程岸、杨珏、徐玮几个人突然冒出来，大声说：“恭喜大卖！”

陆泽漆和霍江都是一脸淡漠的样子，让其他人一脸蒙地收起笑容，面面相觑。

陆泽漆这时才笑出声来，看到这些熟悉的面孔，他竟然有种好久不见的感觉。

# 第十二章 值得

霍黎安的死似乎对霍江没有什么影响，这件事之后，他就恢复正常工作和生活。而《幻夜幽冥》的大卖让所有人都很振奋，程岸甚至悄悄告诉陆泽漆，现在的成绩已经超过了他当初的预期，“柒念”这个名字在平台也渐渐地受到更多重视。程岸跟霍江商定至少三年的连载期，霍江没有意见。

除了工作，霍江把主要精力放在陆泽漆身上，每天跟陆泽漆聊创作。可惜陆泽漆懂的理论知识比他更多，他常常说不过，只好督促陆泽漆去构思自己的新故事，两人之间好像反过来一般。这期间，上市成功的哆看漫画为了拉拢作者，在沿海旅游城市举办创作者峰会，霍江作为主笔被要求到场。为了多给陆泽漆一些自己的时间，他决定一个人去，给陆泽漆和杨珏放个假，休息几天。

但真到了那个场合霍江还是浑身不自在，会议才刚开始，就忍不住给陆泽漆发信息：“哥，你在干什么？”

陆泽漆在整理架子上收藏的什物，他看了一眼工作台上空白的屏幕，低头回复：“在构思。”

这么说的时候，他的脸有些发烫。这是他今天的工作计划，但他一大早在工作台前呆坐了两个小时之后，突然发现桌子角落有些灰尘，然后就一发不可收拾。

为防霍江追问，他又发了一条：“会议开始了吗？”

“嗯。”霍江很快发来回复，“很无聊，我宁愿在家干活。”

陆泽漆几乎能想到他臭着脸坐在会议室中的样子，轻笑一下，哄他：“听说会议后的海鲜大餐不错，可以期待一下。”

"可我想吃排骨。"

陆泽漆笑了起来，回复："等你回来给你做。"

"粉蒸排骨。"霍江开始点菜。

"好，那你回来之后直接过来。"陆泽漆说，他这边各种厨具都比较齐全。

两人正聊着，门口响起敲门声。陆泽漆走出去开门，是从安城县寄来的快递，收件人是霍江。在安城医院时，霍黎安的妻子曾跟他要霍江的地址。想到她儿子曾对霍江做的那些事，陆泽漆就有些怀疑，所以只是把自己的地址给了她。

快递还真不是什么遗物，而是一封带着法院红头印章的文件，陆泽漆皱眉。

霍江发了几条消息没收到回复，忍不住又担心道："哥，我是不是打扰你了？"

"没有，来了个快递文件我去看看，你好好开会。"

陆泽漆回了一条语音，放下手机拆开信封，里面是强制执行通知书。霍江几年前欠了一家叫易洲商贸的公司一笔欠款逾期，易洲向法院申请了强制执行，霍江因此被限制消费。不用想也知道这易洲商贸跟阿水脱不了干系。

霍江说过不在乎那母子俩做过什么，陆泽漆也尊重他的决定，但现在对方还死咬不放，陆泽漆就没办法再坐视不管了。

陆泽漆盯着手上的单据思考一阵，拿起手机打电话："陈叔叔，我有个事情想麻烦你……对，有一家叫易洲的公司，我觉得他们的经营状况有点问题，帮我查一下……对，不用告诉我舅舅。谢谢陈叔！"

陆泽漆挂了电话，想了想还是自己出门跑了一趟。

三天后，霍江行程结束，陆泽漆一大早驱车赶到三百公里以外的酒店，霍江正站在酒店门口，皱眉盯着手机。

“嗨！”陆泽漆摇下车窗跟霍江打招呼。

霍江抬头，意外地看着陆泽漆：“哥，你怎么来了？”

陆泽漆弯唇一笑：“突然想吃海鲜了。你吃过饭没？没有的话一起吃完饭回去。”

“好。”霍江把行李丢进车后座，拉开副驾驶座的车门坐了进去，“我正要订机票，还好没成功，不然就错过了。”

陆泽漆眼睛盯着前方：“不是哆看帮你订吗？”

“我想提前走，所以跟他们说了自己订。”

“这样？”陆泽漆轻哼了一声，“那看来你是没时间陪我吃饭了？”

“只要你开口，不管什么时候我永远有时间。”霍江偏头看向陆泽漆，说得无比认真。

陆泽漆本来是想开个玩笑，没想到霍江竟然这么认真，当下就有点不自在起来。他趁着红灯，腾出一只手盖住霍江的头顶揉了揉：“算你识相。”

这座城市陆泽漆很熟悉，直接把车开到海边小渔村的农家乐，要了渔民们刚捕回来的新鲜渔获，在岸边简陋的草亭里吃饭。霍江终于注意到陆泽漆眼睛下的黑眼圈，有些疑惑：“你想吃海鲜的话，怎么不让我给你带回去？”

“有些美食值得亲自跑一趟。”陆泽漆剥好一只虾，放进霍江碗里，“你试试看，是不是跟你这两天在酒店吃的不一样？”

霍江听话地尝了一口，然后点头：“是不一样。”

“是吧？”陆泽漆继续剥自己的那一份，慢慢地说，“虽然你带回去也就几个小时，但环境、心态都变了，味道自然也就变了。”

“一起吃饭的人也很重要。”霍江回想前两天索然无味的聚餐，随后又疑惑地看向陆泽漆，“哥，你心情这么好，难道是构思有结果了？”

陆泽漆沉默一下，把手里的虾往碟子里一扔：“我就不能休息一天了？”

霍江顿了一下：“那……就先别想了，吃饭。”

饭后，两人驱车往回赶，到家时已经是深夜。陆泽漆开了一整天车，累得进门就趴下了。

三天时间没工作落下了不少进度，陆泽漆第二天就列出追赶进度的工作计划。但霍江只肯让陆泽漆工作八个小时，留出时间做自己的事。

霍江本来也没什么高消费，陆泽漆又掌管了他的财政，他还没有发现自己曾经变成失信人员，事情就被解决了。

半个月以后的周末，《幻夜幽冥》的进度追平，陆泽漆才在家兑现粉蒸排骨的承诺，霍江在旁边帮着洗菜剥蒜。

“做个悬疑类的怎么样？”陆泽漆忽然说，“最近大火的少年漫画中，奇幻、冒险、都市、神魔占有很大比例，是长盛不衰的选题，而悬疑是都市类中一大热门题材，虽然数量不是最多的，但大火的精品基本都是悬疑，容易有话题。”

霍江点头：“可以啊，我觉得会很不错。”

“真的吗？”陆泽漆抬起头看了他一眼，“怎么我说什么你都觉得不错？”

“嗯？”霍江停了一下，“因为每个题材都有好故事，而每个想法都有成为好故事的可能。理论技法什么的，你已经懂得了，剩下的去做就好了。”

去做就好了？霍江的鼓励让陆泽漆失笑地摇摇头：“只有你们天才才能说这种话，对于我这样的普通人来说，实现梦想要翻越几座大山，画工只是最基础的，还有人设、剧情、世界观，哪一步没做到都会影响整个故事的人气，就算都做到了还有平台推荐、同行的竞争、读者的喜好……”

霍江低头弄着葱叶，他不太喜欢陆泽漆“你们”“我们”的说法，但现在不是纠结这个的时候。他沉默了一下，说：“可是，这些大山你都翻那么多年了，要到什么时候你才会觉得已经过去了呢？而且，平台、同行什么的，不是有程岸和我吗？”

陆泽漆笑了一下：“是啊，好在有你们。”

“那么……”

“好了！”陆泽漆抬起沾着面粉的手戳了霍江一下，在他额头上戳出一个白点，“我已经有一点想法了，接下来我就做个提案出来，到时候大家看看怎么样。”

霍江这才点头，还想说什么，但门铃响了起来。

“可能是外送的蔬菜到了，你去拿一下。”陆泽漆头也不回。

霍江听话地走出去，好一阵也没有回来，陆泽漆觉得奇怪，放下手里的东西擦了擦手往外走。

霍江站在门口，外面站着的是霍黎安的妻子，怀里抱着一个纸箱。她看着霍江，态度竟然比上次软了许多，脸上看起来也更加愁苦的样子。

“这是一些遗物，我给你送过来。”她说着叹了一口气，“看在你爸爸和这些东西的份上，就饶过阿水吧。”

霍江听到脚步声回头，无措地看着陆泽漆。

“怎么了？”陆泽漆问。

那女人见霍江不接箱子，便收回手，叹了一口气：“阿水说你没那个本事，不可能是你做的，可我知道就是你，除了你没人这么恨我们。这几年来你也很不甘心，很想报复吧，可这样的日子你只过了六七年，而我们可是过了二十几年……”

陆泽漆听不下去了，出声打断她的话：“您说的是易洲商贸的事吧？”

“你知道这件事？”女人看向陆泽漆，更加笃定地说，“陆先生，在医院的时候我就看出来你也是个好人，你劝劝霍江，那公司怎么说也是他爸爸一手挣回来的家业，毁了对谁都没有好处。”

“对谁都没有好处？”陆泽漆被她睁眼说瞎话的恭维逗得笑了起来，“至少，这样一来阿水先生就没能力再对霍江咬着不放了吧？”

女人愁苦的脸色一变：“什么意思？”

“意思是……”陆泽漆说着，一步一步地走近那女人，“易洲商贸的事是我做的，跟霍江没有关系。”

霍江意外地看向陆泽漆。

“你？”女人不敢置信地瞪大了眼睛看着陆泽漆，“你一个外人为什么这么做？我们母子跟你无冤无仇……”

“你们是跟我无冤无仇，可霍江是我弟弟。”陆泽漆居高临下地看着她，笑得越发瘆人，“他说你们什么都不是，你们做过什么他也不在乎，那我就懒得跟你们计较。但你们到现在还死咬不放，我就不能再坐视不理了。”

那女人不由自主地后退了一步，好一会儿才吞了口口水：“你……我知道阿水他做得不对，可是那些事情也不全是阿水做的，能不能看在他爸爸的份上，就放过他这一回？”

陆泽漆打断她的话：“你们打压霍江的时候怎么没有想到看在霍叔叔的份上？我已经看在霍叔叔的份上，不想影响他的清静，所以这次只是停产歇业，没有追究责任，否则，以你儿子接手后做的那些事情进去十年二十年的都抵消不了。”

女人看着陆泽漆：“我不信，商场上的事难道你说了算？”

“你可以试试看。”陆泽漆说着。

这时，电梯“叮”的一声，外送小哥从电梯里走出来往这边看：“您好，您的外卖到了。”

“谢谢。”陆泽漆接过来递给霍江，看向那女人，“您还有别的事吗？”

女人犹豫一下，转身要走。

“东西留下。”陆泽漆叫住她。

霍江这时才开口：“哥，我不想要……”

“那也应该由你自己来处置。”陆泽漆态度坚决。

那女人递上了箱子，似乎还想再说什么，陆泽漆却迅速地接过箱子，回头、关门，一气呵成。他把箱子往鞋柜上一放，靠墙、抚额、叹气：“竟然跟个无知的中年妇女争执，太难看了。”

“哥，怎么回事？”霍江虽然猜到一部分，但还是一知半解。

陆泽漆打开旁边的柜子，拿出那封被他截留的文件递过去：“我一收到这信就知道是他们做的。之前也隐隐觉得不对，阿水接手易洲之前从来没做过生意，怎么就把易洲维持下来甚至扩大经营的？所以找人查了一下，果然是有人钻了霍叔叔车祸后的空子，利用易洲做一些违法的事，阿水只是傀儡，他手上的权力也只能拿来为难你罢了。现在揭出来，其实是帮他脱身，算是便宜他了。”

说到这里，陆泽漆轻轻摸了摸鼻子：“那笔钱我暂时先还上了，等清算过后，钱会优先退给我的，你放心。”

霍江敏锐地反应过来：“你刚才是故意那么说的？那些人针对你怎么办？”

“他们要是聪明的话，打听一下我是谁就消停了，你用不着一个人去应付。”陆泽漆说着轻轻咳了一声，“不告诉你是怕影响你的心情，毕竟霍叔叔刚走。”

“可你不是不喜欢用家里的关系吗？”霍江还是有些不舒服，“就为了这种事打破你的原则……”

“喂，谁说我不喜欢了？”陆泽漆啼笑皆非地打断他，“关系这种东西那么方便，为什么不用？只是要用在值得的事情上，我说过不

会让你再遭遇这种事情的。”

“可我从来没见你为自己用过。”霍江看着他。

陆泽漆歪头想了想，自嘲地笑了一下：“我能做得到的事情用不着，而我做不到的事靠关系也没有用。”

他做不到的事……霍江沉默了片刻，抬头：“哥，我欠你的怎么才能还得清？”

“谁让你还了？”陆泽漆一巴掌盖上霍江的脑袋，转移话题地拍了拍柜子上的箱子，“这些东西怎么办？”

霍江看过去，皱眉：“那……你帮我处理吧，怎样都行。”说完，站起来往厨房走。

霍江进去以后，陆泽漆才打开那个装着遗物的箱子，里面大部分是照片，还有霍江小时候出的绘本、得的奖状，有些东西被撕碎了又重新黏合起来。由于保管不善，大多数非常陈旧了，但其中有一个卷轴筒，看起来被一直珍视着。他打开来，里面是一幅油画，画着男人、女人、小孩和一只猫。

画上没有什么技法技巧，像小孩子的涂鸦，人物的五官非常扭曲，眼睛放大，目光中透出一种奇异的温暖。

这是《全家福》，是霍江参加世界青年艺术大赛得奖的作品，也是这幅画让霍江提前被德国艺术学院录取。

关于这些东西的去处，陆泽漆纠结了很久，还是找机会把东西带到了霍江的工作室。

储藏室看起来是一个很好的地方，放的都是不常用的东西，很适合存放这个箱子。陆泽漆趁霍江出去买东西，把箱子带了进去，里面只剩最上方还有个空格，陆泽漆艰难地踩在椅子上，举着箱子往上放。椅子不够高，陆泽漆够不着只好踮起脚尖，谁知重心不稳，箱子翻倒下来砸到他的头上，他忙乱中伸手一抓，抓住另一个箱子一起摔了下去。

陆泽漆觉得自己这一大把年纪的被摔成了好几段，好一会儿才挣扎着坐起来。嘶，还真有点疼。

两个被封好的纸箱都摔破了，里面的东西撒落了一地。

仔细一看，被他带落下来的纸箱好像是上次搬家时那个“重要”的箱子。

“这不是霍江的重要物品吗？可别摔坏了！”陆泽漆一下子顾不上自己的老腰了，连忙去看那些摔出来的东西。里面都是一些装裱好的画框，上面都蒙着白布，陆泽漆有些好奇这几年霍江都画了什么，想了想还是没动，目光在它们之间巡视着。

忽然他注意到几幅画中间夹着半张被撕开的画，他觉得有些眼熟，从那堆东西里面翻了翻，找出另外半张拼在一起，竟然是他自己的脸。

画面上的陆泽漆眉宇间尚有一丝青涩，目光温柔，脸上虽然没有笑，却饱含暖意。

这是十六岁的霍江眼里的陆泽漆。

陆泽漆伸出手，抚平中间的缝隙，一直被他回避的过往忽然浮现在眼前。

六年前……不，已经是七年前了。

陆泽漆第三次参加德国艺术学院的入学考试，却又收到遗憾的结果。因为前两次的失利，陆爸爸陆妈妈这次专门赶回来陪着他，得到消息之后也都在想办法安慰他。就连陆心藜也不再挤对他了，看到他就一脸心虚，乖巧异常。

陆泽漆不忍心看家人都因为他而小心翼翼的，表面上强装没事，还主动让陆爸爸帮他分析问题，以备来年再考。好不容易安抚了家人，他收拾行李想到一个没人的地方去散散心，调整一下心理状态，但临出发那天，出国参加艺术大赛的霍江回来了，追到机场，当时，霍江的手里就拿着这幅画。

“哥！”十六岁的霍江身高已经跟他齐平了，他满头是汗地跑到他的面前，眼里盛满了笑意。

霍江只有开心至极才会露出这种憨笑，但在当时的陆泽漆看来颇有几分刺眼。

再忍耐一下。

陆泽漆心想，再过一会儿他就可以去到一个没人的地方，什么都不用管地尽情发泄自己的不甘。

“你怎么来了？不是出国比赛了吗？”

“嗯。”霍江把自己手里的画递给陆泽漆，“这个，是送给你的。”

陆泽漆接过，却没有心思仔细看。

“谢谢。”

霍江看起来十分紧张，他咬了咬嘴唇，一双眼睛清亮地看着陆泽漆，说：“哥，我有个好消息要告诉你。”

“能等我回来再说吗？我马上就要登机了。”陆泽漆看了一眼手表。

“不行，一定要今天说。”霍江双手紧紧地攥着背包的带子，“今天是我的生日，我想在今天跟你分享这个好消息。”

陆泽漆深吸了一口气，他只是想找个没人的地方躲起来，怎么就这么难？

他维持最后一丝理智：“对不起，我忘了。是什么好消息？”

霍江也觉察到陆泽漆心情不太好，但他太兴奋了，自信地说：“你听完之后一定会高兴的，我被德国艺术学院破格录取了，以后，我可以跟你一起去德国上学……”

陆泽漆猛地抬起眼皮，目光像刀子一样看着霍江，像不认识他似的：“你说什么？”

“我们可以一起去德国。”霍江伸出手抓住陆泽漆的衣角，“哥，我们可以一起去德国上学，我们要做同学……”

霍江的话说到一半，被陆泽漆打断。

“所以，你是迫不及待地跑来炫耀了吗？”陆泽漆从喉咙里挤出声音，看向霍江的目光里也不再掩饰地充满恶意，他露出一个狰狞的笑容，逼近了霍江，“你们这种天才真是了不起啊，轻轻松松得到别人想要的一切，把别人的努力踩在脚底下！”

霍江后退了一步，目光中透露着惊慌和不安：“哥……你怎么了？”

“我不是你哥。”陆泽漆一把将那幅肖像画撕成两半，一步一步逼近霍江，“我也不会跟你一起去德国，更不会再跟你一起画画，我受够你了！”

说完，他把撕毁的画塞回霍江怀里，转身走向登机口。

陆泽漆没有回头，但他从前面的玻璃镜中看到霍江的身影，霍江苍白无助地看着他，像一只被抛弃的小狗。

那次，陆泽漆去了西藏，却没能像无数游记里写的那样成功洗涤自己的心灵。他用了半年的时间辗转到各地，最后又在一个贫困的小山村里当了半年美术老师。但无论他走到哪里，霍江在机场的身影都会见缝插针地出现在他脑海里，让他根本无法平静。

起初，他以为是霍江给他留下的阴影太大了。过了很久，他才逐渐承认，那是因为他知道霍江是无辜的。而他利用霍江的信任和依赖，把自己的愤怒全部宣泄在对方身上。那可是他的弟弟，不同于陆心藜那样生来的血缘关系，霍江是他自己找来的弟弟，一笔一画地教对方，真心疼爱，可以交换一切秘密的弟弟。

在那样肆意伤害过霍江之后，陆泽漆觉得自己的心也自此烂掉了，不配得到任何安宁。

这一年里，他谁也没有联系，只是偶尔往陆老爷子的手机上发个报平安的信息，隔年回家的时候，霍江他们一家也已经离开近一年。他一直在说服自己，他们搬走跟自己对霍江的伤害没有关系，却带走

了他道歉或弥补的机会。

他的愧疚只能在他的心口，长成一个难以磨灭的疤痕。

这疤痕平时不痛不痒，但每次一想起来就恨不得杀了自己才好。

这幅画一直被霍江小心藏起来，依然是他“重要”的东西吗？陆泽漆犹豫着拿起被撕成两半的画，收进一个卷轴筒里。

陆泽漆扶着腰走出房间，杨珏在工作台前画背景，一看他这样出来吓了一跳。

“陆哥，你怎么了？”杨珏上前扶着他。

“没什么，刚刚摔了一跤。”陆泽漆摇摇头，“我先回去一趟，你跟霍江说一声，就说……”

陆泽漆迟疑，杨珏却了解地点点头：“我知道，你受伤了要回去休息，我会跟柒念老师说的。”

“我没事……”陆泽漆说到一半停下来，“算了，我自己跟他说。”说完，他摆摆手走了出去。

霍江在路上收到陆泽漆说有点累要提前回去休息的消息，这有点不像陆泽漆，但他巴不得陆泽漆多一点休息的时间，所以虽然觉得有点突然也并没有多问。直到回了工作室，杨珏开口搭话：“陆哥跟你说了吗？”

“嗯。”霍江点头。

“那他去医院没？”杨珏也有点担心，“我刚问百度，说伤到腰最好还是去医院看看。”

霍江猛地转头看向杨珏：“他受伤了？”

“他刚才摔伤了，痛得都直不起腰来的样子。”杨珏抓了抓头发，“他没跟你说吗，是怕你担心吧？”

霍江丢下东西就往外跑。

“哎？”杨珏傻眼地看着他，“你们都走了我怎么工作啊？”

霍江人已经在外面了，他给陆泽漆发了几条消息都没有回应。

难道陆泽漆伤到回消息都困难？霍江更是心急如焚，去药店胡乱买了一大堆药品赶到陆泽漆家，用密码打开了房间，意外地发现陆泽漆就站在清空的桌子旁，背对着门口，低头忙碌什么。

“哥？”

陆泽漆回头，手突然抖了一下，手里的裁刀“当”的一声，掉在了桌子上，而他的手也立即流出鲜红的血。

“哥！”霍江吓了一跳，连忙冲过去，却在看到桌上的东西时呆住。

被撕成两半的画平平整整地贴在木板上，中间已经看不出一丝缝隙。陆泽漆正在处理边缘，手一偏割中了自己的手，但他来不及处理伤口，第一时间拿了纸巾吸走白色衬纸上的血迹，以免污染到画纸。

“这个……”霍江愣愣地开口，“怎么会在这里？”

陆泽漆顿住。

“对不起。”陆泽漆艰难地开口。

霍江僵了一下，但很快又恢复过来。他拿出电视柜下面的医药箱，用酒精和棉签帮陆泽漆擦掉伤口上的血迹，又涂上碘酒。

陆泽漆痛得一缩手，霍江又放轻了动作，接着拿出纱布。

“不用，创可贴就好。”陆泽漆连忙说。

霍江看了一眼：“伤口太深了。”他把纱布剪得小一些，缠在陆泽漆的伤口上，小心地固定好。

陆泽漆一直盯着霍江的手，连眼皮都没有抬一下。

“对不起。”他再一次说。

霍江动作僵住，慢慢地松开了陆泽漆的手。

“那箱遗物里有你那幅《全家福》，我想至少它不应该被扔掉，所以我想把东西放进你的储藏室。”陆泽漆顿了一下，“发生了一点意外，那个箱子被我摔坏，所以看到这幅画还在里面。”

霍江还是没有说话。

“那次……在机场那次是因为别的事情迁怒于你，当时我的情绪失控，说了什么话我自己都不记得。”陆泽漆自嘲地笑了一下，“看到这幅画之前，我还一直欺骗自己，我只是发了一场脾气，直到现在才想起我到底说了什么。这几年来，我一直欠你一句对不起，你能原谅我吗？”

“都已经过去了，你不需要道歉。”霍江走到桌边拿起那幅画，低头看着自己的脚尖，轻声说，“我……先回去了。”

“画还没有修好。”陆泽漆拉住画板的另一边，“得再等两天才能完全修复。”

“剩下的我可以自己来。”霍江抠了抠画纸的边缘。

“可这幅画……”陆泽漆有点艰难地说，“不是送给我的吗？”

“这个……”霍江低头看了一眼，抿起唇，“不够好，它还配不上你。”

当年志满意得，以为自己可以完全描绘出陆泽漆的样子，实际上，那时的他根本不懂陆泽漆，现在懂得了，才觉得那幅画太过表面。

陆泽漆一怔，在心里叹息。

霍江拿着画走到门口又停下来：“哥，你既然受了伤，这两天就在家休息吧，不用过来。”

“好……”

陆泽漆的声音跟霍江在外面关上门的声音重叠，他把自己扔进沙发里，举起手看着刚包扎过的伤口。

现在的他已经没有资格再拥有那幅画了吧？

果然，他还是不配得到原谅。

陆泽漆感觉自己的心乱糟糟的，他需要一点时间来理清楚，在这之前他没办法做到一如往常地面对霍江。

所以，暂时不用去也好。

陆泽漆一整晚没有睡着，到了早上起床的时间习惯性地从床上坐起来，想起不用去霍江那里，又直挺挺地躺了下去。躺到中午才起床，随便塞点东西在肚子里，下午睡了个午觉，醒来天都黑了。

接下来一星期也是一模一样，除了去楼道里丢个垃圾之外，陆泽漆连门都没出一步。

他看着自己伤了的手。这几天他完全做到了卧床养伤的标准，现在伤口上的结痂都开始脱落，活动起来也完全没有感觉了。

他还是没有想好该怎么面对霍江，但他知道不能再拖下去了。

陆泽漆走进卫生间收拾自己，刚打开水龙头，手机屏幕就亮了起来，是杨珏发来的微信："陆哥，柒念老师说《幻夜幽冥》结束了，不用再去工作室了，这是真的吗？"

陆泽漆一愣，赶紧擦手准备回信息，紧接着电话铃声就疯狂地响了起来，是程岸的号码。他心里生出一种不好的预感，连忙按下接听。

电话一接通，程岸连个招呼也没打就直接开问："你在哪儿呢？"

"在家。"陆泽漆说。

"哪个家？"程岸莫名其妙地问，"你没在霍江家？"

"嗯。"

"我说你们是不是闹什么别扭了？"电话那头的程岸头疼得皱起眉，"这周该交稿的时间到了，但你们俩都没发稿子给我，我就打了个电话过去，他说他画不出来了，《幻夜幽冥》要断更。"

"你说什么？"陆泽漆不好的预感得到了证实。

"我说，霍江要结束《幻夜幽冥》。"程岸又说了一遍，"现在我手里只有之前的几条存稿，最多能坚持一个月。"

陆泽漆挂上电话，跳起来就往外跑。

陆泽漆一路风驰电掣地冲进霍江家。工作区、客厅都没有霍江的影子，主卧也没人，直到他打开次卧的门才看到霍江坐在地板上。霍江正在把那些装裱好、用白棉布蒙起来的画一幅一幅地拆开，画框和画纸分开，所有的画纸都卷起来，有些还揉成一团，看架势似乎打算毁掉。

听到开门声，霍江抬头看了一眼陆泽漆就垂下眼睑。

“你在干什么？”陆泽漆问。

霍江也不说话，继续手里的活儿。

陆泽漆上前拉住他，阻止他的动作：“到底怎么回事，我这才不在几天你就不交稿了？”

霍江抽回手，继续手里的事，力道却更重了。

陆泽漆顿了几秒，把他手里的东西都拿走放在一边，坐在他面前的地板上盯着他的脸，摆出哥哥的威严。

“说话！”

“我画不出来了。”霍江还是没有抬头看陆泽漆的眼睛，地上的东西被拿走，他就从箱子里拿出另外一幅被蒙上的画，继续拆。

“为什么？”

“没有灵感了。”

陆泽漆上前，再度把霍江手里的东西抢下来丢到一边。霍江要过去捡，陆泽漆半跪在地上拦住他，让他不得不看着自己：“怎么会忽然没有灵感了？上次不还说想到结局了吗？也答应程岸连载三年。”

霍江看着陆泽漆的眼睛：“你多久没看过我的分镜了？你知道结局是什么吗？”

陆泽漆愣了一下，他确实有一段时间没有看过霍江的新分镜本了，但他只是想保留一点悬念，让工作更有趣。

陆泽漆没有解释：“我现在就看，好吗？”

“不必。”霍江生硬地吐出两个字。

“别闹别扭。”陆泽漆发现自己生不起气来，他叹气，“要结束，总要给个原因吧？现在《幻夜幽冥》不仅是你一个人的事，程岸、杨珏……还有我都付出了很多，更别提那些天天盼着你更新的粉丝。”

霍江又不说话了，陆泽漆只好再次打破沉默：“结束以后呢？是有新故事想做吗？”

“不是。”霍江摇头，停顿一下，有些脆弱地说，“以后……我大概会找别的工作。”

“别的工作？你的意思是说你不画了？”陆泽漆不敢置信地看着霍江，忍不住提高了音量，“你任性也该有个限度！你走到现在容易吗？说不画就不画了？”

霍江转开视线：“我这几年做过很多事情，除了搬砖，我还帮人洗过碗、送过外卖，还有很多你想都不能想的事情，但我从来没用你教我的东西去赚钱，这几年没有饿死，以后也不会。”

陆泽漆想到他这几年吃过的苦，不由得放柔声音：“你这几年经历的事情，我没办法亲身体会，但能想象到你受了多少苦。既然这么艰难才走到这一步，你应该更珍惜这个机会……”

“不，你想象不到。”霍江抗拒地转开身，去收拾地板上的东西。

陆泽漆有些控制不住自己，一把将他拉回来，半是故意半是失控地说道：“好，你有才华、有天赋，那是别人求都求不来的东西，你说浪费就浪费！”

“我为什么不可以浪费？”霍江把手上的东西一扔，“这种所谓的才华、所谓的天赋我早就不想要了，谁想要谁拿走！”

“如果可以拿我还等到现在？”陆泽漆提高了声音。

霍江偏过头：“我本来不喜欢画画，因为你教我才学的。”

“霍江！”陆泽漆打断他的话，“那是小时候，现在不一样了。”

“有什么不一样？”霍江的声音破碎了，他摇摇头，“哥，别再说了，别管我了。”

“别管你？”陆泽漆心里那股压着的火气倏地完全冒了出来，烧得他的冷静不剩几分，“如果你真的要这样，那我是不该管你。”

说完，他就往外走。

霍江看着陆泽漆离开的背影，直到门在他眼前合上，他也没有再尝试挽留。

陆泽漆开着车在城市里毫无目的地乱转，两侧的车窗敞开，让外面带着尾气和噪音的风吹进来，却怎么也吹不冷他躁郁的心。

不知道过了多久，他忽然调转方向往老宅开。

天气热，陆老爷子让人把书案搬到院子里葡萄架下，正在那里闲适地画画，陆泽漆打了招呼走过去，自觉地帮陆老爷子磨墨。

陆老爷子看了他一眼：“怎么忽然回来了？”

“刚好没事，回来看看您。”

“心藜前两天回来，说你们忙得睡觉的时间都不够，怎么忽然就没事了？”陆老爷子一边说话，手上丝毫不停地稳稳落笔，“你是我一手带大的，你有没有心事我还看不出来吗？跟霍江闹别扭了？”

陆泽漆心里一直堵得慌，既然老爷子发问，他就把事情前后跟老爷子交代了。

陆老爷子听完之后叹气摇头。

“爷爷，您这是什么意思？”陆泽漆闷闷地问他。

陆老爷子慢慢地画完手上的那一笔，把毛笔扔进笔洗中，这才抬起头看着陆泽漆：“我问你，我们陆家为什么被外面传说是艺术世家？”

“当然是因为您老是当今世上最富盛名的国画大师！”陆泽漆连忙说。

陆老爷子拿起一旁装饰用的拐杖点点地：“我一个国画大师，我儿子去学音乐，我女儿是舞蹈演员，娶回一个儿媳是歌唱家，好不容易有个孙子学画画，画的还是什么现代画，我说什么了吗？你才教霍江画了几笔，就这么在意他画不画，他就得什么都听你的？”

“可他那么好的天赋……”

陆泽漆说到一半就被陆老爷子打断了：“那也是他的天赋，用不用、荒不荒废是他自己的事情，你为什么要替他做主？”

一天之内，陆泽漆已是第几次哑口无言了？

陆老爷子恨铁不成钢地看着他：“你好好想清楚，那些事情到底是你自己想做的，还是霍江想做的？”

这当头棒喝击中陆泽漆，他这才发现自己不知不觉中把对自己的期待转移到了霍江身上，就像一个没能力的父母，把自己完不成的梦想寄托在孩子身上。

“我。”陆泽漆讷讷地开口，“那是我想做的。”

陆泽漆陷入沉思，陆老爷子在一旁缓缓开口：“你是有执念的，这对做事来说是好事，就是太着急了。人这一辈子有一个梦想就很难得，为什么要急着在年轻时消耗掉？”

陆泽漆表面上一副虚心受教的样子，他有时也告诫自己不要急于一时，但有霍江这么个人在身边，这真的很难做到。

“你该好好静静心了，不行就回来跟我学国画吧。”陆老爷子说。

这话让正在反省的陆泽漆惊得目瞪口呆：“您每次一看我画画就皱眉头，我还以为你不喜欢我学国画，或者是觉得我资质太差。”

陆老爷子气得举起拐杖朝陆泽漆打去：“好不容易有个孙子学画画，学的还是现代画，我能不生气吗？”

“可您从来没有说过想让我跟您学呀！”陆泽漆这是真的被吓着了，甚至忘了躲，背上挨了一下。还好老爷子举得高，放得轻，打到身上也就是捶背按摩的力度，但这并不妨碍陆泽漆大叫着跳起来四处乱窜。

“你以为我为什么教你鉴赏国画？为什么教你修复古画和装裱艺术？为什么带你见我那些学生？”陆老爷子气得吹胡子瞪眼，“还要我老头子亲口求你来学不成？”

“收个徒弟还这么委婉，难怪您到现在也没收到关门弟子。”陆泽漆想起老爷子对霍江也只是各种暗示，再加上有意无意的指点。

陆泽漆对这事看得清清楚楚，却没想到在自己身上老爷子也是这样。

这话让陆老爷子更加生气，又打了好几杖，陆泽漆哪儿能老实挨着，早跑得老远。等陆老爷子追累了，他才慢慢挨到陆老爷子身边：“爷爷，您能再给我一点时间想一想吗，我现在还有别的事要解决。”

“我都开口了，你还犹豫？”陆老爷子瞪眼。

“这不是您说的不着急吗？”陆泽漆连忙安抚，“您老人家门生众多，桃李遍天下，不在乎家里这一个两个的。”

陆老爷子气得丢下拐杖，坐进宽大的太师椅里。

陆泽漆心虚地捡起拐杖放好，站到他身边替他捏捏肩膀：“爷爷，您现在还有这么大的力气打人，真是老当益壮。”

陆老爷子却没有吃他这一套，叹口气说：“我这一辈子，养了这些孩子都只希望你们自由随性，可以想做什么就做什么，不受拘束。你爸、你妈还有你姑姑，他们倒是自由得很，你妹妹也算是任性妄为，偏偏只有你，也不知道随了谁，天生这副爱操心的性格。”

那还不是因为他们一家子老的小的全不靠谱！他再不操点心，这个家得成什么样子？不过这话陆泽漆可没胆子说出来。

“也是你爸妈自由过度，满世界乱跑，把你丢给我这老头子，后来还有了心藜。”陆老爷子难得地有些沮丧，“有一次，我和心藜染了流感，病了，你爸妈他们赶不回来，只能交代你照顾爷爷、照顾妹妹，可你才几岁的人？自那以后，你就养成了这份爱操心的性格。”

陆泽漆沉默不语，原来这些事老爷子都知道。

“你是善良的好孩子，可什么都替别人着想，就会丢了自己。”陆老爷子叹口气，“你的人生还长着，能替别人过一辈子吗？”

可霍江不是别人。

陆泽漆默不作声，陆老爷子也就没再管他。

他在院子里的藤椅上坐了一会儿，忽然打开手机一看，里面已经塞满了程岸和杨珏的信息，都是来问霍江的情况的。

他先回复了程岸：“你那里是不是有后半部分的分镜和大纲？发我一下。”

消息刚发过去，两个文件就发了过来。

“到底什么情况？”程岸问他。

陆泽漆直接回了语音消息：“我现在也还不清楚，你那里不是有一个月的存稿吗？你先发着，给他放几天假吧。”

他一边回复一边快步走进二楼书房，打开电脑。

“行，有什么消息及时告诉我。”

陆泽漆没再继续回复，直接打开分镜浏览。

片刻后，他放松自己靠进椅子里，盯着屏幕上的分镜大纲。如果不是太了解霍江，他也不会发现这分镜里有任何的不妥，但他还是看出分镜跟之前有一定的差异，人物状态有了一丝犹豫。

或许这就是霍江现在的心理状态，难道是因为霍黎安的死？可是前一段时间明明还好好的，也就这一个星期没看着……

想到这里，陆泽漆打电话给杨珏。

“陆哥，你终于回我消息了！”杨珏激动的声音传出来，“是不是问题解决了？我可以回去工作室了？”

“还不行，你暂时先放几天假。”陆泽漆打断他，“我是有点事情想问你，这个星期你去工作室几天，有没有看到霍江有什么不同？”

“这个星期你在家休息，我担心他一个人忙不过来，所以请了假每天都过去。”杨珏声音十分疑惑，“可他除了进度慢一点也并没有什么不对劲的地方，就很正常地赶稿。陆哥，你可要管管他，《幻夜幽冥》不能断更。”

陆泽漆也没真想从杨珏这里找到什么有用的信息，但听他这么说还是有些失望。

“我知道了，我会……劝劝他的。”

挂电话之前，杨珏忽然又喊了一声：“对了，这几天柒念老师有跟我讨论漫画的画法来着，大概是想教我……不过，他说漫画很简单，就画就好，可能是我太笨了，理解不了他这种天才的想法。”

“嗯，我也……”陆泽漆下意识地认可杨珏的说法，但心里一跳，隐隐有种什么东西呼之欲出的感觉。他收回后半句，直接挂掉电话，下楼跟陆老爷子招呼了一声出了门。

# 第十三章 大概会有点孤单

再一次站在霍江家的门前，陆泽漆没有犹豫地打开门。霍江也许是听到了开门的声音，正站在玄关处，不敢置信地看着他。

陆泽漆直接绕开霍江走进去，从储物间拿出行李箱，把霍江的东西扔进去。霍江默默地跟在他身后，看见他这样终于忍不住开口：“哥……”

“我已经跟程岸说了，给你一段时间先休息一下。”陆泽漆一边忙活一边说，“杨珏那边我也通知了，这个星期放假。”

霍江上前抓住陆泽漆的手：“哥，你到底想干什么？”

“旅行，说走就走那种。”陆泽漆笑了一下，然后继续检查行李箱的东西，随后将箱子合上。“算了，缺什么东西路上再买吧，你的证件带上就行。”

其实也不用霍江动手，陆泽漆已经熟门熟路地摸到了他的床头柜，把他的身份证拿出来装进兜里，一手拉着行李箱，一手抓着他往外走。

霍江呆呆地跟着陆泽漆，直到上了车才回过神来。

“我们……去哪儿？”

“我……”陆泽漆尴尬地轻轻咳了一声，“我也不知道。”

他匆匆忙忙的，像打劫一样把霍江带出来，却还没有决定好要去什么地方。陆泽漆自己也觉得太冲动，尴尬地看了霍江一眼：“你有什么想去的地方吗？”

霍江摇头。

“现在天气这么热，找一个凉爽一点的地方避暑怎么样？”陆泽漆建议。

“哥。”霍江声音绷紧，带着一丝警告地喊着陆泽漆，“你到底想干什么？”

陆泽漆脑袋一热就把霍江带了出来，这才想起还没有跟霍江说明白：“不是说没有灵感了吗？寻找灵感最好的方法就是旅行，我要带你去找回你的灵感。”

“旅行？”霍江讷讷地重复着这两个字，神色怔忡。

“对，就是出去走一走，换一个地方，换一种心情，面对面地……聊聊人生什么的。”陆泽漆看见他的表情，把车子停到一边，“如果你不想去我就送你回去。”

“可是……”霍江抬起头看着陆泽漆，“可你……你不是说不管我了吗？”

“你这就是倒打一耙了，不是你让我别管你吗？”霍江眼里的脆弱让陆泽漆不忍，伸出手揉乱他的头发，“这一次我不管你，我陪你。我已经决定了，这一次不管你做什么决定，我都尊重你，只要是你真正的选择。”

霍江怔住，好一会儿才找回自己的声音：“为什么？”

“因为你是我弟弟啊！”陆泽漆一笑，但霍江仍然愣愣地看着他。他泄气，把陆老爷子跟他说的那些话跟霍江说了一遍。

“我也不知道是从什么时候开始，把自己的梦想寄托在你身上。爷爷说得没错，你不喜欢的事情就可以不做，我不应该干涉。可我还是不相信你不喜欢画画，就算现在一时不喜欢，那也是曾经喜欢过的。所以，我想把你带出来换换心情，看看能不能重新喜欢上画画。”

霍江的嘴唇抿成一条直线，眉头抗拒地皱起。

“我知道，这样做还是换汤不换药，但是……”陆泽漆有点不好意思，“人这一辈子这么长，有件喜欢做的事情是件幸运的事情，我不希望你放弃。正好，我也有些事情需要想清楚，我们都需要调整自己，重新出发，没有什么更好的方法，那就去旅行。”

霍江沉默良久，终于点了点头。

两人一路向北出了城，不久就天黑了，陆泽漆开了两个多小时到达到附近的城市。由于陆泽漆出来仓促，没有预订酒店，接连遇上两家酒店客满，到深夜才找到住宿。陆泽漆吸取教训，熬夜做了攻略，计划了新的行程。第二天早上继续出发，途中路过一个小镇，镇上正在举办庙会，人潮在街道上挤得水泄不通。陆泽漆的车子在人群中走走停停了半天，等到人潮逐渐散去，才终于走出小镇。

陆泽漆的脸有些挂不住，这跟他预想中轻松、随意的旅程可不一样，他烦躁得只想发脾气，更别说静下心来想事情。

“是我决定得太仓促了。”陆泽漆看着窗外好像没有尽头的公路，一辆卡车超车，扬起一阵尘土更加看不清楚，他皱起眉头，“这连吃饭都成问题，更别说旅行了。”

“这不也是生活的一部分吗？”霍江从零食袋里翻出牛肉干，打开递给陆泽漆。

“你倒挺悠闲！”陆泽漆咬了一根叼着，看着霍江松了一口气。

这两天霍江一直闷闷的，如果陆泽漆不开口，他就不说话，实在是让陆泽漆不放心。

霍江低头：“你还愿意跟我一起旅行，这就让我很高兴了。”

“你是我弟弟，我不会丢下你不管……”陆泽漆说到一半顿住，机场那一幕又浮现在他眼前，他叹气，“那年的事情不会再发生了。”

“不是这样的。”霍江打断陆泽漆的话，停顿下来组织语言，“你上高中以后就很忙，一边要准备艺考，一边还要上学，暑假也不回家，我能见你的时间越来越少。但我还是跟以前一样，每次画了画，身边发生了什么事都第一个想找你，我妈看我每次都失望而回，就安慰我，她说人生每个阶段遇到的人都不同，像我们这样的儿时玩伴最终都会渐行渐远，是正常的事，让我多交些新朋友。可我不想要新朋友，所以……”

陆泽漆也想起那时候的事：“所以你来找我了。”

霍江点头。

那天是周五，陆泽漆跟几个同学一起去德语社做德语练习，一行人说说笑笑地走下宿舍楼，忽然有个声音叫住他。

“哥。”

“霍江？”当时的陆泽漆非常意外，“你来找我的吗？”

霍江点点头，目光看着陆泽漆身边的那些人。他在这里站了很久，周围那么多人，他还是在人群中一眼看见陆泽漆。可是，陆泽漆忙着跟身边的人说笑打闹，要不是他叫住陆泽漆，陆泽漆从他身边走过也不会注意到。

陆泽漆的同学开始催他，陆泽漆回头应付了几句，再回头看，霍江已经走开了。

十五岁的霍江走了那么远的路，问了无数个教学楼、宿舍楼才找到陆泽漆，只喊了他一声就又离开了。这件事在陆泽漆心里一直是个疑问，到现在才终于明白了。

“我们当然会有新的朋友，二十几年来也走散了一些人，但渐行渐远什么的不会发生在我们身上，我们不是阿姨说的儿时玩伴。除了一起长大的情分之外，共同的经历和共同的梦想让我们本质上是同一种人。”陆泽漆说着转头看了霍江一眼，“说起来，我们明明好几年都没见，却都选择了漫画，是不是注定要走同一条路？”

霍江抿唇，低声说：“那我不画了就不能一起走了？”

“至少，不会是现在这样。”陆泽漆没有否认，他停顿了一下，“我大概从出生以来就一直爱画画，并不比爱一个人少，所以，这对我来说真的很重要。二十岁那年我放弃过一次，直到现在我仍然觉得败者的烙印还印在我身上。所以这一次我不会再逃走，就算一直做助手我也会跟漫画死磕下去，有你在，我有同伴，你不在……我也会继续的，只是，大概会有点孤单。”

霍江转脸朝向窗外的风景，陆泽漆以为他要就此沉默，他却忽然开口：“我没有别的同伴，但我也知道，同伴要相互扶持才能走得远，我们之间却一直是你在单方面付出，而我……”

“霍江。”陆泽漆加重语气打断他的话，“你对我来说就跟家人一样重要。陆心藜总嫌我管太多，我为什么还是要管？因为不管我放不下，管了我自己开心。你的事对我来说是一样，这不是什么单方面付出。”

“那么你的事对我来说也一样，可我……”

陆泽漆再次打断他的话：“这正说明我不是什么单方面，你有这份心意我知道的。我的事先不急，现在最重要的是你的问题。”

“为什么我的问题就比你的重要？”霍江突然愤怒地回头。

陆泽漆愣了一下，自嘲地一笑：“那当然是因为我和杨珏都靠《幻夜幽冥》的收入养活啊！”

霍江的嘴角弯出一个比哭还难看的笑容，让陆泽漆没由来地生出几分罪恶感。他忽然福至心灵：“你该不是为了帮我才故意说自己没有灵感了吧？”

霍江叹气：“可以这样操作吗？”

“喂！”陆泽漆不满地瞪他一眼。

“我没有骗你。”霍江说，“我确实很在意你的事，我想弄清楚我跟你到底哪里不同，我画出《幻夜幽冥》的方法是什么。可我怎么也想不起来，好像一切都是自然而然地出现在我的脑子里，当我问自己是怎么做的，那些东西就消失了，也许它们原本就不属于我。”

“这大概就是天赋，是你与生俱来的怎么会不属于你？”陆泽漆不由感叹，心里隐隐有些发酸，他就很难出现这种“自然而然”的状态。

“如果真是天赋，那也是从你那里偷来的。”霍江摇摇头，心里的墙一旦打开一个口子，他一直压抑的情绪就全都向外喷涌，“那以后所有的感觉都不对了，明明有大纲有分镜，但我画出来的就是不对，根本没有办法下笔，那种感觉无论是灵感还是什么，我都失去它了。”

也许，这样能把自己从陆泽漆那里偷来的东西还回去，霍江这样一想，所以放弃得那么轻易。

“你给自己压力太大了。”陆泽漆想到霍江最近对他的督促，迟疑一阵，“那是我的问题，不是你的。你可以帮我，但你也要保护自己。再说，感觉是一种虚无缥缈的东西，有时候能给你带来灵感，有时候也会困住你。也许你应该试着走出来，相信自己的实力，相信你自己做的大纲、分镜，相信我们已经付出过的努力。”

“可是，如果我连自己的感觉也不能相信，又怎么去相信别的？”

陆泽漆被问住，霍江也不打算再继续这个话题，车里一阵沉默。

不久，车子沿着无人的公路开进了一片小小的草原。看多了山和房子，突然多出一片让人心旷神怡的绿来，陆泽漆的心情也逐渐转变。霍江忽然看见了什么，坐直身体探头往外看：“哥，我想下车走一走。”

陆泽漆正好也开累了，把车子滑到路较平坦的地方停下来，靠在椅背上揉了揉肩膀。

霍江拿起相机走了出去，没多过久就停下来，盘腿坐在草地上，拿相机朝着地面拍了好几张。

“你在拍什么？”陆泽漆也下了车，从后备厢拿了水，走过去问他。

霍江举着相机递给他看：“是泽漆。”

他念着这两个字的声音让陆泽漆一愣，有一瞬间以为叫的是自己，随后才反应过来，他说的是地上的泽漆。

泽漆是一种野草，可以入药，是当年陆老爷子从药典上翻出来的。

作为自己的名字来源，陆泽漆自然认识，但因为太常见，他并没当回事。看到霍江这反应，他想起小时候的一件事，不由得笑了起来：“这次知道不能乱采了吧？”

某次，老师带他们出去写生，那片草地上也是长满了泽漆。霍江大概是第一次见到，听说它的名字之后特别新奇，采了一大捧朝着陆泽漆飞奔过来：“哥哥你看，这种‘花’的名字跟你一样！像云一样！”

陆泽漆吓了一跳，连忙上前打掉他手里的泽漆：“有毒的！”

他赶紧拿出湿纸巾给霍江擦手，但那双小手已经红肿起来。他收拾起东西拉着霍江：“我送你去医院。”

霍江却频频回头，委屈地问：“怎么会有毒呢？”

时隔多年，陆泽漆以为霍江因为那次而有了心理阴影，没想到隔了这么多年还是这副憨憨又认真的可爱表情。

霍江大概也是想起那时候的事，嘴角微微弯起。

陆泽漆没话找话：“这种草也叫猫眼草、五朵云，到处都能生长，城市的犄角旮旯里也常见，你真该出来走走了。”

“嗯，原来小屋的楼下就有，但没有这么多。”霍江又拍了张照片，看着陆泽漆说，“哥，泽漆全草都可以入药，能治很多病，它是药不是毒。”

陆泽漆愣了一下：“我知道啊，不过有毒也是真的，就看怎么用吧。”

“不是。”霍江却再一次强调。

“这有那么重要吗？”陆泽漆失笑，他看霍江的神色的确平静许多。

“很重要。”霍江认真地看着陆泽漆，“跟你有关的东西对我而言都是特别的，而且，你是把我从糟糕的人生中拯救出来的灵药。”

他的话让陆泽漆无地自容，他避开他的目光看向远处：“你把我说的那么好，可你早就应该看出来了，我是嫉妒你的。就算你十六岁前确实崇拜过我，可是在机场那一天你也应该看出我的真面目了。”

“我……知道。”霍江曾经不明白，但现在他知道了，“你嫉妒的方式就是不计代价地帮我。”

“我帮你是因为你值得，我也想这样做，但那掩盖不了我对你的伤害。”陆泽漆低头踢一下脚边的野草，“也许我已经没有资格……”

“那一次明明就是我的错。”霍江委屈地咬了一下嘴角，“那时候的我觉得你是无所不能的，你想去德国念书，那就一定是最好的地方，我想和你一起去，完全没想到你会考不上。在我心里，看不上你的也不会是什么好学校，所以我也不想去！可我根本不知道那是你最难过的时候，我本来应该和你一起分担，但我只顾分享自己的快乐，是我不对在先，你为什么要道歉？”

“可是……”陆泽漆意外地看着他，“不管你怎么说，我还是欠你一个正式的道歉。如果你愿意原谅我，能把那幅肖像画重新送给我吗？”

“我拿走那幅画，是因为当时不了解真正的你，画出来的你配不上真正的你。”霍江看着陆泽漆的眼睛，“但只要你愿意，无论是那幅画，还是我今后所画的每一笔，都有你的一份。”

霍江说完就往车上走。

陆泽漆才反应过来地追上去：“等等，你的意思是说你还会继续画下去？”

“我……”霍江有点低落地抿一下唇，“从去年开始就有一个新的故事想画，虽然忙着《幻夜幽冥》，但这个故事总是时不时出现在我脑子里。实际上，我已经断断续续地做了一些人物，记录了一些片段，我没给你看，怕你说我耽误《幻夜幽冥》的进度。这次，我也试过暂停《幻夜幽冥》去画新故事，也不行。”

陆泽漆惊讶得不知道该说什么，去年正是他们忙得昏天地暗的时候，而霍江竟然在这种情况下还准备了新的故事。他对着天空翻个白眼：

“好吧，你现在遇到瓶颈，只要能熬过去，你会比现在更上一个台阶的。”

天色渐晚，距离原来预订的酒店还很远，恰好途中经过一个湖边露营区，两个人决定停下来，租了帐篷在湖岸安营扎寨。

陆泽漆开了一天的车，霍江坚决不让他动手，张罗着搭好帐篷又去准备食物。

天气很好，这个地方又远离市区没有光线污染，星空清晰可见，映在前方一汪蓝莹莹的湖水里，美得像一幅画。陆泽漆靠在躺椅上看着星空，本想休息一下，却毫无睡意。他想了想，拿出手机打开原先预存的《幻夜幽冥》分镜，一页一页地翻看。

不久，霍江搬来烧烤架和准备好的食材，说：“哥，吃烧烤行吗？营地除了这些只有快餐。”

陆泽漆没有反应地看着手机。

“哥？”霍江以为陆泽漆睡着了，一回头却又看到手机的亮光，他提高声音又叫了一声。

“啊？你回来了？”陆泽漆才反应过来。

霍江把问题重复了一遍，陆泽漆点头：“在小湖边上吹着晚风看星星，吃烧烤，比原定计划好多了，也算是个意外收获。”

他走过去帮忙。

“哥，你刚才在想什么？我喊你好几声都没听见。”霍江一边生火一边问。

陆泽漆沉默了片刻：“我在想……你说要相信自己的感觉，那你现在为什么又不信了呢？”

霍江正扇着火，因为陆泽漆的话停下来。火光映在他的脸上，他低下头翻弄着架子上的食材，嗫嚅道：“我不知道。”

“我想，我或许知道……”陆泽漆说。

霍江闻言抬头，神情微微发愣。

陆泽漆斟酌着用词：“我曾认为感觉是虚无缥缈的东西，但你总能证明你的感觉是对的，这一次我想相信你的感觉依然没有问题。既然不是你的感觉不对，你画不下去，是因为《幻夜幽冥》本身出了问题。”

霍江的动作停下来：“你看出了什么？”

陆泽漆低头看着手机上的内容：“也许，《幻夜幽冥》到了该结束的时候。”

霍江的眼睛里闪过一丝恍悟，但他什么都没有说。

陆泽漆停顿了一下才继续说下去：“程之鹿和幽冥兽在找到蜃龙那个篇章中逐渐接近幽冥兽的真面目，程之鹿的身世也若隐若现。按照故事的走向，接下来就应该是大 Boss 出场。但之前平台要求《幻夜幽冥》至少应该连载三年，所以中间又出现了讹兽等等几个故事，最终篇也被延长了很多。”

霍江点头。

“当时，你为什么会答应这个要求？”陆泽漆问他，却不等他回答就自己说下去，“你其实不想让《幻夜幽冥》结束，对不对？”

过了好一会儿，霍江才从喉间挤出一丝声音：“对。”

陆泽漆轻叹一声：“我和很多人都喜欢幽冥巨巨和之鹿，但我常常忘了，你才是那个创作出他们的人，你才更加舍不得他们。”

霍江还是没说话，炉中的炭火因为没有人管而逐渐熄灭，湖中的水波却映在了他的眼睛里。

“你在这个问题上妥协了，你的感觉却知道这样不对，所以，你进行不下去了，再加上我的事、霍叔叔的事都纠缠到一起，影响了你的心态，你一时混乱了。”陆泽漆接过他手中的扇子，重新点燃炭火，“是不是这样？”

“哥……”霍江轻咳一声，掩饰了那阵哽咽，“你怎么能比我自

己还清楚？”

“可能因为我比你更相信你自己？”陆泽漆笑一下，“反正也出来了，这几天先好好放松一下，好好捋一捋你的想法，等想明白了就把大纲和分镜调整一下继续画，以后别再随便说不画了，知道吗？”

霍江点头，拿过扇子：“我来。”

他对着渐渐发红的炭火猛扇，而陆泽漆则开始整理食材和调料。

话说开之后，陆泽漆才开始感到累，饭吃了一半就困得直打呵欠，只好把收拾善后的工作交给霍江。他也没嫌弃帐篷简陋，垫上放在车里的毛毯，沾着枕头就睡了。不过，晚上吃得油腻，到了半夜他渴醒过来想找点水喝，才发现霍江没在帐篷里。他摸出手机看了一眼，已经是两点多了。

陆泽漆走出帐篷，看见车里的灯亮着，霍江开着车门坐在里面，手上抱着数位屏在涂涂画画。

“你在干什么？”陆泽漆问他。

“在改分镜。”霍江说。

“你就差这点时间？”陆泽漆瞪了他一眼，从后面拿了一瓶水拧开，“这板子能行吗？”

这块数位屏是他以防万一带在身上的，跟个 iPad 一样方便，但功能有限，平时他们工作都不用这样的。

“只是改分镜的话是可以的，很好用。”霍江说话时眼睛还是看着屏幕，“哥，我很快就要改好了，你先去睡吧。”

陆泽漆差点被刚喝下去的水呛到，惊讶道：“这么快？”

霍江点头：“只是把多的那部分删掉，中间衔接改一改就好了。”

这是什么神一样的速度？陆泽漆这几天的担心被一阵风给卷走了，他忽然觉得自己的心力交瘁根本就是浪费生命，弄不好要少活几年，实在不划算，其实压根就不需要操心这么多。

或许是心态转变，也或许是霍江一晚上改完分镜，彻底解除两人的后顾之忧，这之后的一路上遇见的都是好风景，两个人终于能够轻轻松松地走走看看，在想停的地方停下来。

一周以后，两个人终于在程岸的百般催促下启程回家，刚走进楼道就看见程岸站在他们家门口。这段时间霍江闹别扭，最操心的其实就是程岸，回来前他们约好要在今天见面，程岸也提前到了。

“你们总算回来了！”程岸瞪着他们，活像上门讨债的。他没好气地看向霍江，“不闹别扭了吧？现在更新可以继续了吗？知不知道我为了你心都操碎了？”

“对不起。”霍江非常内疚。

霍江老实道歉，程岸反而受不了，他干咳了一声，故作正经地点头：“没事，你还继续更新就好。”

“对不起。”霍江再次道歉，把程岸吓得往后退了一步。

霍江说出自己的决定：“《幻夜幽冥》大约会在三个月内完结。”

程岸愣了一下，看一眼陆泽漆：“你没有说服他吗？”

陆泽漆耸肩：“这是我建议的……”

程岸可没耐心等他们解释，急切道：“之前不是专门开会商量过这件事吗？按照《幻夜幽冥》现在的剧情再连载两年完全没有问题。读者的记忆很短，一部作品很快就会被忘记，所以作品有较长的篇幅才能保证故事的生命周期。”

“不行。”霍江摇头，“为了延长《幻夜幽冥》的篇幅就失去了之前的节奏，变得冗长拖沓……”

“这种程度读者看不出来的，就算看出来他们也不在乎，他们也舍不得《幻夜幽冥》这么快完结。而且，之前大纲什么的不是已经定好了吗？”程岸头疼地说，“你的故事本身就是以找回幽冥境的怪物开展的，粉丝喜欢看这个，你写再多他们也不会厌倦。”

“正因为他们喜欢，我才更不应该为了赚钱而改掉《幻夜幽冥》原本的样子。”霍江说，“我也试过了，但是我真的做不到。”

程岸无奈地叹一口气，看向陆泽漆：“你倒是说句话呀！”

陆泽漆正等着他这句话，于是补充道：“其实，粉丝能接受一定程度的注水，是因为市场上那些注水内容太多的缘故，但真正的好作品都会让人意犹未尽。而且，霍江已经准备了新的故事，我觉得新故事的内容已经超过了《幻夜幽冥》，在这个时候结束未必不是一件好事。”

“超过了《幻夜幽冥》？”程岸眼前一亮，却还是有些迟疑，毕竟新的故事就意味着新的冒险，“市场规则能够存在是有它的原因的，我觉得现在柒念积攒的人气还不足以开新篇。”

“人工延长作品的生命是一种方式，给读者层出不穷的新鲜感也是一种方式。”陆泽漆说，“程岸，你可以试着相信霍江，他就是可以不断带来新鲜感的人。”

“你什么时候站到他那边去的？”程岸没好气地瞪了陆泽漆一眼，“如果你们都觉得这样很好，那我也不坚持，但我要提醒你，霍江，很多有才华的人在刚开始的时候非常自信，觉得自己脑子里时刻都是新的想法，能不断创作好的故事，但事实上，灵感就是偶然的。”

“我明白。”霍江点头，随即转头看向陆泽漆。有陆泽漆在，就算真的遇到那种情况，他也不怕。

陆泽漆给了霍江一个鼓励的眼神。

程岸倒吸了一口凉气：“行行行，你们爱怎样就怎样，这地方没法待了，我先回去！”

陆泽漆却叫住他：“公司那边能处理吗？会不会给你带来麻烦？”

“这个，你们就不用担心了。”程岸颇有几分得意地笑起来，“最近这两个月，公司的内部竞争已经白热化了，不过，马上就要有结果了，总裁、人事那边都找我谈过话，不久以后就会宣布了。”

“这么说，你要升职了？”陆泽漆惊讶地看着他，“那真是太好了，什么时候去庆祝一下。”

“现在还有点早，不过，会有那一天的。”程岸笑起来。

“嗯。”陆泽漆点头。他其实心里隐隐的期待程岸能够破釜沉舟离开平台。不过程岸既然得到了想要的结果，那他们也替他高兴。

霍江看着程岸，忽然间福至心灵地问：“你跟心藜呢？”

陆泽漆不厚道地笑了，他也很好奇。之前他打探过几次，但无论程岸还是陆心藜都避而不谈。

一说起这个问题，程岸的脸色就沉下来：“怎么了，你们是见不得我有点好心情吗，非踩我痛脚？我连人都见不着我能怎么样？”说到最后，声音里竟带着一丝委屈，眼睛却看向陆泽漆。

陆泽漆很想帮程岸，但他这个哥哥也经常不知道陆心藜的行踪，只能同情地拍拍程岸的肩膀：“中秋她是一定会回家的。”

程岸掐指一算，距离中秋节还有三个多月，他黑着脸甩开陆泽漆的手：“滚！”然后愤愤地走开了。

杨珏知道《幻夜幽冥》要完结的消息以后很难接受，尽管他知道自己还会参与到新的作品当中，但对《幻夜幽冥》的感情还是让他很舍不得。

他跟霍江磨了很久，希望霍江改变主意，继续更新，可惜霍江始终不为所动。

这期间，霍江一边画着《幻夜幽冥》的完结篇，一边准备新的故事。

一个多月后，陆泽漆放出了完结预告和新作的宣传，在粉丝中引起哗然，大多数粉丝都表示不能接受《幻夜幽冥》的结束，但也有些人觉得让《幻夜幽冥》保持最好的形态才是他们所要的。

因为粉丝之间的这波争论，《幻夜幽冥》反而达到前所未有的人气，这对所有人来说都是个意外惊喜。

徐玮得到消息，立即把单行本中下两册进入了出版流程，还跟霍江预定了一些出版专属的番外剧情，同步策划了完结签售会，在网上做了很多宣传。

于是依然是一段忙得不可开交的日子。

三个月后，霍江、陆泽漆和杨珏三个人终于画完了《幻夜幽冥》，当然，平台上还在连载中。

休息两天之后，霍江就开始做新故事，同时，他提出要再找一个助手。从一开始的拒绝到现在主动找人，他这变化让所有人都很意外，但陆泽漆知道，霍江是为了腾出时间给他准备新作品。

那是陆泽漆自己想要做的事，但他也说不清楚自己的心里到底是个什么滋味。

就在这个时候，陆泽漆忽然收到了云惠打来的电话，非常意外。

“云惠，怎么是你？最近还好吗？”

“我很好。”云惠的声音听起来跟以前一样，一板一眼，毫无起伏，“我听周寻说你现在在《幻夜幽冥》的工作室？”

说是幻夜幽冥的工作室也没错，陆泽漆有些无奈地笑了一下：“是的。”

“是这样，我前几天看了《幻夜幽冥》，觉得非常适合动画化或者是改变成动画电影，已经向公司推荐了。”云惠说，“我的同事也很喜欢，所以想邀请作者谈一下合作的事宜，你能帮我问一下吗？”

“当然可以。”这么好的事情陆泽漆怎么可能拒绝，他挂断电话把这件事情告诉了霍江和程岸。

这家公司做出过霍江很喜欢的《王者》，霍江也很高兴，陆泽漆便带着云惠跟程岸见了个面。三个人聊得还不错，云惠也是一个实在人，大家各自出力，终于把双方公司的决策者拉到一起开始详谈《幻夜幽冥》

的改编计划。霍江作为作者不能再不出现，陆泽漆就没去，打算留在工作室准备一下自己的新作。但他刚坐下，就想起《幻夜幽冥》的更新预告还没做，等他做完已经很晚了。

他活动了一下僵硬的脖子，拿起被杨珏随手扔在地上的哑铃，举了两下，然后放到一旁的架子上，一边想事一边整理起架子上的绿植和其他杂物。

开门的声音响起来，陆泽漆也没回头，直接道："你回来了？谈得怎么样？"

霍江垂着头没有说话，鞋子一脱就走过来，直直地倒向陆泽漆，头抵在陆泽漆背上不动了。

他的呼吸洒在陆泽漆的脖子上，带着一股淡淡的酒香。

"喝酒了？"不久前，陆泽漆就收到了霍江的消息，说是云惠的老板请他们吃饭。

"一点点。"霍江说着，声音听上去已经十分迷糊。

他的酒量陆泽漆是见识过的，不可能只喝这么一点就醉成这样。

陆泽漆转过身，把他推开一点以便能看着他的眼睛，还好，目光清澈，瞳孔里也清晰地映着自己的脸。

陆泽漆把他扶到沙发上，让他坐下来："要不要喝茶？"

"不喝。"霍江摇摇头，直接陷进了沙发里，"程岸刚才跟我说，让我们暂缓新故事的提交。"

"为什么？"

霍江皱着鼻子模糊地咕哝了一句什么，陆泽漆没有听清楚，只好凑近了问："你说什么？"

霍江呵呵地笑起来，也不知道在笑些什么。陆泽漆问了好几遍也没有听清霍江的回答，只好放弃跟这个醉鬼纠缠，但他猜测可能是程岸遇到了什么问题，或者动画化遇到阻碍。

“暂缓就暂缓吧，正好我们可以把进度放缓一点，不用像之前那么辛苦。”

陆泽漆自我安慰，谁知，醉得七荤八素的霍江又开始接话。

“嗯。”霍江咕哝一声，忽然兴奋起来，“我们来做你的作品吧，这么久，你已经筹备好了吧？”

“还没好，快了。”陆泽漆随口敷衍，只觉得一阵燥热从心里蔓延到脸上，他怕霍江继续追问，站起来准备走，“既然你回来了，那我也该回去了。”

霍江忽然坐起来：“这么晚了，你回去干吗？”

“当然是回家睡觉了，顺便拿点东西过来。”陆泽漆好笑地看着他。

“好麻烦。”霍江低声嘟囔，“哥，你直接搬过来好不好？”

霍江不自觉地带起撒娇的声音，让陆泽漆愣了一下。

“搬过来？”

现在他跟住在这里也没什么两样，所以霍江忽然提出来，他虽然觉得意外，但也在情理之中。

“有必要吗？我现在也有一大半时间住在这里。”

“来来回回的，不是浪费时间吗？”霍江倒回沙发，翻个身把头埋进沙发里，闷声说，“这时间明明可以省下来休息。”

陆泽漆皱眉思考，霍江歪过头拱了拱陆泽漆的腿，催促他做决定。

“让我想想。”陆泽漆有点纠结。

没有得到肯定的答案，霍江抬起头眼巴巴地看着陆泽漆。

“哥。”

“怎么？”

“哥。”

“有事说！”

“哥！”

“你多大了，别来这套好吗？我说了会想想！”陆泽漆不胜其烦地推开霍江，拿起钥匙就往外走，还回头警告霍江，“给我滚去睡觉！醉鬼！”

霍江把头搁在沙发扶手上，眼巴巴地看着陆泽漆，到陆泽漆换好鞋子时，霍江已经睡着了。陆泽摇摇头，轻手轻脚地走出去，关上了门。

回到自己住了好几年的小套房，陆泽漆四下一看，真要搬走他还是有点舍不得。他走到客厅的墙边，把那幅画着小猫的画取下来。

画框顶上已经有些灰尘了，陆泽漆把灰尘擦掉，看了好一会儿。

原先对于搬家还有几分期待的心情消失不见，陆泽漆走到客厅沙发背后的书架边，打开下层的柜子，正要拿东西，忽然，他发现沙发下边有什么东西隐隐发亮。他伸手把东西拿出来，发现是一枚硬币，躺在手心里的是硬币的背面那朵大大的菊花。

字就继续，花就放弃。

他本来已经忘了这件事，这会儿却又重新想了起来，在重逢霍江以前，他曾经有过这样的挣扎。

所以，是这样的结果吗？

作为霍江的“粉头”，帮霍江一步一步地实现梦想，这过程陆泽漆也很开心，他付出了全部的努力来帮霍江。看到越来越多的人喜欢《幻夜幽冥》，喜欢柒念，他也很有成就感。

应该就此满足吗？

陆泽漆坐在地板上，拿着一枚硬币反复纠结。

# 第十四章 画你自己

一部人气漫画，完结期间要做的事情远比平时更多。

程岸忽然说新故事暂缓发布，他们反而有了喘口气的时间，不过他们都知道这只是暂时的，没敢真的放松。

不过，也因为这个暂缓，霍江有了时间，每天结束工作之后就跟着陆泽漆回家，然后游说他搬过去。在霍江的游说下，陆泽漆终于同意了，于是，霍江督促他整理东西，尽快搬家。

陆泽漆觉得自己向来活得简约，一整理起来他才发现自己有那么多东西。霍江家大部分功能还是工作，他这些东西全部搬过去肯定装不下，不常用又舍不得扔掉的部分只好打包送回老宅放着。即便如此，还是有很多的东西。霍江并不是不想帮忙，只不过陆泽漆在这方面有强迫症，哪些东西是同一类，哪些东西要放在同一个箱子都有严格的逻辑，而且每个箱子里的东西都必须正好装满。

上次帮霍江搬家的时候就是这样，这一次陆泽漆也打算趁机整理一下几年来的生活，所以整理得格外仔细，霍江只能听他指挥做些搬搬抬抬的事。

但他很快就从这件事情中找到了新的乐趣。

“这个呢？”霍江拿起一沓被小心保护起来的画片，一看都是小孩子学画的作品，却被陆泽漆非常珍惜地保存着。

陆泽漆接过来，一张一张地翻看，脸上露出几分怀念：“这是我学生画的。”

“学生？”霍江好奇地看着他。

“那年……”提起自己伤害霍江的时间，陆泽漆的心里仍然有点

刺痛。他清了清嗓子继续说，“就是你十六岁那年，我旅行经过一个很贫穷的山村，村里有所小学，但是没有老师。分配过去的老师因为条件太苦辞职离开了，我当时想自己反正闲着就给他们代课。不过除了美术课我教得都不好，所以我最喜欢给他们上美术课，离开的时候他们画了这些东西送给我。”

“你还当过老师！”霍江像发现新大陆似的看着陆泽漆。

“只有一学期而已。你看这两幅，笔触虽然稚嫩，但色彩的运用已经非常巧妙了，还有这个！”陆泽漆几分得意地介绍，“你看他画的家，只有他和狗，虽然他和狗狗的表情都在笑，却表现出他的孤单，他是个留守儿童。他很有才华，每次教他总让我想起以前的你，现在还经常收到他写的信。”

霍江本来还只是好奇，听到这后惊讶地看着他：“我还以为你是我一个人的老师。”

“我有二十三个学生呢！”陆泽漆好笑地看着霍江一脸惊讶的样子，“不过，我们是有老师的，我顶多算你师兄。”

当年教他们的老师是冲着陆老爷子的名望而来的，水平怎么样且不说，但教他们的时候对陆泽漆和霍江完全两种态度，陆泽漆一直不喜欢他。后来，那个老师被陆老爷子推荐到美术馆工作，陆泽漆按陆老爷子吩咐定期问候，但说实在的，师生情谊非常淡。反而是后来的几位老师，跟他们的关系都还挺好。

“老师是你，师兄也是你。”对霍江而言，教他画画的一直只有陆泽漆而已。

陆泽漆摇摇头，也不跟他争辩，重新开始整理。

霍江说是在帮忙，很快又对另外一件东西好奇起来，陆泽漆再跟他说东西的来历。

虽然整理的进度很慢，但霍江逐渐拼凑起来陆泽漆这几年的生活。

“那这些东西应该放在这个箱子里，到时候搬回老宅好好收着？”霍江逐渐弄明白陆泽漆的分类方式。

陆泽漆点头。

霍江将几样东西整理好，拿到要搬回家的白色箱子前往里放。里面已经装了好些东西，但很多都是霍江没有见过的，他好奇地拿起来，发现是陆泽漆这几年来画的画，有漫画也有别的，还有画漫画用的资料书什么的。

最上方的本子明显是新的，霍江翻开来一看，是他上次说过的悬疑漫画大纲和分镜。

“这个为什么要送回老宅，应该带到新家才对啊。”霍江疑惑地看着他，“是不是放错箱子了？”

陆泽漆沉默了一下，继续收拾手里的东西，好一会儿才慢慢地说：“那个故事我不打算再做了。”

“为什么？”霍江问他。

“还能是为什么？我自己都觉得不行。”陆泽漆故作轻松地笑一下，“所以就不浪费时间了。”

“还没画完你怎么就知道不行？”霍江看着陆泽漆，有点不服气，“起码让我看看问题在哪里。”

“不用看，这个只需要一点判断力就知道。”陆泽漆说着把本子抢回来，重新装回箱子里。

霍江还想说什么，陆泽漆却打断了他的话：“我其实正好有一件事想跟你说，我……不想做你的助手了。”

霍江呆住。

“我做你的经纪人好不好？”陆泽漆说道。

一段话让霍江的心翻了好几个跟头，他急切地抓住陆泽漆：“哥，你什么意思，跟我说清楚。”

“其实，这件事最合适的人当然是程岸，但他现在要升职做主编了，对他来说是一个难得的机会，我们不能拖他的后腿。”陆泽漆叹了一口气，“除他之外，最合适的人是我，对漫画行业的熟悉程度不输给程岸，而且，资源什么的也不缺。从今以后，我可以好好地保护你的版权什么的，不会再像《幻夜幽冥》这么被动了。”

霍江听了半天也没听到他想要的重点，这才打断陆泽漆的话：“那你的梦想呢？”

“我？”陆泽漆叹了一口气，抬头看着霍江，“我想通了。”

“你想通什么了？”霍江心里生出不好的预感。

“你知道的，我并不是像你这样有天赋的人，我可能一辈子也不会有你的那种创造力。我明白你之前说的意思，我很好，但可能不是在创作方面。我适合当一个老师，也适合做一个助手，当你有新的想法的时候，我可以帮你把你的想法完美实现。更可以做一个经纪人，扫除你在创作路上的障碍，这也是很好的事情，对不对？”陆泽漆反握住霍江的肩，安抚他，“我想通了，我对自己承认，我就是一个普通人，我没有才华，但我依然可以做自己喜欢做的事情，对不对？”

每个人都在追求自己的梦想，当真正去做的时候总会逐渐地偏离，有些人是找到适合自己的方式，还有些人是与梦想越来越远。

陆泽漆觉得自己的选择是前者。

“你要放弃？”霍江愣愣地看着陆泽漆。

“这不是放弃，我跟着你一起不也是在画漫画吗？将来我可以成立一个漫画公司做老板，并不一定要亲手做出一部漫画来。”陆泽漆直视霍江，平静地说，“我只是对未来的方向做出了调整。”

霍江站起来，摇头：“不可能的。”

“这没什么不可能，你听我说。”陆泽漆按住他的肩膀，“我出生在陆家，一辈子不必忧心生计，家里长辈开明又睿智，现在还有你，

跟你一起做着喜欢的事情。这么得天独厚，我实在不应该更加贪心。”

“可你会甘心吗？”霍江太了解陆泽漆，“这种不甘心可以暂时埋藏，但是，它会随着时间慢慢地发酵，最终长成你心里的疤痕，你想起来一次就被揭开一次。”

就在霍江说这话的时候，陆泽漆觉得自己心里的某处伤疤已经被揭开了，鲜血淋漓的。他平静的外表再也挂不住，勉强地牵了牵嘴角：“可是人生总是有遗憾的，我想我可以学着接受。”

“你只是现在觉得你可以接受罢了。”霍江打断他的话，“那不只是什么喜欢的事，那是爱啊！你说过的，那感情并不比爱一个人少，这样的热爱怎么可以退让？”

热爱吗？陆泽漆咀嚼着这两个字，这的确是他曾说过的话。打扫房间是他喜欢的，旅行是他喜欢的，做出美食也是他喜欢的，但画画是跟这些都不一样的。

霍江说得没错，他也没有忘记。

但是谁说热爱的事情就一定会成功呢？否则，世界上也没有那么多庸人了。光是这样想，陆泽漆就觉得眼眶一热，一阵不被期待的酸楚从被压抑很久的心底冒出来，浸湿他的眼眶。他转过头不想让霍江看到，霍江担心地扳过他的头看他的眼睛，刚好看到一道滚烫的眼泪从他的眼眶中流出来。霍江像被烫到似的一缩手，随后慌乱地伸手想要帮他擦眼泪。

“我可能……再也爱不动了。”陆泽漆抓住霍江的手不让他动，声音已经破碎，“我原本以为，只要我一直坚持下去总会得到回应的，可我……真的累了。”

一直被隐藏、压抑的不甘终于决堤，冲垮了陆泽漆所有的防线。他想说话却只是发出一声干哑的低吼，只能难堪地把额头抵在霍江肩膀上死死低下头不让霍江看到，肩膀却控制不住地颤动。

霍江不知道怎样才能安慰到陆泽漆，只能学着陆泽漆曾做过的那样抱住他，笨拙地拍着他的后背。

霍江也不敢开口，生怕一开口就让陆泽漆想起自己是个哥哥，想起来控制自己。

陆泽漆挣扎地用力睁着眼睛，却控制不住决堤的眼泪往下掉，终于还是陷入崩溃。

他从来没觉得自己这么绝望，即使七年前也没有。

霍江一下一下地轻抚陆泽漆的背，让陆泽漆慢慢地恢复平静。

好半天，陆泽漆仍然埋着头不肯抬起来，一半是因为难过，另一半是因为在弟弟面前哭出来的难堪。

“是我不好，我不应该逼你……”霍江先开口，“你知道我这个人很笨，不会说话，但现在……我们要说清楚，就像上次一样，就算你不想听，也要说清楚。”

“你说。”陆泽漆点头，从霍江肩膀上离开，嘴唇上有道因为克制压抑而出现的咬痕。

“画画对我来说是很简单，因为我不用想那么多，从我开始画画的第一天，身边就有你，画什么、怎么画，我听你的就好。”霍江说着，“你说画画是开心的事情，所以怎么开心我就怎么画，从来不需要犹豫。如果说这是才华还是天赋什么的，都是你给我的。”

这些话，陆泽漆听过也不止一次，不光是霍江，还有周寻、云惠他们都表达过同样的意思。陆泽漆心里不是不安慰的，只不过……这说服不了他。

陆泽漆摇头，却什么都没有说。

霍江知道他不信，还是继续说下去：“我是一个自私的人，很多事情我不懂，我也不愿意去懂，我只为自己而画，只画我看到的、想到的。但你跟我不一样，跟其他所有人都不一样，你总是给别人信心

和灵感，是比我这种普通的才华更加温暖而强大的东西。你不知道那些东西有多可贵，你看别人都很明亮，那是因为你就是光源。如果你把这些都放弃了，那我……”他的眼睛里闪过一丝脆弱，“我的信仰……也会崩塌的。”

陆泽漆震惊地看着霍江。

“我知道……这些都是我的想法，根本帮不到你。”霍江失落地垂下手，“所以，你别再看着我了，我真的教不了你，你回头看看你自己好吗？你的光芒不应该只照到我，你要是能看见你就不会怀疑你自己。”

“可是……”陆泽漆心下震动，牵动嘴角，扯出一个难看的笑容，“我早就不知道该画什么了。”

霍江早有了答案：“如果你不知道该画什么，那就画你自己。”

“画我自己？”陆泽漆没明白霍江说的是什么意思，却被自己脑补的画面逗得笑出声来，“就算你说的是真的，我就是灵感本身，我还能把自己变成画贴到纸上吗？”

霍江低头无力地低吟：“我不是在开玩笑。”

陆泽漆原本以为放弃之后会很轻松，却只是觉得空洞。现在被霍江说服，继续跟自己死磕，他又重新觉得身上充满了力气。他笑一下：“我已经无法相信自己了，但你一向是对的，相信你一次好了，至少不去怀疑。”

“那么，你不放弃了？”霍江有点不敢置信，他以为陆泽漆会很难被说服。

陆泽漆点头，起身走进卫生间洗脸：“太丢人了，今天的事你不许告诉任何人。”

霍江当然不会告诉任何人，像个跟屁虫一样跟着陆泽漆走到卫生间门边，开始纠结起更实际的情况：“都怪这段时间太忙了，你完全没有空闲去做自己的东西，才会胡思乱想的。反正新故事暂缓更新，目前就由我和杨珏来做，你先休息一段时间。”

“那怎么行？”陆泽溙反对，“你和杨珏两个人怎么够，他还有很多事情上不了手。”

“他做不了的我来做，慢一点也没有关系。”霍江摇头，“而且，不是说好了增加人手吗？这些都能解决的，你的事最重要。”

陆泽溙看他一脸决心的样子，知道说不过他，便闭口不谈。

霍江真的说到做到，完全抢走了陆泽溙的工作，只让他帮忙面试来做助理的人选，但这次两人对这件事情都比较小心，面试好几人之后都没有遇到合适的。

程岸这段时间很忙，他没有说，但陆泽溙还是从其他作者那里知道哆看平台内部的消息。霍江和陆泽溙都能理解，但程岸还是不放心，一有机会就帮忙推荐了几个不错的人选。

这天，杨珏回学校考试，只有陆泽溙和霍江两人在，程岸竟然亲自带了人过来。

来的人是个长相非常可爱的女孩，叫宋文文。人如其名，非常腼腆，声音也细细柔柔的，不仔细几乎听不清她在说什么。她刚从日本留学回来，带来的作品让陆泽溙很心动，画面张力十足，霍江也比较满意。

女生走了之后，陆泽溙和霍江正在商量，程岸走过来敲了敲桌子，两人停下手里的事情回头看着他。

“那个，我有件事要告诉你们。”程岸有些不自在，目光里却又是少见的郑重其事。

陆泽溙和霍江心照不宣地互视一眼，以为对方跟自己想的是同一件事，殊不知两人心里的猜测却是南辕北辙的事。

“他跟陆心藜在一起了！”这是霍江的猜测。

“完了，他又被陆心藜收拾了！”这是陆泽漆的猜测。

好在，程岸没有让他们等太久：“我辞职了。”

原本担忧的两人眼里同时蒙上一层喜色，陆泽漆没忍住，直接说了出来：“太好了！”

霍江也露出个笑容。

“什么？”程岸意外地看着他们，“你们怎么这个反应？”

“其实我们早就期待着这一天了。”陆泽漆笑着说，“职场上那一套把你折磨得越来越没有锐气了，这地方只会消磨你的斗志，浪费你的时间。”

三人说着在沙发上坐下来，陆泽漆一边弄饮料一边问他：“不过，你原先不是谈好晋升主编吗？怎么会突然改变主意的？”

“也不算是突然。”程岸放松地靠在沙发里，舒服地叹了一口气，“我原来的计划是，如果这次晋升失败，我就辞职去做漫画工作室，做画家经纪人，代理版权。但是，这段时间以来，这个想法越来越强烈，相比主编的职位，我更想做这件事。”

“我一直希望你能独立出来。”陆泽漆点点头，“不过，看你对主编的职位志在必得，所以我没有劝你。”

程岸交叠起双腿，有些恍然地说：“为了这次的晋升，我确实做了不少准备，可以说是大战了一场，但谈话时的一个问题，让我真正下定了决心。”

程岸说到这里停了下来，故意卖了个关子。

陆泽漆忍住翻白眼的冲动，配合地问：“什么问题？”

“当公司和作者发生纠纷，作为编辑应该站在哪一边。”

“这是个送分题。”霍江说。

程岸也笑了起来：“可不是送分题吗？所以我当时回答坚决站在公司一边，积极沟通作者协调解决问题。”

陆泽漆竖起大拇指：“干得漂亮。”

“但从那天以后我就经常想起这个问题，我心态上不可能完全站在公司一边，但如果真的出现纠纷，我也无能为力。”程岸停顿了一下，“这次《幻夜幽冥》动画化，接触的公司有两家，除了嘿彩之外，还有一家是没什么开发经验的新公司，但他们出价更高，平台很可能会选择和这家新公司合作。在这件事上，作者几乎没有话语权，即便我是主编也无法越过商务部门。”

《幻夜幽冥》连载期间和平台的几次接触都让陆泽漆感觉很不好，而那还是程岸尽力保护的结果。如果没有程岸，就算有陆泽漆帮忙，《幻夜幽冥》很大可能也只是不温不火，根本没多少人知道。

陆泽漆了解程岸的意思，他点头：“国漫发展起来不过是近几年的事情，刚开始大火的那几部经典漫画，几乎都因为版权、利益跟平台有纠纷。好些作者因为版权问题选择粗暴截稿，另寻出路，因此而封笔退出的人也不少。”

“需要有人站在作者这一边，这是所有作者的需求。让有才华的人好好地施展他们的才华，不要浪费时间在外界这些乱七八糟的事情上。”程岸说着点了点陆泽漆，在陆泽漆疑惑的目光中继续说，“还得有人来保护好他们辛苦画出来的作品，这个人就是经纪人。”

这原本也是陆泽漆担心的问题，所以才有做经纪人的想法，现在程岸能站在这一边，陆泽漆就没有后顾之忧了。

程岸说完，吐了一口气，正色看着他们两人：“如何？愿意让我做你们的专属经纪人吗？”

“当然。”霍江毫不犹豫地把手放了上去。

程岸又看向陆泽漆，陆泽漆笑了一下，也把手放上，三人紧紧相握。

程岸又把详细的计划跟他们说了一遍，陆泽漆不时地提出几个建议。考虑到前期创业的资金问题，陆泽漆决定投一部分资金，和程岸做合伙人。程岸非常自然地接受了，摩拳擦掌地就回去做策划案了，准备大展拳脚。

程岸一走，霍江就看向陆泽漆：“哥，你现在是我的老板了？”

“嗯，你成为我的重要资产了，好好画画给我赚钱。”陆泽漆捏捏他的耳朵。

霍江也不说话，就看着陆泽漆，陆泽漆却知道他在担心什么：“放心吧，这次我只是出钱，不会参与作者以外的工作，最多帮忙出出主意。”

“嗯。”霍江这才放心地点头。

两人又商量了一下新助手的人选，决定先让宋文文来试试。随后，霍江爬起来去继续手边的工作，陆泽漆则留在沙发上。他把自己以前的手稿带过来，一页一页地翻看着，这些原本已经被他遗忘的东西，现在看起来竟然没有他想象的那么差。但他能隐隐从这些东西中看到很多流量漫画的影子。

还是三流跟风漫画的感觉，陆泽漆嫌弃地丢下那些东西，拿起炭笔和素描本，无意识地涂涂抹抹。

为什么会开始画漫画呢？那其实并不是他的选择，他原本想做个艺术家，想在现代画上有所成绩。没想到接连艺考失败，他心灰意冷之下才决定画漫画。他当然也是喜欢漫画的，但这份转变带着几分纡尊降贵，觉得漫画更简单，凭他的功底一定是手到擒来，后来才真正爱上。

是这种傲慢让他失败的吗？

陆泽漆在本子上涂出一堆毫无意义的线条，是初学者的排线练习。他把线条长短调整一下，原本的一堆线条变成了一股龙卷风。

画自己？陆泽漆想着，在龙卷风旁边画出一个英俊帅气的轮廓，被拍扁的动作，他正咬牙、皱眉做出龟派气功的动作。他想了想，又在龙卷风里画出一个火柴小人，然后自己忽然笑了。

“这是什么？”

霍江在陆泽漆背后出声。陆泽漆画得太入迷，竟没有发现霍江是什么时候走到他身后的。

“这是……”陆泽漆本来要说自己随手画的，但脑中灵光一闪，他换了一种方式，“这个火柴人是个外星人，落难逃到地球，被这个人捡到了。”

“这个男人会法术？”霍江问他。

“不是，那是外星人的能量，他们俩在玩游戏。”

霍江眨眼，没有接收到陆泽漆的梗。

陆泽漆也不知道该怎么解释，他摇摇头：“算了，我画给你看。”

陆泽漆把素描本翻了一页，在空白的地方重新画了起来。

霍江看了一会儿，一时也看不出什么，就又回到工作台，陆泽漆没过一会儿也坐到自己日常的工作台前准备起来。

刚才还只是一个模糊的想法，现在却变得越来越清晰，陆泽漆迫不及待地把想到的东西记下来，脑子里仍然有个小小的声音在问他：“这样做真的可以吗？”

陆泽漆手里的笔顿了一下，然后无视掉那个声音继续。

霍江结束了一天的工作，看陆泽漆还在那里忙碌，走过去想看一下，谁知陆泽漆竟然警惕性非常高，立即关掉了屏幕不给他看。

“不能看？”霍江挑眉看着陆泽漆。

“别着急，弄好了再给你看。”陆泽漆带着一脸邪魅的笑容，推开霍江，让他去做饭，然后才重新点亮屏幕继续自己的事。

这之后，无论霍江多么好奇，陆泽漆时时守住自己的秘密，竟然一点也不肯透露。

一个星期以后，陆泽漆忽然从电脑面前抬起头，喊了一声：“文文！”

其他三人——霍江、杨珏和刚来的宋文文全都抬起头，看向陆泽漆。

陆泽漆笑眯眯地看向宋文文，说：“文文，来，给你看个东西！”

他的笑容明明十分温和，但看起来就是不怀好意的样子，让宋文文吓了一跳，紧张地看了看霍江。

霍江抿唇。

杨珏也跳了起来：“为什么先给文文看？”他也知道陆泽漆在做自己的漫画，好奇心早就关不住了。

“我有原因。”

宋文文既是好奇又是紧张地走过去，陆泽漆让出位置，让她在自己的电脑上看东西，然后自己走过去拿水喝。

霍江离冰箱更近，他拿了一瓶冰水出来递过去，目光略幽怨地看着他：“我也不能看？”

“等一等。”陆泽漆说着接过霍江手里的水，注意力却放在宋文文身上，霍江顺着他的目光看过去。

宋文文忽然“扑哧”一声笑出来，连忙伸手捂住自己的嘴，一双黑白分明的眼睛却变成了弯弯的月牙。原本还只是清秀的脸，这样一笑起来瞬间多了几分明艳。

“成了！”陆泽漆舒了一口气，转向霍江和杨珏，“好了，你们可以看了。”

宋文文站起身，脸上笑容不减：“怎么会这么搞笑？”

霍江坐过去，杨珏站在他身后，两人凑在一起看那一条短短的漫画。

很快，杨珏大叫起来：“这是什么鬼？怎么可能有这样的事，我去，这样的外星人，我也想要一只！”

没错，陆泽漆这次画的就是地球少年捡到一个外星人的故事。那个外星人就是一个火柴人，因为意外而流落到地球，没有实体的他无法在地球上生存，只能寄居人类身上，靠读取宿主内心的想法控制宿主为生。不过，陆泽漆不准备画这个外星人怎么生存在地球，和主角两个人又是怎么拯救世界的故事，只是画着少年被外星人寄宿以后的生活日常，心里的想法不断被揭穿，以至于他在生活中鸡飞狗跳、笑料百出，最后认可真正的自己，并与自己和解的故事。

陆泽漆看着霍江脸上的傻笑，眼里多了几分满足。他问："如何？"

"这才是你。"霍江想收起笑容，却发现嘴角就是不受控制地往上翘，他放弃般地笑得更开，"我早就知道你笑点很奇怪，却从来没想过你还能这样。"

陆泽漆干咳一声，这样一来以后想摆哥哥的威严越来越难了呢。

一旁宋文文看着他们，目光"叮"地亮了起来，而正忙着"深情"对视的两个人大概没料想到，不久以后会有一部以他们俩为主角的漫画吧。

几天以后程岸来工作室，跟他们讨论霍江新作品的安排。他的计划是，首发还是在哆看独家发布，以订阅分成的方式结算，平台不再拥有版权，与《A 漫画》的合作也在以前的基础上保持。

"还是发哆看？"陆泽漆有些意外，还能不签断版权，以哆看平台以往的风格，这可很奇怪。

程岸点头："哆看平台的实力还是不错的，读者群体很大，而且《幻夜幽冥》积累起来的人气基本上都在平台上，换其他平台发布多少会有影响。我跟公司谈过，以后以工作室的方式跟他们继续合作，他们认可了这种方式。如果你们觉得没有问题，那我在离职前处理好这个合同。"

陆泽漆当然没有问题，倒是霍江多问了一句："其他作者呢？"

"我问过大家的意见，愿意留在平台的，我都交接给同事。"程岸说，"工作室刚成立，太多的人和作品我也顾不过来，现在先以你们为主，以后我们的品牌成立起来，再让其他作者加入。"

陆泽漆明白过来，程岸付出了自己的资源，交换了哆看平台的合作，但合作是否顺利，还要看以后。如果工作室成绩平平，哆看平台该踩一脚的时候不会放过，但如果他们的作品立住了，合作也就是长期的。

程岸很忙，交代完这些事就要走，但陆泽漆拦住他，把自己的新漫画给他看。

程岸看了半天才从画稿中抬起头来，一副想笑又强忍住的扭曲表情，嘴角一抽一抽的。好半天，他才说：“这真是你画的？”

“当然。”陆泽漆好整以暇地看着程岸。

程岸一巴掌用力地拍在桌子上：“我早怎么没想到，你这小子，外表看上去一本正经，私下里根本就是一个‘逗比’！这就是我要的惊喜。”

“生活这么无趣，总要想点办法逗自己开心。”陆泽漆一手撑着头，得意地看向程岸，“怎么样？这次的退稿意见是什么？”

“退毛线，赶紧准备文案吧，你想让我拿这个去跟合作方谈判吗？”程岸叹一口气，看看他们四人座的工位，皱眉，“同时更新两部作品的话，你们这点人不够，还要增加人手，这地方似乎也小了点……”

程岸说了一堆要做的事情，像个陀螺似的转了一圈就走了，不久，杨珏和宋文文都下班回去了。

霍江看了一眼时间，抬头问：“哥，晚上你想吃什么？”

陆泽漆回头看他，两人视线在空中撞上，随即弯出同样的弧度。

# 第十五章 从来没有改变

陆泽漆毕竟有这么多年的漫画经验，只要确定了想做的故事，方案对陆泽漆来说不是难事，最难的反而是命名。他跟霍江、杨珏、宋文文几个人讨论了很久，列出了不下百个名字，最终才选定《寄居侠》，接着又花了三天时间做好了方案交出去给程岸。

不久，程岸拿回合同，跟霍江那份基本一样，大家一起愉快地签了合约。

“你的作品属于爆笑漫画，传播性很好。可以发在微博、微信公众号等平台，吸引粉丝，树立你个人的形象。”程岸跟他商量，“有空我们再研究一下如何运作。”

“好。”陆泽漆在想这个故事的时候就已经考虑到这一点，但是他不准备花太多精力在这上面。就像霍江说的，这些事情会分散他的精力。如今有了程岸这个可以放心托付的伙伴在，他也可以专心在创作上。

程岸说着若有所思地敲了敲桌子：“这么说起来，我们还需要一个宣发人员，如今两部作品，两个助手好像又不够了。”

说起这个，程岸就头疼。

“不急，我们四个人现在勉强可以安排开来，找人的事可以慢慢来。”陆泽漆笑眯眯地说，“不过外面的事情就要靠你一个人了，我们想帮忙也帮不上。”

“别以为我不知道你是在套路我多干活。”程岸白了陆泽漆一眼，看在陆泽漆如今也算是摇钱树的份上，他没再多说，自顾自地盘算，“这么说起来这地方也不够用，既然要注册营业执照，办公地点必须重新找。

怎么全都是事？”

程岸最近事情太多，整个人又兴奋又焦躁。他满脸不爽地叮嘱陆泽漆：“尽快准备稿子，再给你一个月时间存稿，之后就开始更新，一周两条。”

“没问题。”陆泽漆满口答应。

霍江的新故事准备得很充分，存稿不少，两个助手就先帮陆泽漆。而霍江在完成每天基础任务之后就过来帮陆泽漆画《寄居侠》。

陆泽漆本来想让霍江专心做他自己的事，但霍江执意要做，而且还要在《寄居侠》中署助理名。

“这就叫你中有我，我中有你。”霍江说。

陆泽漆准备稿子的这一个月中，程岸找好了办公室，工作室的注册也办了下来。地方离霍江家很近，走路就可以到，而且程岸给陆泽漆、霍江两个人留了一间画室。

工作的地方改变，而说好搬去霍江家的陆泽漆拖了几个月也终于搬过去了。家里的工作区仍然保留，但陆泽漆还是喜欢每天拉着霍江去办公室，好让霍江这个宅男多出门走一走。

《寄居侠》正式更新那天，从来不在粉丝群露面的霍江亲自现身宣传陆泽漆的《寄居侠》。陆泽漆又发了一条朋友圈，周寻、云惠、徐玮等人也都纷纷转发，第一天的点击居然还不错。不少读者看了之后都转发到自己的社交平台上，所以，第二周一更新，《寄居侠》竟然挤上了新书榜。

陆泽漆本想保持淡定，不去关心数据的，但是从早上开始就一直有人给他实时播报。

杨珏大呼小叫：“漆哥，刚一更新点击就噌噌噌上涨！”

周寻发来微信：“陆哥，《寄居客》上新书榜了，恭喜你。”

宋文文也跟陆泽漆说：“陆哥，有读者问会不会出表情包？”

陆泽漆根本不用看，就已经知道了全部数据和读者反馈。他不由得想起去年，自己也是紧张关注着《幻夜幽冥》的动向，一有风吹草动就告诉霍江。当时，霍江也是这样，脸上不为所动，实际上却偷偷高兴吗？

坐了大半天，陆泽漆起身拿了水走到阳台上。程岸找的地方是商务楼，视野很好，远处是鳞次栉比的高楼大厦，其中一栋楼上镶着一朵云，被下午的阳光染成紫红的颜色。

霍江走出来，靠在陆泽漆身边："哥，在看什么？"

"云。你看，那颜色是不是特别美。"陆泽漆没有回头。

霍江看着陆泽漆的侧脸，觉得云的光芒也映在陆泽漆的眼睛里，确实特别美。但他还是有些担心："可是，你看上去好像不太高兴？"

"是吗？"陆泽漆意外地摸了一下自己的脸。

霍江点头："心事重重的样子。"

"我很高兴的，很久很久没有这么高兴了。不过我现在……"陆泽漆难得也有词穷的时候，他想了一会儿，才找到一个合适的字眼，"需要点时间来消化。"

"消化？"霍江不解地等着他的下文。

陆泽漆点头："不久前我还以为这个坎我迈不过去了，想到要放弃，想我是一个平庸的人，我不知道为什么而画也不知道要画什么。还想过很多……但是，突然之间我迈过来了，看见天上的云想画，看到楼下的保安大爷也想画，看到流浪猫狗也想画。这感觉……"

他说着停顿了一下，缓缓地说："很不真实，我需要回头看一看，我迈过的到底是什么，我需要确定我不会再回到之前那种状态。"

"嗯。"霍江点头，安静地陪着他。

"我也知道这只不过是刚开始，这样的成绩多半是你们的帮忙，说明不了什么。"陆泽漆继续说，"对我来说最大的变化是，成绩怎么样，好像没那么影响我的心情了。”

霍江微微翘起嘴角，满眼认真地看着陆泽漆：“那是因为你终于不再做应该的事，而是做着你想做的事。”

陆泽漆点点头：“我现在有点明白你为什么总是说这些事很简单了。”

“想简单一点就简单了。”

霍江的话就是绕口令，这一次陆泽漆却听明白了。

到头来，他以为永远也跨不过去的鸿沟只不过是一念之差。

“谢谢。”陆泽漆看着霍江，“你把我最想要的东西给了我。”

“哥，你真的要跟我说这个吗？”霍江问他，又低头看一眼自己的脚尖，“其实我没能做到什么，都是你自己走过来的。”

“不。”陆泽漆摇头，“没有你，我走不过来。”

“一样的，没有你，我也不会是现在的我。”霍江还是觉得自己从陆泽漆那里得到的更多。但现在已经不用去计算了，他微笑，“我们现在可以一起走了吧？”

“当然，这个从来没有改变过。”

两人相视而笑。

在外面忙了一天的程岸在下班前回到工作室，杨珏第一时间向他汇报《寄居侠》的成绩。

“这才是我期待已久的惊喜。”程岸感叹着，“果然还是搞笑得人心啊！”

“不仅仅是搞笑。”霍江不由自主地替陆泽漆解释，“漫画里的男主角不就是我们每一个人吗？这种共鸣才是每个读者喜欢它的真正原因。而且现在只是开始，以后他们会对这个故事越来越欲罢不能的。”

霍江眼里发着光，就像个捍卫“爱豆”的疯狂“迷弟”。

程岸也不怀疑这件事，他似笑非笑地看向霍江：“我还是头一回看你一次性说这么多话！脑残粉属性越来越严重了，请你克制一点。”

霍江抿了抿唇，觉得“脑残粉”几个字也变得格外顺耳。

陆泽漆倒觉得现在就有这样的成绩，更多的还是归功于霍江和周寻等人的宣传。不过，霍江盲目的崇拜也让他十分受用。

“总之,你这次总算做到了。”程岸看着陆泽漆,真心替他感到高兴。

陆泽漆点头，转移话题道：“对了，下星期就是中秋节了，程岸你反正也是一个人，要不要跟我们一起回家过节？”

为了朋友卖妹妹这种事情，陆泽漆做起来还是有点心理障碍。但他带朋友回家见爷爷也是常有的事,如果陆心藜真的对程岸没有意思,趁早说清楚才好。

作为朋友和哥哥，两人只要不打起来，他就不插手。

程岸顿住：“回你家？”

陆泽漆已经打定主意，点头：“陪我们家老爷子过节，他年纪大了，喜欢热闹。”

“那个……”程岸摸了摸鼻子，目光闪烁，“其实我中秋节已经有约了。”

“有约？”陆泽漆十分意外，试探地问，“女朋友？”

“嗯，刚确定不久。”程岸看起来竟然有几分窘迫。

程岸竟然放弃了陆心藜？

听到这个答案，陆泽漆心里多少有点遗憾。他暗暗期待程岸跟陆心藜之间能发生些什么，又担心他们发生什么。这样也好，不然程岸一提到陆心藜就失魂落魄的样子，他和霍江都有点担心程岸会受伤。

陆泽漆释然地拍拍程岸的肩膀：“真有你的，这么忙你哪儿来的时间谈恋爱？那下次有空再去。”

说话间，杨珏遇到问题喊了陆泽漆一声，他转过头去看，错过了

程岸心虚又纠结的脸色。

中秋节前一天，霍江和陆泽漆把假期的更新安排好，给杨珏和宋文文发了过节的红包，然后一起开车回家。

陆泽漆发动车子：“对了，你打个电话给心藜，问她在哪儿，要不要先去接她。”

以往这个时候，陆心藜应该先打过电话过来了才对，这一次却没有消息，陆泽漆有点意外。

霍江拨通了陆心藜的电话：“心藜，你……嗯，对……好。”

他挂断了电话。

“这么快？”陆泽漆意外地看一眼霍江，他除了叫陆心藜的名字之外好像什么都没说。

“她说她会自己回去。”霍江转头看着陆泽漆，脸色有点奇怪。

陆泽漆没错过他这个表情，问：“怎么了？”

“电话里……”霍江迟疑一下，“好像有其他人的声音，男的。”

“什么？”陆泽漆想了一下，“是乐队的人吗？”

“不知道，不过，听着确实有点熟悉。”霍江张了张口，又停下来。他拿不定主要意要不要告诉陆泽漆，那不是正常的对话，而是非常暧昧的调笑声。而且，陆心藜那么急着挂电话，一听就像是有事在忙。

陆泽漆知道了，会爹毛的吧？

霍江纠结了一路也没想好，决定先见到陆心藜问问她再说。

两人绕去商场，给老爷子买了一些礼物，准备了过节期间的一些吃用的东西。到老宅的时候，院子里已经停着一辆颇眼熟的车。

两人互看一眼，下了车。

这时，程岸也从车上下来，而另一边出来的人是陆心藜。

四人八目相对，空气一时凝滞。

陆泽漆的眼睛看向陆心藜，然后又转向程岸，咬牙：“这就是你说的有约？”

“对啊，我有约。”程岸轻轻咳了一声，藏住嘴角得意的笑容。

陆泽漆瞪了他一眼，把陆心藜拉到一边，连声质问：“怎么回事？这么大的事怎么也不告诉我？”

“你不也有事没告诉我？”陆心藜满不在乎地戳了戳陆泽漆的心口，“再说了，不就谈个恋爱吗？你还是想一想，我都有对象了，爷爷下一个重点关注的对象会是谁？”

陆泽漆远远地看了一眼程岸，程岸转移视线，去跟霍江打招呼。早知道还不如卖了这个妹妹呢，省得被准妹夫出卖。他冷哼一声，不以为然：“你以为我们老爷子是谁？是那种爱催婚的普通家长吗？”

陆泽漆还想再劝，陆老爷子却已经拄着拐杖走出来，站在门口看着他们：“都在院子里干什么？等我老爷子来请你们啊？”

其实是听见他们在外面的声音，等不及要见他们了吧？陆泽漆有点无奈。

陆心藜牵着程岸的手走到陆老爷子面前：“爷爷，这是我男朋友。”

程岸连忙上前：“爷爷好，我叫程岸。”

乖巧的样子让陆泽漆起了一身鸡皮疙瘩。

陆老爷子表面上不为所动，目光早就在程岸身上打着转，盯着他看了一会儿才满意地点头：“好，快进屋里。”

陆心藜拉着程岸走进去，陆老爷子转头看向陆泽漆和霍江：“你们两个呢？这样就回来了？”

“不是还给您买了东西吗？”陆泽漆没想到陆老爷子还真会这样问，连忙把大包小包往陆老爷子怀里塞，接着开始转移话题，“对了，我上次给您发的漫画您看了吗？您觉得怎么样？”

陆老爷子皱起眉：“我还想问你呢，你画的是什么东西，我怎么看不懂？过来好好跟我解释解释。”

陆泽漆在风中凌乱，他也想让老爷子为他的漫画即兴一幅来着。

霍江在后面偷笑一声，在陆泽漆耳边悄声说：“看来，也不是所有人都能理解哥的笑点嘛！”

“少幸灾乐祸了。”陆泽漆伸手拍向霍江，被他躲过去。

两人追打着跑上台阶，而屋子里，扑面而来一股融融的暖意。